Veronica Requiem
베로니카 레퀴엠

레지나 판타지 장편 소설
FANTASY FRONTIER SPIRIT

베로니카 레퀴엠 1

레지나 판타지 장편 소설

초판 1쇄 찍은 날 § 2012년 8월 23일
초판 1쇄 펴낸 날 § 2012년 8월 30일

지은이 § 레지나
펴낸이 § 서경석

편집부장 § 권태완
편집책임 § 주소영

펴낸곳 § 도서출판 청어람
등록번호 § 제1081-1-89호
등록일자 § 1999. 5. 31
어람번호 § 제1-1445호

주소 § 경기도 부천시 원미구 심곡2동 163-2 서경B/D 3F (우) 420-822
전화 § 032-656-4452 팩스 § 032-656-4453
http://www.chungeoram.com
E-mail § chungeorambook@daum.net

ISBN 978-89-251-2978-5 4810
ISBN 978-89-251-2977-8 (세트)

CONTENTS

　뎅. 뎅. 뎅.

　나타의 종이 울렸다. 수도 아트라한에서 가장 높은 나타의 탑에서부터 종의 커다란 울림이 온 수도를 휘감고 지나갔다. 이따금 사람들이 발걸음을 멈추고 나타의 탑을 돌아본다. 매일 같은 시각에 울리는 종소리지만 언제나 발걸음을 멈추고 나타의 탑을 돌아보는 사람들은 있었다. 그건 베로니카 역시 예외가 아니었다.

　하지만 그녀는 나타의 탑을 바라보는 대신 고개를 젖히고 하늘을 올려다보았다. 문득 스산한 느낌이 그녀의 전신을 휘감고 지나갔다. 한기가 들었다. 그녀는 양팔을 들어 몸을 감싸 안았다. 무엇보다 화창한 날씨였다. 한기가 들 이유 같은 건 없었다. 하지만 그럼에도 불길해지는 기분을 가라앉히며 베로니카는 다시 구름 한 점 없이 맑은 하늘을 올려다보았다.

"베로니카."

베로니카의 속눈썹이 서서히 올라가고, 그 속에 감춰져 있던 보석처럼 아름다운 에메랄드빛 눈동자가 나타났다. 고양이같이 날카로운 눈을 두어 번 깜빡이던 베로니카의 눈동자가 미란다를 향했다.

"미란다?"

베로니카의 약간 낮고도 허스키한 목소리가 들려왔다. 그녀는 완벽한 예법과 그 자체에서 풍기는 기품으로 누구보다 도도하고 긍지 높은 귀족 여인의 표본이었다. 그것은 또한, 그녀의 매혹적인 성숙함을 천박하게 만들지 않는 요소였다. 미란다는 짙은 패배감에 습관처럼 입술을 잘근잘근 깨물었다.

베로니카의 눈동자가 차분히 가라앉았다. 좀 전에 보았던 조금 들뜬 것 같은 모습은 모두 착각이라는 것처럼, 그녀는 다시 원래의 차분함으로 무장한 채 미란다를 바라보고 있었다.

"인제 그만 돌아가는 게 좋겠어."

베로니카는 가만히 자신을 부르고도 아무 말이 없는 미란다를 바라보았다. 그리고 아래로 내리깐 베로니카의 눈꺼풀

아래로 짙은 피로감이 묻어나왔다.

베로니카는 대답 없는 미란다를 두고 작게 한숨을 내쉬며 주위를 살폈다. 광장을 지나다니는 사람들의 힐끔거리는 시선들이 그녀들을 향해 몰려들기 시작했다. 호기심 어린 시선들이 묘한 분위기로 대치 중인 그녀들에게 따라붙었다. 주위의 이목이 많아졌다.

베로니카는 쓰고 있던 모자 위에 살짝 걸쳐 놨던 망사 베일을 내렸다. 보는 눈이 많았다. 그녀는 남들 눈에 절대로 튀어서는 안 되는 존재였다. 분위기에 취해, 망상에 젖어 그 사실을 잠시 잊고 있었다.

"우린 친구잖아, 베로니카."

그녀가 다른 생각에 빠진 사이에 미란다가 그녀를 뚜렷이 바라보며 들뜬 입술을 달싹였다. 베로니카의 시선이 다시 미란다에게로 향했다. 미란다는 어쩐지 그 눈빛이 짜릿하다고 느꼈다. 세상에 무심한 눈동자도 자신을 대할 때에는 온전히 그녀를 바라보았기 때문이다.

"그러니까, 이제 말해줘. 아리스타에 대해서 말이야."

베로니카의 시선이 미란다를 훑어 내렸다. 무례한 시선임에도 그녀의 행동 하나하나엔 기품이 흘러넘쳐 그것을 따지고 들 수도 없게 만드는 구석이 있었다. 그리고 베로니카의 행동이 자신의 의중을 파악하고자 함을 미란다는 알았다.

미란다는 그녀의 눈동자가 자신을 향하는 것에 희열을 느끼는 동시에, 그녀의 무심한 눈동자는 치 떨리게 싫어했다. 모순이 아닐 수 없었다.

"…아리스타?"

베로니카가 살짝 미간을 찡그린 채 다시 한 번 그 이름을 중얼거렸다.

베로니카는 보이는 모습 그대로 새침하고 도도한 여자가 아니었다. 사실은 차갑고 도무지 무슨 생각을 하는지 알 수 없는 사람이었다. 또한, 세상에서 한 발자국 멀어져 있는 것 같은, 과연 이 사람에게 감정이란 존재할까 하고 생각하게 하는 무덤덤한 여자였다.

미란다는 베로니카의 그런 점을 동경하는 동시에 그녀의 그런 점을 가장 두려워했다. 이것 역시 모순된 심리였다. 사실 그녀를 생각하는 모든 감정이 모순된 것일지도 모른다고 미란다는 생각했다.

"그래, 아리스타 말이야."

미란다의 대답에 베로니카는 생각에 잠긴 얼굴로 말이 없었다. 미란다는 지그시 아랫입술을 베어 물었다. 긴장되어 마른침을 삼켜내었다. 목이 바짝 타들어갔다. 목구멍이 칼칼하고 입술이 껄끄러워서 참을 수가 없었다. 갈증이 났다. 시원한 물이 마시고 싶었다. 그리고 미란다가 더는 참을 수 없다고 생각한 순간, 베로니카의 나른한 울림이 있는 목소리가 들려왔다.

"아, 캐드릭 공작? 미안. 누군가 했어."

무심한 얼굴로 베로니카가 말했다. 거짓말이다. 바로 떠오르지 않을 만큼 아리스타에게 관심이 없는 것처럼 미란다에게 시치미를 떼었지만, 그것은 사실이 아니었다. 그녀는 단지 그를 기억하고 싶지 않을 뿐이다. 베로니카는 가만히 자신의 대답을 기다리고 있는 미란다를 바라보았다.

"아리스타란 말이지. 대체 뭘 말해달라는 거야?"

베로니카는 미간을 찡그리며 미란다에게 되물었다.

태어날 때부터 고귀한 운명을 타고나 세상을 온통 핑크빛으로만 바라보는 소녀. 사랑만 받고 자라 그것을 당연히 여기는 소녀. 이제는 소녀라는 단어를 쓰기에 적합하지 않은 나이지만 미란다에게는 여전히 여인이라는 단어보다 소녀라는 단어가 어울렸다. 베로니카는 문득 조소를 터뜨렸다.

그녀의 가문을 반역으로 몰아 몰살시킨 것이 누구던가. 어릴 적 친구로 만나 끊임없는 괴롭힘을 이어오던 것이 결국 그녀 자체를 피폐한 송장으로 만들어 버린 것이 누구던가. 약혼을 맺고, 결혼을 앞두고서 그녀의 가문을 몰살시키며 그녀만을 살려내는 치욕을 안겨준 것이 누구던가. 그리고선 그녀 앞에 친구인 미란다를 데려와 자신의 정인이라 웃는 낯짝으로 잘도 지껄이던 것이 누구던가.

어릴 적부터 남들 눈을 속여 치밀하게 그녀를 괴롭혀 오던 그가 갑자기 약혼을 청했을 때부터 수상하게 여겨야 했다. 그 가식 같은 자상함과 사랑한다고 입에 발린 거짓을 고백해 온 그에게 속아 처음부터 수상했던 비밀 약혼을 한 것에서부터 의심을 해야 했다.

결국, 가문을 역사의 죄인으로 만든 것은 자신이었다. 사랑하는 가족과 식솔을 모두 죽음으로 내몬 것은 자신이었다.

베로니카는 새침해진 눈동자로 자신을 또렷이 바라보는 황금색 눈동자를 바라보며 조용히 눈을 감았다.

"몰라서 물어? 대체 아리스타와 넌 무슨 사이야? 정말 친구 사이 그뿐이야?"

"…자리를 옮겼으면 좋겠네."

미란다가 분한 얼굴로 아랫입술을 물고는 베로니카를 노려보았다. 하지만 그 시선에도 베로니카는 여전히 덤덤한 얼굴이었다.

베로니카는 자신의 작고 허름한 집에 미란다를 들였다. 그리고 그녀의 집 식탁에 앉은 미란다는 미간을 찌푸린 채 낡아빠진 식탁을 노려보았다. 베로니카가 생활하는 환경을 매번 마주할 때마다 눈살이 찌푸려지는 것은 어쩔 수 없는 일이었다. 고고한 장미 같던 그녀에게 이런 낡아빠진 평민보다 못한

집이라니. 어울리지 않아도 한참을 어울리지 않는 모습이다.

미란다는 베로니카가 내준 유행 지난 찻잔을 가만히 내려다보았다. 그것엔 잠시간의 망설임이 있었다. 그녀의 시선에 베로니카는 느릿하게 눈꺼풀을 내리감았다. 베로니카의 행동엔 어떤 동요도 나타내지 않는 차분함이 있었다. 그랬지. 베로니카는 늘 그랬어. 무엇이든지 한 발자국 뒤에서, 멀리서, 그렇게 모든 것에 자신은 방관자인 양 서 있었지.

베로니카의 눈치를 살핀 미란다가 결심한 얼굴로 주머니에서 하얀 가루가 담긴 봉지를 꺼내었다. 미란다의 손이 부들부들 떨려왔다. 하지만 그녀는 기어코 손에 쥔 가루를 찻잔 안에 털어 넣었다. 그리고 티스푼으로 가루를 차 안에 우려나도록 섞은 그녀가 찻잔을 베로니카 앞으로 밀어내었다.

"마셔."

베로니카의 눈꺼풀이 서서히 올라갔다. 그녀는 가만히 자신 앞으로 놓인 미란다가 내준 찻잔을 바라보았다.

"마셔. 내가 준 차는 마시기 싫다는 거야?"

독기 가득한 미란다의 목소리에 베로니카의 시선이 다시 그녀에게로 향했다. 무심한 눈동자가 자신에게 와 닿자, 미란다는 스스로 움츠러드는 것을 느낄 수 있었다. 미란다는 분한 얼굴로 동그랗게 주먹을 말아 쥐었다.

"그렇게 쳐다보지 마. 네 그 눈빛, 정말 싫어. 언제나 모든 일에 무관심해 보이는 그런 네가 싫어. 정말 싫어!"

미란다의 말이 끝나자 베로니카는 지독하게 회의감에 잠긴 얼굴로 두 눈을 감았다. 그녀의 손이 부드럽게 찻잔을 어루만졌다. 보지 않아도 알 수 있었다. 미란다가 내민 차에 독이 들어 있다는 사실쯤은.

"피해자인 척하지 마! 아리스타와 네가 친구 사이라고 했던 것도 처음부터 다 거짓말이었으면서! 아리스타는 내 남자야! 내 남편이란 말이야!"

가만히 찻잔을 어루만지는 베로니카의 모습에 울컥 미란다가 분노를 토해냈다. 그리고서도 미동도 없는 그녀를 바라보며 미란다는 손톱을 물어뜯었다. 그녀에게 독이 든 차를 건넨 것은 자신이었고, 그녀가 죽기를 바라는 것도 사실이었으나, 막상 그녀가 찻잔을 쥐자 가슴이 철렁였다.

그녀의 심정을 아는지 모르는지 베로니카는 끝내 찻잔을 입에 대고 독이 든 차를 천천히, 하지만 완벽히 남은 한 방울까지 마셔 버렸다.

베로니카가 얌전히 찻잔을 내렸다. 그 일련의 동작에 기품과 고귀함이 넘쳐흘러 미란다는 그녀가 독에 면역력이 있다는 착각까지 할 뻔했다. 그녀가 그 후에 새파랗게 질린 얼굴로 소리 한 번 지르지 않고 자리에 쓰러지지만 않았다면 말이다.

Chapter 1

과거로의 귀환

"베로니카."

들려오는 목소리에 자상함은 없었다. 하지만 끊임없이 그녀를 향해 속삭인다. 베로니카. 일어나. 베로니카? 낯설지 않은 목소리다. 다정함과 상대방을 향한 호의가 결여된 목소리였지만 그럼에도 베로니카는 익숙하게 들려오는 목소리에 아련하게 가슴이 떨려왔다.

살며시 무거운 눈꺼풀을 들어 올렸다. 그녀의 에메랄드빛 보석 같은 눈동자가 깜박였다. 옅고 진한 하늘은 희대의 천재 화가가 붓으로 공을 들여 칠해놓은 유화 같았다. 색채감 짙은 하늘 위로 새하얀 구름이 뭉게뭉게 연기처럼 피어오른 모습을 베로니카는 아무런 생각 없이 바라보고 있었다. 그리고 문득 그녀는 가만히 팔을 뻗어 자신의 손을 바라보았다. 열 손가락 모두 멀쩡했다. 왜 갑자기 손가락부터 확인할 생각이 들었던 건지는 모르겠으나, 왠지 모를 안도감이 그녀의 온몸을 휩쓸고 지나갔다.

하지만 곧바로 들이닥친 기이한 느낌에 베로니카는 화들짝 다시 자신의 손을 확인했다. 새하얗고 작은 손. 가느다랗지만 확실히 어린 손이다.

"베로니카, 눈을 떴으면 일어나."

귓가에 선명하게 들리는 목소리에 베로니카는 고개를 돌렸다. 그녀는 잠시간 두 눈을 깜빡이며 현재 상황을 파악해보고자 열심히 머리를 굴렸다. 묘한 기시감이 전신을 고루 훑고 지나갔다. 여전히 정신이 비밀의 상자 속에 봉인된 것 같은 몽환적인 기분이다.

초점 풀린 눈동자의 베로니카를 바라보며 그녀를 깨우던 안젤리카는 미간을 찌푸렸다. 하지만 정작 본인은 안젤리카는 안중에도 없다는 얼굴로 천천히 상체를 일으켜 앉았다.

"믿을 수 없어……!"

베로니카의 목소리에는 잔뜩 울음 섞인 고통스러움이 배어 있었다. 단 한 마디를 내뱉었음에도 안젤리카마저 그녀의 슬픔에 짙게 동화되어 버릴 정도였다.

풀 내음과 꽃 내음이 가득한 정원에서 베로니카는 시선을 뗄 줄 몰랐다. 아침 이슬이 맺혀 있는 풀잎의 싱그러움을 확인하며 그녀는 찬찬히 주위를 훑었다. 그리고 그녀 두 눈에 말로는 형언할 수 없는 감정이 맺혀 올랐다.

웨일스 가문은 이미 아리스타와 황태자로 인하여 반역 가문으로 낙인찍히고 몰살당했다. 그 때문에 웨일스 저택 역시 형체가 남아 있지 않았다. 무엇보다 이미 자신은 미란다가 건넨 독이 든 차를 마시고 안식과도 같은 죽음을 맞이하지 않았던가.

하지만 베로니카가 깨어난 곳은 웨일스 저택의 정원이었다. 모두 지나간 파편 속에 묻어버린, 기억을 꺼내는 것조차 너무나도 죄스러운 과거가 눈앞에 펼쳐지고 있었다. 그리움의 잔상이 결국은 이와 같은 현상을 불러들인 것인가.

베로니카는 다시금 심각해진 얼굴로 턱을 괴었다. 그리고는 자조했다. 하지만 또한 기뻤다. 그녀는 가만히 자신의 이마에 손을 얹었다. 분명 열은 없었다. 환상과도 같은 행복한 잔상에 눈물이 흐를 것만 같았다. 그리움에 사무쳐 몇 번을 신께 기도드렸지만, 꿈에서도 나타나지 않던 잔상들이 아니던가.

"베로니카?"

안젤리카의 목소리가 다시금 들려왔다. 베로니카는 멍하니 그녀의 황갈색 머리칼을 바라보았다. 과거의 안젤리카. 어릴 적의 안젤리카. 날카롭고 선이 가는 이목구비에 언제나 그녀에게 냉소적이던 안젤리카. 너무나도 오랫동안 잊고 지냈다.

베로니카는 다시 눈꺼풀을 닫았다. 시야가 차단되자 온몸의 감각이 살아난다. 코끝으로 물에 젖은 흙냄새가 스며들어온다. 그리운 냄새였다. 신께서 그녀에게 마지막 선물을 주는 것일까. 가장 행복했던 나날의 꿈을 꾸게 해주는 것일까. 아리스타를 만나기 이전의 소소한 일상을 보내던 자신의 모습이 이젠 그 기억마저 흐릿하게 떠오를 때였다.

베로니카는 다시 천천히 눈을 떴다. 그러자 그녀 앞으로 하나뿐인 언니 안젤리카의 모습이 보였다. 머리색은 달랐지만, 눈동자만큼은 안젤리카와 베로니카 모두 어머니를 닮아 에메랄드빛이었다.

"너 이상해."

안젤리카는 지나치게 날카로운 구석이 있었다. 어린 시절의 안젤리카와 베로니카는 그다지 사이가 좋지 못했다. 그렇다고 아주 사이가 나쁜 것도 아니었다. 베로니카가 워낙 애교도 없고 다가가기 어려운 타입인데다가, 안젤리카 역시 직설적이고 날카로워서 그녀들의 접점이 그다지 많지 않았다고 하는 편이 옳았다.

베로니카는 안젤리카의 모습에 미소를 지었다. 밉살맞은
표정으로 그녀를 내려다보고 있는 안젤리카였지만 그립다.
아니, 참으로 그리웠다. 친우라고 생각했던, 사랑하는 약혼자
라고 믿었던 아리스타로 인해 얼룩이 져버린 삶이었지만 그
녀에게도 소중한 것은 분명 존재했다.

베로니카는 다시는 볼 수 없었던 사람들을 늘 그리워했다.
때문에 여기서 머뭇거리고만 있을 수는 없어 망설이지 않고
손을 뻗었다.

"안젤리카."

베로니카는 코앞으로 다가온 안젤리카를 그대로 끌어안았
다. 그녀의 어깨에 얼굴을 묻고 베로니카는 그대로 숨을 들이
켰다. 안젤리카의 부드러운 체취가 맡아졌다. 베로니카는 그
리운 행복감에 만족스러움을 느꼈다. 그녀의 에메랄드빛 눈
동자에 눈물이 차올랐다.

이 느낌이었다. 안젤리카가 죽기 이전까진 그녀를 한 번도
안아본 적이 없었다. 하지만 언제나 생각은 해보았다. 그녀를
안으면 이런 느낌이 나지 않을까, 이런 체취가 나지 않을까,
엄마처럼 포근한 기분이 들지 않을까. 매번 생각만으로 끝나
던 일이다.

"보고 싶었어."

안젤리카는 정원에서 낮잠을 자고 일어나더니 헛소리를 중얼거리는 베로니카를 바라보았다. 여전히 자신을 끌어안고 있어서 얼굴이 보이지는 않았지만, 그녀의 어깨가 가늘게 떨리고 있다는 것을 알 수 있었다. 안젤리카는 미간을 찌푸렸다. 그녀가 알고 있는 동생 베로니카는 이런 감정이 겉으로 드러나는 행동을 하는 아이가 아니었다.

　하지만 계속 자신을 끌어안고 있는 베로니카 탓에 안젤리카는 복잡한 심경으로 가만히 베로니카의 등을 마주 끌어안았다. 토닥토닥. 베로니카의 감정이 진정될 때까지 가만히 그녀의 등을 토닥였다.

　"아버지가 부르신다."

　용건은 그것뿐이었다. 안젤리카는 힐끔 자신보다 다섯 살이나 어린 동생 베로니카를 바라보았다. 열두 살이다. 그럼에도 그 성숙함이란 이루 말로 할 수가 없어서 도무지 정이 가지 않는 동생이다. 그것은 비단 안젤리카만이 느끼는 것이 아니었다. 웨일스 후작 가문 모두가 그녀를 대하기 어려워했다.

　안젤리카는 베로니카가 진정이 되자 얼른 그녀를 떼어내고 미련없이 자리에서 일어났다. 베로니카가 무슨 심경의 변화가 있어서 이런 행동을 보이는지 알 수는 없지만, 곧 다시 원래의 베로니카로 돌아오겠지. 안젤리카는 힐끔 베로니카를 바라보고는 냉정히 등을 돌려 정원을 빠져나갔다.

"대체……."

멀어지는 안젤리카의 등을 바라보며 베로니카는 그녀 나름대로 난감했다. 안젤리카를 보며 과거의 잊어버리고 있었던 봉인된 기억의 끝자락이 슬그머니 되살아났기 때문이다. 기억대로라면 지금은 자신의 열두 살의 어느 날이다. 안젤리카의 머리가 단발인 것을 보아 하면 말이다. 목에서 찰랑거릴 정도의 머리 길이는 안젤리카 나이 열일곱, 베로니카 나이 열두 살 때이다. 안젤리카는 그 이후로 줄곧 머리카락을 길러왔기 때문에 지금이 아니고서는 안젤리카의 짧은 머리카락을 볼 수가 없었다.

베로니카는 이마를 짚었다. 너무나도 생생하기 그지없는 꿈이다.

"아가씨?"

정원으로 들어선 휴버트가 의아한 얼굴로 멍하게 앉아 있는 베로니카를 바라보았다. 붉은 머리칼에 살짝 치켜 올라간 고양이 눈매. 베로니카는 열두 살임에도 눈 밑에 나 있는 점 때문인지 매혹적인 분위기를 풍기고 있었다.

휴버트는 난감한 얼굴로 베로니카를 바라보며 잠시 침묵했다. 어딘지 다가갈 수 없는 분위기를 풍기고 있는 모습에 그는 선뜻 그녀의 상념을 깨울 수 없었다. 하지만 후작 각하께서 기다리고 계시는 지금, 그는 그녀의 상념을 일깨워 줄 필요가 있었다.

"후작 각하께서 찾으십니다."

딱딱한 목소리로 휴버트가 조용히 웨일스 후작의 말을 전했다. 그러자 당황스러워하던 베로니카의 낯빛이 더욱 새하얗게 질렸다. 그녀는 입술을 한일자로 굳게 다문 채 생각에 잠긴 얼굴로 말이 없었다.

그 모습에 휴버트는 그답지 않은 모양새로 적잖이 당혹스러워했다. 그가 아는 웨일스 가문의 베로니카는 누구 앞에서도 당황하는 모습이나 동요 어린 빛을 띠지 않는 소녀였다. 열두 살임에도 열두 살 같지 않은, 도를 지나치는 성숙함에 모두가 그녀 뒤에서 수군거릴 정도였다.

베로니카의 의젓하고 성숙한 모습에 모두 그녀를 기특하다고 여기는 것이 아닌 섬뜩하다 여길 정도로 그녀를 두려워했다. 인간의 본성이란 그런 것이라서, 사람들은 아무런 감정도 담기지 않은 거울 같은 베로니카의 눈동자를 마주하고 있기 두려워했다.

"정말 더글라스 경이 맞나요?"

심각하게 가라앉은 얼굴로 베로니카가 휴버트를 올려다보며 물었다. 청색 머리칼에 무뚝뚝한 얼굴, 고집스러운 입매가 과거 그녀가 알던 휴버트와 흡사했으나, 역시나 안젤리카처럼 그도 그녀 기억 속의 모습보다 훨씬 어렸다.

"죄송하지만, 로드 웨일스. 저는 더글라스가 아니라 져스틴입니다."

휴버트의 대답에 베로니카는 아랫입술을 지그시 깨물고 두 눈을 감았다. 그의 말에 비로소 그녀가 존재하는 이곳이 어릴 적의 어느 날이라는 사실을 확신하며, 꿈인지 현실인지 분간 가지 않을 정도의 생생함에 잠시 감탄사를 내뱉어본다.

휴버트. 그가 누구던가. 웨일스 기사단 아비드(Avid)의 기사단장으로 서른셋의 나이에 상당한 수준의 검술 실력을 갖춘 누구보다 웨일스 가문을 위해 충성하는 남자였다. 하지만 그의 과거 이름은 휴버트 져스틴으로, 기사단장이 되기 전의 그는 그저 평민의 신분으로 기사단에 들어온 준기사에 불과했다.

베로니카는 아직도 그의 마지막 모습이 머릿속에서 떠나지 않았다. 반역의 죄를 뒤집어쓰고 웨일스 후작가에 황실의 근위기사단이 들이닥치던 그날. 아버지와 안젤리카, 그리고 베로니카 자신을 지키고자 그 한 몸 전부를 바쳐 기사들을 막아내던 뒷모습이 아직도 잊히지 않았다. 결국에는 휴버트가 가장 먼저 황실기사단의 그 유명한 디알로 백작에 의해 최후를 맞이했다.

다시금 떠오르는 기억에 베로니카는 마주 잡은 양손에 힘을 주며 작게 심호흡을 했다.

"고마··· 워요. 정말 고마웠어요, 져스틴 경."

베로니카는 현실에서 미처 그에게 전하지 못한 마지막 말을 내뱉었다. 비록 꿈에서밖에 이 말을 전할 수 없었지만 그에게 이 말을 전해줄 수만 있다면 그것으로도 괜찮았다. 원래의 그녀였다면 결코 하지 못했을 말을 비로소 꿈에서야 전하며 베로니카는 스스로를 자책했다.

모두는 그녀를 두고 이렇게 말했다. 피도 눈물도 없는 사람이라고. 어찌 자신의 가족들과 식솔들이 죽어가는 데도 눈물 한 방울 흘리지 않을 수가 있느냐고. 하지만 베로니카의 심정을 안다면 그들은 결코 그녀에게 그런 말을 꺼낼 수 없었을 것이다.

어찌 사랑하는 이들이 죽어가는데 슬프지 않을 수 있겠는가. 단지 그것을 표현할 방법을 몰랐을 뿐이다. 그녀는 너무나도 서툴렀다. 너무 일찍이 철이 드는 바람에 주위에선 그녀를 향해 기대에 가득 찬 시선만을 보내왔다. 한편으로는 그런 그녀를 두려워하기도 했다. 일찍이 성숙해진 그녀를 두고 어린아이에게 어린아이다운 교육을 해주는 사람 또한 없었다. 그녀는 눈물을 흘릴 줄 모르는 것이 아니었다. 단지 어떤 상황에서 어떤 식으로 어떻게 눈물을 흘려야 하는지 그 방법을 몰랐을 뿐이다.

"아가씨, 괜찮으십니까?"

베로니카의 눈동자가 아련하게 젖어 있었다. 그럼에도 눈물 한 방울 흐르지 않아 보는 이로 하여금 더욱 안타까운 감정에 빠져들게 만들었다. 그 모습이 너무 가련하고 안쓰러워서 결국 휴버트는 눈물도 흐르지 않는 그녀에게 자신의 손수건을 건네주었다.

휴버트의 친절한 모습에 베로니카가 깊게 숨을 고르며 고개를 끄덕였다. 매번 그녀를 무시하듯 힐끔거리고는 시선을 곧잘 돌려 버리던 휴버트의 모습과는 달랐다. 베로니카는 휴버트의 새로운 면모에 놀라는 한편 뒤늦게 부끄러운 감정이 들었다.

"고맙… 습니다, 져스틴 경."

손수건을 받아 들고 미미하게 입가에 미소를 그려내는 베로니카를 바라보며 휴버트는 당혹스러운 기분을 감출 수 없었다. 그가 아는 웨일스 가문의 베로니카란, 눈물은 물론이거니와 미소 한 번 지어 보이지 않던 감정 메마른 소녀였기 때문이다.

그런 그의 심정을 아는지 모르는지 베로니카는 그에게 받은 손수건으로 눈을 가리며 보일 듯 말 듯 미세한 미소를 지우지 않고 있었다. 그 모습에 휴버트의 단단한 입매가 조금은 부드럽게 풀어졌다. 베로니카는 아직 어렸고, 그녀에겐 지금의 모습이 가장 잘 어울렸다. 그는 조심스럽게 손을 뻗어 베로니카를 일으켰다.

"저…, 져스틴 경."

베로니카의 조심스러운 부름에 그녀를 안내하던 휴버트의 걸음이 멈추었다. 자신의 옷깃을 살며시 잡고 다시금 심각해진 얼굴로 고민 어린 기색을 표하는 모습이 휴버트의 눈길을 사로잡았다. 상대방의 허락 없이 옷깃을 붙잡는, 예법에 어긋나는 행동은 평소의 베로니카라면 하지 않았을 테다. 열두 살임에도 늘 완벽한 예법으로 스승들의 찬사를 받던 그녀다. 하지만 휴버트는 그런 것에 신경 쓰지 않았다. 그 모습의 베로니카가 그럼에도 사랑스러웠기 때문이다.

"…휴버트라고 불러주셔도 됩니다."

예상치 못한 베로니카의 모습에 휴버트는 저도 모르게 자신의 이름을 허락했다. 그의 정중한 제안에 베로니카도 적잖이 당황한 듯 눈빛이 흔들렸다. 예상치 못한 반응은 언제나 사람을 당황하게 만든다. 그리고 베로니카는 그 예상치 못한 반응에 대한 면역력이 현저히 약했다.

"…하지만……."

망설이듯 베로니카가 우물쭈물 말을 끌었다. 그녀가 슬쩍 눈치를 보는 시선으로 그를 올려다보았다. 그러고 보니 지금의 휴버트는 부단장도 아니고 스무 살의 기사 작위를 앞둔, 그저 검술 실력이 남들보다 조금 뛰어난 남자였다. 또한, 평민이라는 신분 때문에 처음 기사단에 입단했을 당시에도 많은 차별과 질타를 받고 난 뒤에야 동료들에게 겨우 기사로서 인정을 받게 되었다. 후에 안젤리카가 그의 실력을 최대한 이끌어내 기사단장의 자리에까지 올라가게 되지만, 그건 조금 더 미래의 일이다.

"아가씨?"

다시 들려오는 휴버트의 목소리에 베로니카는 정신을 차렸다. 그리고 다정하고 정중하게 자신을 대해주는 휴버트를 향해 어색한 미소를 입가에 그려내었다. 스스로도 어색해서 몸부림을 치고 싶을 정도의 미소였지만, 그에겐 썩 만족스러운 모양이다.

"휴, 휴버트……."

휴버트의 입가에 생전 보지 못했던 옅은 미소가 퍼지는 것을 보며 베로니카가 난감한 얼굴로 그의 시선을 피했다. 낯간지러운 기분이다. 그녀는 그 생소한 기분에 한 발자국 뒤로 물러섰다. 페이스를 잃어버린 자신에 대한 두려움이 있었기 때문이다. 하지만 휴버트는 오히려 그런 베로니카의 모습에 아쉬운 표정을 지었다.

"아버지가 왜 저를 보자고 하신 거죠?"

베로니카는 낯간지러운 상황을 모면하기 위해 재빨리 눈동자를 굴려 질문했다. 그녀는 안젤리카는 물론 아버지와도 많은 접점이 없어서 아버지임에도 두 부녀는 그다지 친근한 사이가 아니었다. 평소 할 말이 있으면 식사 자리에서, 또는 안젤리카가 있는 자리에서 하곤 했지 그녀를 따로 불러내는 사람이 아니었다, 그녀의 아버지는.

문득 떠오른 아버지에 대한 상념은 그녀의 가슴 언저리를 더욱 묵직하게 만들었다. 잊히지 않은 처형대의 기억이 드문드문 떠오른다. 그녀는 아버지와 안젤리카가 처형되는 장면을 한순간도 놓치지 않고 바라보았다. 그럼에도 눈물을 흘리지 않는 모습에 아리스타마저 치를 떨며 그녀를 경멸했었다. 그녀라는 사람은 그만큼 독했다.

베로니카의 질문에 잠시 웨일스 후작을 떠올린 휴버트가 간단히 대답했다.

"아마도 캐드릭 공작 각하 때문이 아닌가 싶습니다."

휴버트의 말이 떨어짐과 동시에 베로니카의 안면이 경직되었다. 아리스타 리차드 반 캐드릭. 베로니카는 아랫입술을 짓이기며 아리스타의 이름을 곱씹었다. 이런 환상 같은 꿈속에서도 아리스타는 변함없이 나타났다. 독한 그녀만큼 독한 남자였다. 베로니카는 어렴풋이 기억 속의 아리스타를 떠올렸다.

'내가 널 사랑했다고? 어리석은 소리.'

기억 속의 그가 한쪽 입꼬리를 비틀어 올리며 비웃음 가득한 표정을 지었다. 화려한 금발과 함께 언제나 냉철한 모습을 유지하던 그가 베로니카와 마주하면 그보다 더한 싸늘함을 내비쳤다.

한파가 찾아온 것 같은 오한에 그때의 그녀는 살며시 자신의 팔을 감싸 안았다. 그 모습에 그의 비웃음이 더욱 강렬해졌지만, 베로니카는 강해지는 추위에 견딜 수 없다고 느꼈다. 분명 그들이 있는 곳은 응접실. 그것도 난로 가였는데도 불구하고 말이다.

'넌 그저 정치적 도구로 쓰기 좋은 미끼였을 뿐이지.'

결국 그가 진정으로 원하는 아내는 미란다 같은 사랑스러움을 가진 여성이라는 건가. 베로니카의 입가에 자조적인 미소가 떠올랐다.

'너 같은 여자를 누가 사랑할 수 있겠어?'

아리스타는 그녀를 비난했다. 그리고 그 비난은 비수가 되어 베로니카의 심장을 후벼 파고 지나갔다.

그를 사랑한다고 생각했었다. 그래서 베로니카는 그 말을 듣는 순간 하늘이 무너지는 기분을 맛보았다. 베로니카의 눈매가 어그러졌다. 그럼에도 눈물은 흐르지 않았다. 이상한 일이었다. 심지가 모두 타들어간 심장은 더 이상 뛰는 것을 거부하는데, 그것에 반항심을 가져야 할 감정은 메말라만 간다.

'그렇다면… 네게, 네게 난 뭐였어?'

목소리가 갈라졌다. 목이 따끔거리며 아파졌다. 베로니카는 저도 모르게 목을 손으로 감쌌다. 그의 비웃음이 들려왔다. 베로니카는 아랫입술을 지그시 물고는 파르르 떨리는 속눈썹을 들어 그를 바라보았다.

'내게 너란 존재는 저주야. 네가 치 떨리게 싫어. 한 번도 널 사랑한 적 없다. 모든 것은 오로지 널 파멸시키기 위한 연극이었을 뿐이지.'

온몸의 피가 빠져나가는 느낌이었다. 혹시나 하는 마음으로 캐드릭 공작가를 방문한 것이 잘못이었다. 베로니카는 힘이 빠졌다. 현기증이 뇌리를 강타하는 충격이 찾아들었지만 애써 미간을 누르며 정신을 붙잡았다. 이대로 쓰러져 더 이상의 비참함을 맛보는 것은 사양이었다.

'그리고 이제 미란다에게서 떨어져.'

그는 냉정했고, 잔혹했다. 그의 잔인한 처세에 베로니카는 비명을 내지르고 싶었다. 그는 왜 이리도 자신에게 모질고 잔인한가. 왜 이리도 그녀를 나락 속으로 끌어들이지 못해 안달인가.

수면 위로 들이미는 어두운 상념은 그녀를 고통스럽게 만들었다. 미란다를 향한 아리스타의 감정이 진심이라면, 그렇다면 자신은 어쩔 것인가. 자신은 무엇인가. 자신은 왜 책장 사이에 낀 책갈피처럼 그들 사이에 끼어 있는가. 자신은 왜 존재해야 하는가.

"아가씨?"

휴버트의 목소리에 베로니카는 그제야 깊은 회상에서 벗어날 수 있었다.

아리스타. 그래, 아리스타. 그가 뭐라고 자신이 이토록 신경 쓰는 것인가. 이것은 단순한 꿈과 환상일 뿐이고 자신 기억의 잔상에 불과했다.

베로니카는 과거의 상념을 떨치고자 고개를 휘저으며 깊게 심호흡을 했다. 다시금 생각난 절망감에서 빠져나오기 위함이었다. 지나간 일이다. 그녀는 이미 미란다에 의해 죽음을 맞이했고, 현재는 환상과도 같은 행복의 잔영 속에서 꿈을 꾸고 있다. 꿈에서마저 괴로운 기억에 가슴 졸일 필요는 없었다.

휴버트는 베로니카의 표정이 한결 풀린 것을 확인하고는 다시 걸음을 옮겼다. 조금 전 지나치게 그녀의 표정이 굳었던 것도 같았으나, 표정 변화가 너무나도 미세해서 그로서는 자세히 그것을 알아채 낼 재간이 없었다. 그녀의 심정 변화에 대해서라면 후작 각하의 전문 분야가 아니던가.

"혹시 몸이 불편하신 겁니까?"

여전히 어딘가 불편한 표정의 베로니카를 향해 휴버트가 물었다. 조금의 걱정이 묻어나오는 그의 질문에 베로니카는 가슴 언저리가 간질거리는 느낌을 받으며 고개를 절레절레 흔들었다.

"괜찮아요."

"무리하시지 않아도 됩니다."

휴버트의 충고에 베로니카는 옅은 미소로 화답했다. 그 모습에 휴버트 역시 안심한 얼굴로 다시 고개를 돌렸다.

웨일스 후작과 베로니카는 판박이였다. 안젤리카도 물론 웨일스 후작과 닮긴 했으나 그보다 돌아가신 후작 부인을 더욱더 많이 닮아 있었다. 겉은 차갑게 포장되어 있지만 적어도 안젤리카는 자신의 사람에 한해서는 무한한 애정을 보이기 때문이다. 그래서 웨일스 후작은 자신과 닮은 베로니카보단 부인을 닮은 안젤리카 쪽에 더욱 신경을 기울이곤 했었다.

"후작 각하, 클라라 아가씨께서 오셨습니다."

안에서 웨일스 후작의 허가가 떨어지고, 집무실 문이 열렸다. 베로니카는 긴장으로 굳어진 얼굴을 애써 정리하며 곧고 바르게 허리를 폈다. 손바닥에 식은땀이 흘렀다. 그녀는 재빨리 손수건을 꺼내 손에 묻은 땀을 닦아내었다. 하지만 그럼에도 풀리지 않는 긴장을 가다듬는 베로니카의 눈앞으로 집무실로 막 들어서려는 휴버트의 뒷모습이 보였다. 이 상황에서 그녀를 구원해 줄 사람은 휴버트뿐이었다. 그래서 저도 모르게 베로니카는 곧장 휴버트의 옷자락을 손에 쥐고, 그것에 자신이 더 놀라 바로 손을 떼어냈다. 그녀는 계속해서 자신답지 않은 행동을 보이는 것에 대해 스스로를 책망했다.

휴버트가 의아한 얼굴로 그녀를 돌아보았다. 무언가 말을 꺼내야 하겠는데 도무지 말이 나오질 않았다. 결국 그녀는 체념하고 말았다. 꿈이다. 지금 이 상황은 단지 그녀의 환상과도 같은 기억의 잔상 속일 뿐이다. 또한 긴장이 되는 것은 사실이었고, 혼자 힘으로는 도저히 엄두가 나지 않았다. 그런 생각이 다시금 떠오르자 베로니카는 한숨을 내쉬었다. 그래서 그녀는 곧 결단을 내렸다. 다시 손을 들어 휴버트의 옷깃을 꼬옥 손에 쥔 채 그를 올려다보았다.

"들어가요."

이 상태로 말입니까? 휴버트의 당황한 표정을 가뿐이 무시한 베로니카는 이미 전투태세로 돌입해 있었다. 자신의 아버지를 마주하는 데에도 많은 용기가 필요해 보이는 그녀의 모습이 휴버트를 황당하게 만들었다. 물론 그 모습을 황당한 기분으로 바라보는 것은 집무실에 앉아 있던 레인하드 또한 마찬가지였다.

"져스틴 경, 그게 대체……."

분명 휴버트에게 베로니카를 데리고 오라고 말은 했지만, 지금과 같은 모습을 하라 이른 적은 없었다. 휴버트의 옷깃을 꽉 붙들어 잡고 그의 뒤에 바짝 붙어 있는 베로니카의 모습이란…… 레인하드는 할 말을 잃었다. 고목에 붙은 매미 짝이었다. 그는 자신이 안경을 쓰고 있어서 눈이 피로해진 것이라 여겼다. 그리고 곧바로 안경을 벗어 눈을 쓱쓱 비비고는 안경을 닦았다. 그가 안경을 다시 쓰고 베로니카와 휴버트를 바라봤을 때도 역시나 그 모습 그대로였다.

쭈뼛쭈뼛 휴버트의 뒤에 숨어서 자신의 눈치를 보고 있는 베로니카의 모습은, 이전이라면 상상도 할 수 없는 모습이었다. 대체 저 깜찍한 아기 양은 누구란 말인가.

"베르… 정말로 베르가 맞는 것이냐."

레인하드의 황당한 질문에도 그의 심정을 백분 이해하는 휴버트는 반쯤 수긍한 얼굴로 미세하게 고개를 끄덕였다. 베로니카의 지금과 같은 모습이 그들에겐 생소했기 때문이다.

"아, 아버지, 베로니카 맞습니다."

그렇게 말을 꺼낸 베로니카가 휴버트의 옷자락을 더욱 강하게 쥐었다. 타오르는 붉은 머리와 고양이 눈매, 눈 밑에 나 있는 점까지 베로니카가 확실했다. 저 깜찍한 고양이 같은 눈매 가득 겁먹은 표정을 짓고 있으니 깨물어주고 싶다는 생각마저 들었다. 이런, 레인하드는 진심으로 의사를 불러야 하는지 고민하지 않을 수 없었다.

"아버지, 아버지야말로 정말 저의 아버지신가요?"

직접 질문을 받은 레인하드는 물론 휴버트마저 황당한 얼굴로 베로니카를 바라보았다. 대체 무슨 생각으로 저런 말을 내뱉는지 모르겠다는 얼굴이다.

베로니카는 그 말을 꺼내기까지 수많은 고민과 용기가 필요했다. 아버지에게 그 말을 꺼내기 위해서 얼마나 속으로 그 말을 곱씹고 또 곱씹어보았는지 모른다. 베로니카의 입술이 파르르 떨렸다. 주체할 수 없는 감정으로 그녀는 다시금 아랫입술을 깨물었다. 심장이 타들어갈 것 같았다.

베로니카는 저도 모르게 한 손으로 가슴을 움켜쥐고 고통스러운 표정을 보였다. 아버지의 마지막 얼굴이 떠올랐다. 비참하게 처형대에 목이 걸려 있던 그 끔찍한 모습. 채 그 모습을 눈에 담기도 전에 그녀는 아리스타에게 납치되듯 끌려 자리를 피해야만 했었다.

베로니카는 두 눈을 크게 뜨고 아버지의 모습을 눈에 담았다. 그녀와 같은 붉은색의 머리카락. 그녀의 눈동자는 어머니 쪽을 닮아 에메랄드빛이지만, 아버지의 날카로운 눈매와 전체적인 분위기는 그녀와 똑같은 것이었다. 아아, 아버지! 베로니카는 힘주어 두 눈을 감았다. 떨리는 심장이 목울대를 타고 입 밖으로 튀어나올 것만 같았다. 말로는 도저히 형언할 수 없는 온갖 감정이 복받쳐 올랐다.

"이런…… 져스틴 경, 대체 내 딸에게 무슨 짓을 한 건가."

결국, 화살은 휴버트에게로 돌아왔다. 레인하드의 질책에 휴버트는 동요 없는 얼굴로 그를 향해 고개를 숙였다. 아무런 말도 하지 않았지만, 그것만으로도 레인하드는 그가 강하게 그 사실을 부인하고 있다는 것을 알아차렸다.

순간 휴버트의 옷깃을 잡은 베로니카의 손이 사시나무 떨리듯 부들부들 떨려왔다. 그 변화를 눈치챈 휴버트가 베로니카를 돌아보았다.

"아버지."

베로니카가 휴버트에게서 떨어져 나왔다. 휴버트를 못마땅한 얼굴로 바라보던 레인하드의 시선이 다시 베로니카에게로 꽂혔다. 그리고 베로니카의 다음 행동을 기다리는 그의 눈동자엔 흥미로움이 묻어 있었다. 그녀의 다음 행동을 예측할 수 없기 때문이다. 대체 하룻밤 사이에 그녀에게 무슨 일이 일어난 것인가.

"아버지."

"그래, 베르."

아버지의 웃음기 어린 대답에 베로니카는 다시 눈을 감았다. 눈시울이 뜨거웠다. 복받쳐 오르는 서러운 감정에 입술을 비집고 신음이 터져 나올 것 같았다. 결국, 붉은 머리칼을 늘어뜨리고 날카로운 눈매를 가볍게 찡그린 그녀의 에메랄드 눈동자 가득 투명하고 맑은 눈물이 흘렀다. 소리 한 번 내지 않고 흐르는 눈물은 보는 이의 심장마저 옥죄어올 만큼 안쓰러운 감정을 불러일으켰다.

처연한 눈물방울이 이슬처럼 베로니카의 볼을 타고 흘러 내렸다. 한번 터진 눈물은 그칠 줄을 몰라 그녀는 본인의 눈물에 저조차도 어쩔 줄 몰라 했다. 그 모습을 바라보는 레인하드의 가슴이 미어진 것은 말할 것도 없었다.

레인하드는 당황한 얼굴로 베로니카를 보았다. 네 살 때, 후작 부인이 세상을 뜨고 난 후로는 단 한 번도 본 적 없는 베로니카의 눈물이다.

"베로니카, 왜 그러는 것이냐?"

기어코 레인하드가 자리에서 일어섰다. 눈물을 흘리는 베로니카와 그런 그녀를 보고 당황해 어쩔 줄 모르는 웨일스 후작. 정말로 진귀한 장면이 아닐 수 없었다. 방 안의 공기가 미묘하게 달라진 것 같다고 느낀 휴버트는 한 걸음 뒤로 물러나 시선을 살짝 내렸다. 두 부녀를 방해하고 싶지 않았기 때문이었다.

흐르는 눈물을 미처 닦아내지도 못하고 어쩔 줄 모르던 베로니카가 시선을 들었다. 그녀의 시선 끝에 당황한 얼굴로 자신을 바라보는 세상에 하나뿐인 아버지가 있었다. 아버지였다. 숨을 쉬고 살아 있는 아버지였다. 허공을 배회하던 레인하드의 손이 어쩔 줄 모르는 얼굴로 등 뒤로 감춰졌다.

눈앞의 웨일스 후작은 분명한 그녀의 아버지였다. 또한, 지금의 상황이 꿈과 환상이 만들어낸 기억의 산물이라 하여도 그것은 변치 않는 사실이다. 거기까지 생각이 미치자 베로니카는 안젤리카 때와 마찬가지로 더는 망설이고 있을 수 없었다.

"아버지⋯⋯."

베로니카가 조심스럽게 팔을 뻗어 레인하드를 향해 다가갔다. 그 역시 당황한 얼굴이었지만, 침착한 얼굴로 팔을 벌려 부드럽게 안겨드는 베로니카를 감쌌다. 포근한 느낌이다. 베로니카는 그를 온 힘을 다해 안고 어깨에 턱을 기대고 다시 눈물을 터뜨렸다.

"보고 싶었어요."

베로니카가 작게 울먹였다. 울먹이는 목소리 끝에 딸려 나오는 진한 떨림에는 두려움이 묻어 있었다. 행복함을 느끼는 것과 동시에 그녀는 두려움에 떨었다. 행복을 빼앗기고 싶지 않다는 생각이 지배적이었다.

울먹이는 베로니카의 말에 레인하드가 고개를 끄덕이며 그녀의 등을 부드럽게 토닥였다. 무슨 일인지는 알 수 없지만, 현재는 그녀를 달래주는 것이 우선이었다. 몇 년 만에 안겨오는 딸아이다. 안젤리카는 이미 너무 자랐고 남아 있는 베로니카는 어렸지만 지나치게 성숙했다. 어머니의 죽음 이후로 성숙해져 버린 딸의 모습에 늘 안쓰러워하지 않았던가.

"무슨 일이 있었던 것이냐?"

굳어진 얼굴의 레인하드가 물었다. 그리고 그의 품에서 떨어져 나온 베로니카가 그의 눈동자에 시선을 맞추었다. 붉게 충혈된 딸아이의 눈동자가 보기 안쓰러워 레인하드는 그녀의 눈두덩을 부드럽게 쓰다듬었다.

베로니카의 입술이 울컥 터져 나오는 울음소리를 참아내느라 바르르 떨리고 있었다. 그녀가 기어코 아랫입술을 물며 미간을 찌푸렸다.

"그냥… 나쁜 꿈을 꾸었어요."

그래, 나쁜 꿈이었다. 지나친 악몽. 끔찍했던 꿈.

"아버지와… 안젤리카, 휴버트… 그리고 웨일스 가문의 사람들이 모두 사라지는 꿈이요."

울먹이는 베로니카를 바라보며 레인하드는 다시 그녀를 품에 안고, 가만히 등을 부드럽게 쓰다듬어 주었다. 그의 부드러운 손길 아래서 베로니카는 부르르 떨림을 멈추었다. 비로소 가장 믿을 수 있고, 가장 신뢰하고, 가장 사랑하는 아버지의 품 안에서 안도를 느끼고 안식을 찾은 것이리라. 이어서 작은 흐느낌이 봇물처럼 쏟아져 나왔다.

레인하드는 가볍게 베로니카의 등을 토닥였다. 매번 성숙하다 여겼지만 어린아이답지 않다 여겼지만, 아직 베로니카는 열두 살의 어린 소녀였다. 어른들의 보호가 필요한 어린아이였다.

레인하드는 겁에 질려 눈물을 흘리는 베로니카를 보며 안쓰러운 감정이 들었다. 얼마나 혼자 외로웠을까. 자신을 성숙하다, 어른스럽다 여기는 사람들의 기대 어린 시선에 맞춰 어린아이임에도 어린아이란 사실을 버려야만 했던 것이 얼마나 힘들었을까.

"괜찮다, 베로니카. 그런 일은 절대로 일어나지 않을 거야."

베로니카는 아버지의 품에 안겨 안도감에 젖은 얼굴로 눈을 감았다. 안젤리카와 휴버트, 그리고 아버지까지 모두 무사한 것을 확인했다. 그것으로 되었다. 다시 꿈에서 깨어난다 해도 후회가 없었다. 마지막 가는 길에 그들을 모두 만났다는 사실이 만족스러웠다.

"후작 각하, 캐드릭 공작 각하와 캐드릭 영식께서 오셨습니다."

밖에서 들리는 멜비른 집사의 나직한 음성에 베로니카의 등이 긴장으로 딱딱하게 경직되었다. 레인하드가 의아한 얼굴로 그녀를 바라보았지만, 베로니카는 그의 시선을 신경 쓰지 못할 정도로 온몸의 신경이 집사의 말에 꽂혀 있었다.

레인하드가 자리에서 천천히 일어섰다. 베로니카의 시선에 잠시 그녀를 내려다본 레인하드가 가만히 그녀의 머리를 쓰다듬어 주었다. 어설프지만 따스한 애정이 배인 동작이었다.

"캐드릭 공작이 네게 아리스타 리차드를 소개해 주고 싶다는구나."

베로니카가 손수건으로 눈물을 닦아내며 고개를 끄덕였다.

레인하드가 의견을 구하듯 그녀를 바라보았지만, 베로니카는 실망스러운 모습을 보일 생각은 없었다. 거절하는 것은 예의가 아니었다. 아무리 꿈이라 한들 베로니카는 오랜만에 만난 아버지가 곤란해하는 모습을 보고 싶지 않았다. 그래서 그녀는 선뜻 싫다는 말이 나오지 않았다.

휴버트가 한 발자국 물러나 그들이 지나가길 기다렸다. 캐드릭 공작과 아리스타는 응접실에 있을 것이다. 베로니카는 마른침을 삼키며 가만히 후작과 맞잡은 손을 바라보았다. 차갑기만 할 것 같은 웨일스 후작의 손은 뜻밖에 따스했다.

"오, 레인하드!"

응접실에 들어가자 금발을 가진 중년의 남자가 반갑게 레인하드를 맞이했다. 베로니카는 가만히 아버지의 손을 잡고 그런 중년의 남자를 바라보았다. 캐드릭 공작. 베로니카는 공작이 죽기 전까지 얼마나 그녀에게 다정하고 좋은 분이었는지, 여전히 생생하게 기억하고 있었다.

당시 애정에 목말라 있던 베로니카에게 아버지보다 더 아버지 같았던 분이다. 공작이 살아 있을 당시만 해도 아리스타는 그녀에게 좋은 친구일 뿐이었다. 그래서인지 베로니카의 기억 속 캐드릭 공작은 항상 좋은 모습만이 남아 있었다.

칼릭스가 레인하드에게 제법 친근함의 표시를 보냈지만, 레인하드는 성가시다는 얼굴로 손을 휘저었다. 그러자 아쉬운 얼굴로 입맛을 다시던 칼릭스의 시선이 베로니카에게로 떨어졌다. 그녀를 바라보는 그의 눈이 일순간 반짝였다.

"이쪽이 바로 자네의 딸인가?"

칼릭스는 새로운 먹잇감을 찾은 하이에나처럼 눈에 불을 켜고 베로니카를 향한 강한 호기심을 드러냈다. 베로니카는 떨떠름한 얼굴로 아버지에게 바짝 붙어 섰다. 하지만 그는 다름 아닌 캐드릭 공작이었다.

레인하드가 못마땅한 얼굴로 입을 열려는 찰나 베로니카는 결심이 선 얼굴로 다시 몸을 떳떳이 펴고 그의 손을 놓았다. 그녀가 곧바로 치마 끝단을 살짝 잡아 올리고 무릎을 굽혀 인사했다.

"로알스의 가호가 언제나 당신께 머물기를. 처음 뵙겠습니다, 캐드릭 공작 각하. 웨일스 후작가의 두 번째 꽃, 베로니카 클라라 로드 웨일스라고 합니다."

로알스의 가호가 언제나 당신께 머물기를. 대륙 어디서나

통하는 인사법이다. 특히나 귀족들의 인사 예절에서는 이 축복이 절대 빠질 수 없었다. 로알스는 세계를 창조한 창조주의 권위를 뜻하는 말로, 창조주의 권위가 깃든 가호가 언제나 머물기를 바란다는 인사말이었다.

인사를 마친 베로니카는 얼른 다시 아버지의 손을 맞잡고 그에게 바짝 붙어 섰다. 그러고는 떨리는 가슴을 부여잡고 고개를 들어 캐드릭 공작을 바라보았다. 만면에 미소를 달고 자신을 바라보는 공작은 과거의 기억대로 여전했다.

베로니카는 곧바로 고개를 숙였다. 계속해서 그를 바라보고 있자면 울컥, 다시 한 번 눈물이 흘러 버릴 것 같았기 때문이다.

"호오, 과연 소문대로 사랑스러운 장미가 아닌가. 베로니카, 베르라고 불러도 되겠는가?"

칼릭스의 친근한 미소에 낯간지러운 기분이 든 베로니카가 뒤로 물러섰다. 그의 다정 어린 시선이 끈질기게 그녀에게 따라붙었다. 베로니카는 망설이는 얼굴로 입술을 우물거리더니 이내 고개를 끄덕였다. 그라면 기꺼이 애칭을 허락해 드리는 것이 마땅하다 여겼다. 다름 아닌 캐드릭 공작이었기 때문이다.

"물론입……."

"허락할 수 없네."

그리고 그들 사이를 가르고 선 레인하드가 냉랭한 얼굴로 칼릭스를 바라보았다. 베로니카의 당황한 시선이 그를 향해 닿았지만, 레인하드는 아무렇지 않은 얼굴로 칼릭스를 차갑게 바라볼 뿐이었다.

"거참, 자네, 팔불출인 거 이미 소문 파다하네. 그만해도 되지 않겠나? 어찌 내게도 그러나. 쯧쯧."

칼릭스의 말에 레인하드가 냉랭한 말로 또다시 그 말을 받아쳤다. 베로니카가 그 둘을 번갈아 바라보며 두 눈을 동그랗게 떴다. 기억 속엔 없는 장면이다. 공작과 아버지 사이로 고개를 왔다 갔다 하던 베로니카는 둘의 말싸움이 계속되자 당황한 얼굴로 발을 굴렀다. 레인하드의 시선이 힐끔 안절부절 못하는 베로니카에게로 닿았다.

"시끄럽네, 칼릭스. 자네는 너무 입을 함부로 놀리는 것이 탈이야. 자중하게. 귀찮아 죽겠군."

"허어. 거 자네야말로 말을 너무 막 하는 거 아닌가. 그러니 남아 있는 친우가 나뿐인 거라네."

"그건 자네 생각일 뿐이지."

점점 심해지는 말싸움에 베로니카가 당황한 얼굴로 어쩔 줄을 몰라 했다. 본인들은 전혀 문제 될 것 없다는 표정임에도 베로니카는 두 분의 말다툼에 곤란한 얼굴이 되어버렸다. 한 번도 아버지와 공작이 그녀 앞에서 이토록 친근한 모습을 보인 적이 없어서 지금과 같은 상황이 어색하고 당황스러웠다. 언제나 베로니카의 앞에서 아버지와 캐드릭 공작은 근엄한 모습만을 보였기 때문이다.

"두 분 말씀 중에 버릇없이 죄송합니다만, 아버지, 저도 좀 소개를 해주시지 않겠습니까."

그리고 들려온 나긋나긋한 목소리에 베로니카의 몸이 딱딱하게 굳었다. 아직 앳되고 어렸지만 잊을 수 없는 목소리다. 그녀의 시선이 소리가 난 방향으로 돌아갔다. 그곳엔 금발의 작고 어린 소년이 부드러운 얼굴로 그녀를 바라보고 있었다. 천사 같은 얼굴 뒤에 악마를 숨기고 있는 무서운 사람. 참으로 오랜 인연이자, 지독한 악연이 분명한 어릴 적의 아리스타. 바로 그가 눈앞에 서 있었다.

"아, 미안하구나. 베르, 이쪽이 내 아들 아리스타라네. 아스?"

칼릭스의 부름에 오른팔을 허공에 부드럽게 반원을 그리며 배 앞으로 가져온 아리스타가 이내 허리를 살짝 숙여 인사했다. 열다섯답지 않은 우아하고 매력적인 예법이었다. 화려한 금발, 수려한 외모를 가진 아리스타가 베로니카를 향해 미소 지었다. 정교한 붓으로 그림을 그린 듯 유연한 미소였다.

"로알스의 가호가 언제나 두 분께 머물기를. 처음 뵙겠습니다, 웨일스 후작 각하. 그리고 로드 웨일스. 저는 캐드릭 공작가의 첫 번째 빛, 아리스타 리차드 반 캐드릭이라고 합니다."

저도 모르게 레인하드를 잡은 베로니카의 손에 힘이 들어갔다. 레인하드가 힐끔 그런 그녀를 내려다보자, 베로니카가 잔뜩 긴장한 얼굴로 그에게 바짝 붙어서 아리스타를 바라보았다. 그 모습에 레인하드의 미간에 주름이 드리워졌다.

"그래, 자네가 소개해 주고 싶다는 이가 바로 아리스타였군."

레인하드의 냉철한 시선이 아리스타에게 꽂혔다. 그럼에도 아리스타는 여전히 천진한 미소를 입가에 걸고 있었다. 그것이 못내 못마땅한 레인하드가 탐탁지 않은 얼굴로 그를 바라보았다.

"제 또래의 영애가 있다는 이야기를 듣고 아버지께 소개를 부탁드렸습니다. 무례가 아니길 바랍니다."

아리스타의 유려한 말투에 베로니카는 혀를 차고 싶은 기분이었다. 그녀는 아버지의 손을 잡은 채 다시 한 발자국 뒤로 물러섰다. 또래의 귀족 영애가 그녀만은 아니었다. 제국 내를 뒤져본다면 스무 명은 족히 나올 것이다. 그럼에도 그녀를 찾았다는 것은 특별히 그녀에게 관심이 있었다는 이야기다.

베로니카는 빤히 바라보는 시선으로 아리스타를 바라보았

다. 이 시기의 아리스타는 변하기 전의 아리스타였다. 그녀가 아는 악마의 얼굴을 가진 아리스타와는 조금 다른 감이 있었지만, 원래의 성정은 변하지 않는 법이다. 베로니카는 잔뜩 경계가 서린 얼굴로 아리스타를 살폈다.

그만 보면 가슴이 아파졌다. 그를 믿었던 결과로 그녀에게 돌아온 것은 먹먹한 심장, 상처투성이 기억, 피폐한 정신, 죽어버린 시간이었다. 그뿐만 아니었다. 짐승들의 먹잇감이 된 가족들의 시체와 빼앗겨 버린 친우, 잃어버린 첫사랑, 사람들의 경멸 어린 시선과 그녀가 가진 모든 희망, 그 모든 것이 비명을 지르며 한데 어우러져 그녀를 삼키려 들었다.

"그래, 그럼 이제 어른들은 빠져줘야지? 안 그런가, 레인하드?"

"미안하지만, 나는 싫네."

누구보다 자신과 닮은 딸아이의 감정 변화에 관한 것은 민감하게 알아챌 수 있는 능력을 지닌 레인하드였다. 그리고 그런 그의 강경한 의지에 칼릭스의 표정에 당혹감이 어렸다. 레인하드의 발언에 할 말을 잃은 칼릭스를 대신해서 베로니카가 나섰다. 그녀는 잡고 있던 아버지의 손을 놓고 고집스러운 눈동자로 그를 바라보았다.

"전 정말 괜찮아요, 아버지."

그는 답이 없었다. 다만 한동안 베로니카를 빤히 바라보기만 했을 뿐이다. 그리고 베로니카는 아버지가 의도를 파악하고자 자신을 면밀히 살펴보았음을 알았다. 결국, 레인하드는 체념 어린 얼굴로 고개를 끄덕였다. 그리고는 베로니카에게서 시선을 돌려 아리스타를 노려보았다. 여전히 아리스타는 천진한 미소가 어린 얼굴로 그들을 관찰하고 있었다.

"내 딸에게 허튼수작 부리지 않길 바란다."

레인하드의 싸늘한 말에 칼릭스가 기겁을 하며 갓 잡은 신선한 생선처럼 퍼덕퍼덕 날뛰었다.

"아니, 자네! 우리 아스를 뭐로 보고 그딴 막말을 지껄이는 건가!"

두 아버지의 싸움을 가만히 바라보던 베로니카가 작게 한숨을 내쉬었다. 그녀는 아버지의 걱정 어린 시선을 뒤로하고 아리스타와 함께 응접실 의자에 올랐다. 잠시 후 레인하드와 칼릭스가 싸움을 접은 뒤 자리를 비켜주고 나서야 다과가 나왔다.

베로니카는 말없이 차를 마셨다. 그 순간에도 아리스타의 시선은 그녀에게서 떨어질 줄을 몰랐다. 베로니카는 다시 들고 있던 찻잔을 내려놓았다. 그 일련의 동작들은 우아하고 기품이 있어 보는 사람으로 하여금 감탄을 내지르게 했다.

베로니카는 시선을 들지 않고 가만히 찻잔을 내려다보며 작게 한숨을 내쉬었다. 피할 수 없다면 담담하고 겸허하게 받아들이리라.

"저를 보고 싶다고 한 이유가 뭐죠?"

베로니카의 물음에 막 찻잔을 들어 올려 입가에 가져가던 아리스타의 손짓이 멈추었다. 그의 시선이 다시 한 번 베로니카를 찬찬히 훑어 내렸다. 그가 화려한 금발이라면 저쪽은 화려한 적발이었다. 게다가 보석 같은 에메랄드빛 눈동자.

저렇게 진하고 아름다운 눈동자는 처음이다. 날카로운 눈매에 그녀를 요염한 소녀로 만들어주는 눈물점까지. 과연 소문대로 그녀에게는 열두 살 소녀에게 어울리지 않는 매혹이 있었다. 확실히 '그' 웨일스 후작의 핏줄이라는 건가. 아리스타는 입가에 진득한 미소를 머금었다.

"영애도 짐작했다시피 제가 웨일스 영애께 굉장한 호감이 있어서 말이죠."

베로니카의 눈썹이 불쾌함으로 일그러졌다. 하지만 아리스타는 그 모습을 못 본 척 넘겼다. 여전히 그의 입가엔 천진한 소년의 미소가 걸려 있었다.

"그렇게 경계할 필요 없어요, 클라라 양."

"친근한 척 굴지 말았으면 하네요."

곧바로 치고 들어오는 베로니카의 대답에 아리스타의 미소가 미세하게 일그러졌다. 보통의 사람이라면 눈치채지 못할 만큼의 미세함이 있었지만, 베로니카는 금방 그 점을 눈치

챘다. 게다가 은근슬쩍 클라라 양이라니. 곧 있으면 베로니카
라고 이름을 부를 기세다.

"친근한 척이라니요. 저는 단지 클라라 양과 친해지고 싶
었을 뿐……."

아리스타의 미소는 상대방의 경계를 순식간에 허물어 버
릴 만큼의 나른함이 있었다. 그만큼 그의 거짓된 미소가 상대
방의 경계를 느슨하게 만든다. 친해지고 싶다라……. 베로니
카는 가만히 그 말을 곱씹었다. 생각해 보니, 아리스타와의
첫 만남은 그다지 나쁜 기억이 아니었다. 그는 워낙 겉으로
예의가 바르고 말재주가 좋아서 냉랭한 베로니카를 늘 즐겁
게 해주었기 때문이다. 다만 캐드릭 공작이 세상을 뜨기 전까
지만 말이다.

"하……."

베로니카가 낮게 한숨을 내쉬었다. 아리스타의 의아한 얼
굴이 그녀에게로 향했다. 베로니카의 속눈썹이 두어 번 깜빡
이고 다시 제자리를 찾아 아리스타를 바라보았을 땐, 눈동자
가득 짜증이 묻어 있었다. 애초에 캐드릭 공작이 세상을 뜨기
전까진 아리스타는 그녀에게 좋은 친구였다는 생각은 틀린
말이다. 겉으로 보기에, 또 어린 베로니카가 느끼기에 그랬다
는 것이기 때문이다. 실제로 아리스타는 베로니카에게 목적
을 가지고 접근했었다. 장난감이라는, 사람에게 어울리지 않

는 명목을 가지고 말이다.

"어설픈 연극에 넘어갈 만큼 제가 쉬워 보이던가요, 반 캐드릭?"

베로니카의 지적에 아리스타의 표정에서 서서히 미소가 지워져 갔다. 베로니카는 아무런 감흥도 없는 표정으로 그런 아리스타의 얼굴을 가만히 바라보았다.

"제법 눈썰미가 있군. 역시 소문대로야."

아리스타의 표정이 단번에 변했다. 하지만 그럼에도 베로니카는 덤덤한 얼굴로 차를 마셨다.

"넌 여전히 그대로구나, 아스."

베로니카는 저도 모르게 튀어나온 말에 입술을 깨물었다. 아무리 꿈이라고 한들 상대방은 과거의 아리스타도 아닐뿐더러 아직 어렸다. 게다가 무의식중에 나온 그의 애칭에 아리스타가 놀란 시선으로 그녀를 바라보는 것이 느껴졌다. 늘 아스라고 부르던 탓에 오히려 성명을 부르는 것이 베로니카에겐 더 어색했다.

그리고 그런 그녀를 바라보는 아리스타의 표정에 흥미가 어렸다. 그의 눈초리가 가늘어졌다. 관찰하는 시선으로 베로니카를 무례할 정도로 훑어 내렸다.

"여전하다니? 무슨 말인지 모르겠군."

아리스타의 천진한 미소에 베로니카의 미간이 짜증스럽게

일그러졌다. 어린 베로니카는 그의 거짓된 얼굴에 속아 넘어 갔을지언정 현재의 베로니카는 달랐다. 애초에 글러먹은 아리스타의 성격이 문제다. 개선의 여지가 있고 없고를 떠나 베로니카는 그와는 꿈에서라도 얽히고 싶지 않았다. 그것은 한치의 거짓도 없었다.

그의 발밑에 매달려서라도 제발 자신에게서 신경을 꺼주지 않겠느냐고 빌고 싶을 정도다. 베로니카의 눈동자가 똑바로 아리스타를 마주 보았다.

"피곤하니까 이만 돌아가 줬으면 좋겠어."

명백한 축객령에 아리스타의 얼굴이 싸늘하게 굳었다. 그에게서 흘러나오는 냉기에 움찔할 만도 하건만 베로니카는 여전히 태연한 얼굴로 얌전히 앉아 있었다. 그 모습에 더욱 분통이 터지는지 아리스타가 짜증스러운 얼굴로 자신의 앞머리를 쓸어 넘겼다.

베로니카는 아리스타가 아직 열다섯 살에 불과하다는 사실을 천천히 인지하기 시작했다. 본래의 아리스타였다면 이런 상황에서도 미소를 잃지 않은 채 그녀를 마주 대했을 것이다. 물론 그녀의 가문이 몰락한 후로는 그럴 필요도 없다고 여겼는지 뒤늦게 그녀에게만은 냉기를 풍기는 아리스타였지만 말이다.

"렌프루의 여우자식과 비슷한 반응이야."

렌프루 가문? 베로니카의 얼굴에 의문이 어렸다.

그제야 베로니카의 흥미를 이끌어냈지만 아리스타는 짜증스레 손을 올려 머리를 헤집었다. 하필 그것이 렌프루가의 여우자식 때문이라니. 날카로운 눈매를 동그랗게 뜨고 고개를 갸웃거리며 생각에 잠긴 붉은 머리의 소녀는 정말로 한 마리의 고양이를 연상시키듯 귀여웠다. 아리스타는 가만히 의자 등받이에 등을 기대앉아 팔짱을 끼고 다리를 꼬았다.

"렌프루 공작가의 로웰 클라우스를 말하는 거니?"

갑자기 렌프루 공작가의 로웰 클라우스의 이름이 왜 거론되는 것인지 베로니카는 알 수 없었다. 과거에는 물론 기억이 가물가물한 아리스타와의 첫 대면에서도 로웰 클라우스에 대한 이야기는 없었다. 그만큼 그녀에겐 생소한 사람이었다.

베로니카의 물음에 아리스타가 비웃음을 지었다. 그의 천사 같은 용모와 도무지 어울리지 않았지만, 그 부조화 또한 매력으로 다가오는 게 바로 그였다. 베로니카는 그것이 못내 못마땅했지만, 잘난 외모란 것이 어디서든 먹히는 모양이다.

아리스타가 베로니카의 물음에 긍정의 의미로 고개를 끄덕였다.

"맞아."

그 대답에 베로니카는 한숨을 내쉬었다. 아리스타를 바라보는 시선에는 한심스러운 감정도 섞여 있었지만 아리스타는 여전히 천진한 얼굴로 앉아 있었다.

리비엘라 제국에 캐드릭 공작가를 제외한 공작가는 렌프루 공작가와 오블레앙 공작가뿐이었다. 그래서 상대적으로 공작가의 권력은 실로 대단했으며, 황권에 미치지는 못하지만 막강했다. 그러므로 렌프루 공작가의 로웰은 그의 놀이 상대로는 적합하지 않았다. 그럼에도 아리스타가 그를 점찍었다는 것은 렌프루 공작가에 그의 흥미를 끌 만한 무엇인가가 있다는 것이다.

"결국엔 모든 건 내 뜻대로 되고 말 거야."

베로니카의 황당한 표정이 보이지도 않는지 아리스타는 그렇게 말하며 다시 천사 같은 얼굴로 돌아와 그녀가 가장 싫어하는 꿍꿍이 가득한 미소를 지어 보였다.

"좋을 대로 해."

난 관심없으니까. 뒷말을 삼키며 베로니카는 찻잔을 들어 이제는 식어버린 차를 마셨다. 베로니카의 무관심한 말에도 아리스타는 아랑곳없었다. 팔짱을 끼고 싱글거리면서 그녀를 빤히 바라보는 것이 아예 그녀의 말을 한 귀로 듣고 한 귀로 흘려보내는 듯했다.

"의연한 척해봐야 소용없어."

아리스타의 말에 그를 힐끔 바라본 베로니카가 다시 찻잔을 내려놓으며 가만히 눈을 감았다.

"말했지, 아스."

그리고 그녀 역시 그를 똑바로 마주 바라보고 한쪽 입꼬리를 올려 웃었다. 명백한 비웃음이었다. 그 덕에 익숙한 말투로 부른 그의 애칭에 대해서는 베로니카 본인도 아리스타도 알지 못했다.

"네 마음대로 해."

베로니카는 가볍게 어깨를 으쓱이며 자리에서 일어섰다. 미련없다는 그녀의 행동에 아리스타의 얼굴이 무참히 일그러졌다.

그의 살벌할 정도로 날카로운 시선에도 베로니카는 관심 없다는 표정 그대로였다. 그녀는 자리에 일어선 그대로 아리스타를 향해 드레스 자락을 들어 올리며 인사했다.

"즐거운 시간이었습니다, 반 캐드릭. 그럼 저는 이만."

베로니카는 그대로 뒤를 돌아 문을 열고 응접실을 벗어났다. 앞으로도 그를 만나는 일이 없었으면 좋겠다고 그녀는 생각했다. 꿈에서라도 아리스타를 만나고 싶지 않은 것이 당연했다. 그는 그녀의 떼어내고 싶은 과거이자 그녀 과거의 전부이기도 했기 때문이다.

*　　　*　　　*

"베로니카님?"

소피아의 부름에 베로니카가 퍼뜩 정신이 든 얼굴로 그녀를 바라보았다.

그리고 멍한 얼굴의 베로니카를 그녀의 전속 시녀 소피아는 놀라운 시선으로 바라보았다. 그녀가 베로니카의 전속 시녀로 배정된 것도 어언 3년. 베로니카의 얼빠진 모습은 정말로 처음이었다.

"소피아."

베로니카의 멍한 부름에 소피아가 긴장된 얼굴로 자세를 바로잡았다.

"네, 베로니카님."

소피아의 대답에 초점을 잃은 베로니카의 시선이 그녀에게로 닿았다.

"벌써 삼 일째야."

대체 무엇이? 의문 어린 소피아의 표정을 지나친 베로니카가 이내 테라스로 너머로 시선을 던졌다. 화창한 날씨였다. 내리쬐는 햇살이 자연스레 테라스를 기어올라 베로니카의 침실에까지 닿았다. 그리고 그 햇살의 눈부심이 싫은 듯 베로니카가 기어이 이불을 붙잡고 슬금슬금 빛을 피해 침대 끝자락으로 자리를 이동했다.

"이건 더없는 고문이야."

그러니까 대체 무엇이? 소피아의 얼굴에 답답한 심정이 떠올랐지만, 그녀는 곧 그것을 빠르게 갈무리하고 고개를 숙였다.

"무엇이 말이죠?"

소피아의 물음에 베로니카가 다시 그녀를 바라보았다. 입술을 두어 번 달싹이던 베로니카가 나직이 한숨을 내쉬며 침대 위에 앉아 무릎을 세웠다. 그리고는 한쪽 팔을 무릎 위에 기대고는 가만히 그 손바닥 위에 머리를 기댔다.

아리스타가 그렇게 공작가로 돌아가고, 베로니카는 그것으로 모든 것이 끝났다 여겼다. 그래서 그날 하루를 웨일스 후작과 안젤리카에게 모두 쏟아부었다. 잠자리에 들면서도 생전 해보지도 할 엄두도 나지 않았던 어리광을 피우며 후작을 제 옆에 두기까지 했다. 잠이 들면 모든 것이 끝나리라 생각했던 것이다.

이 행복한 꿈이 깨어나면 다 사라질 생생했던 환상에 불과하다고 여겼다. 그런데 벌써 삼 일이다. 그녀는 그대로 눈을 떴지만 꿈에서 깨어나지 않았다. 너무 꿈이 길었다. 아니면, 이쪽이 정말로 현실이거나. 어느 쪽이든 혼란스러운 것은 마찬가지였다.

"꿈 말이야."

소피아는 차분히 기다렸다. 두서없는 베로니카의 말이 적 잖이 당황스러웠음은 물론이며, 그녀가 아는 베로니카는 애 초에 이런 식의 화법을 구사하는 소녀가 아니었다.

"이렇게 행복한 꿈을 내내 꾸고 있으면 깨고 싶지 않아지 잖아."

베로니카의 얼굴이 이내 일그러졌다. 그녀가 머리를 기대 고 있는 자신의 손에 얼굴을 비비적거리더니 이내 얼굴을 무 릎 위에 파묻었다. 어쩐지 소피아는 베로니카의 어깨가 들썩 이는 것 같다고 생각했다.

"베로니카님."

소피아의 부름에 베로니카가 천천히 고개를 들었다. 그 일 련의 과정에도 상처 입은 새끼 고양이의 모습이 겹쳐져서 어 쩐지 가슴이 아련했다.

자신을 똑바로 바라보는 소피아를 보며 베로니카는 그녀 의 눈동자 색이 사실은 바다를 닮은 푸른색이 아닌, 싱그럽게 반짝이는 낙엽과 같이 옅은 녹색이라는 것을 알았다. 실로 놀 라운 깨달음이었다. 소피아와 함께한 것이 20년은 족히 넘었 다. 그럼에도 그녀의 눈동자 색조차 뚜렷이 알지 못했다니. 자신의 무관심함에 베로니카는 또다시 울컥 기분이 가라앉았 다.

"베로니카님."

다시 한 번 소피아가 그녀를 불렀다. 그리고 소피아는 울먹이는 얼굴로 자신을 바라보는 베로니카의 에메랄드빛 눈동자에 당황함을 감추지 못했다. 베로니카의 어린아이다운 모습은, 평소라면 상상조차 할 수 없었던 모습이다. 하지만 소피아는 이내 능숙하게 표정을 갈무리하고는 다시 베로니카를 바라보았다.

　"꿈이 아닙니다."

　소피아의 대답에 베로니카의 눈동자에 초점이 돌아오고 있었다. 소피아는 새삼 쑥스러운 기분이 들었으나, 처음으로 자신에게 긴말을 늘어놓은 베로니카를 향해 그녀 나름대로 격려의 말을 건네주고 싶었다.

　소피아의 입가에 잔잔한 울림과도 같은 미소가 퍼져 올랐다. 마치 찬찬히 잉크가 퍼져 나가듯, 물감이 종이에 스며드는 것과 같은 그런 부드러운 미소였다.

　"여기 있는 모든 것을 부정하려 들지 마십시오, 베로니카님. 만일 모든 것이 꿈이라 하더라도 중요한 것은 베로니카님의 마음먹기에 달려 있다는 것을 기억해 주세요."

　소피아의 조언에 베로니카는 잠시 얼떨떨한 표정을 지었다. 그녀는 작게 입을 벌리고 가만히 소피아를 바라보았다. 그러자 소피아의 두 볼에 발그레한 홍조가 들었다.

　참 예쁜 색이다. 베로니카는 진심으로 그녀의 얼굴이 아름답다고 여겼다. 저토록 아름다운 소피아의 모습을 왜 그동안 알지 못했을까. 베로니카는 다시 한 번 후회가 들지 않을 수 없었다. 언제나 옆에 서서 자신의 무표정함에 동화되듯 그렇게 표정이 사라져만 가던 소피아. 단 한 번도 베로니카는 그런 소피아의 모습에 의문을 가진 적이 없었다.

"고마워, 소피아."

베로니카의 감사 인사에 소피아가 부끄러운 얼굴로 고개를 푹 숙였다. 고개 숙인 소피아의 정수리를 바라보며 베로니카의 입가에 처음으로 자연스러운 미소가 걸렸다. 그리고 다시 고개를 들고 그 미소를 바라본 소피아는 물론 그녀의 뒤에 가만히 고개를 숙이고 있던 시녀들 모두 놀란 얼굴로 고개를 들고 멍하니 베로니카의 미소를 바라보았다.

과거로 돌아왔다. 베로니카는 그제야 그 사실이 실감이 나기 시작했다. 그녀에게 새롭게 모든 것을 다시 시작할 기회가 주어졌다.

살짝 치켜 올라간 눈매가 잔뜩 부드럽게 휘어지며, 붉고 작은 입술이 호선을 그렸다. 망가져 버린 삶을, 스스로 버려 버린 삶을 다시 살아볼 기회였다. 그 기쁨에 베로니카의 입가에선 한동안 미소가 떠나가질 않았다.

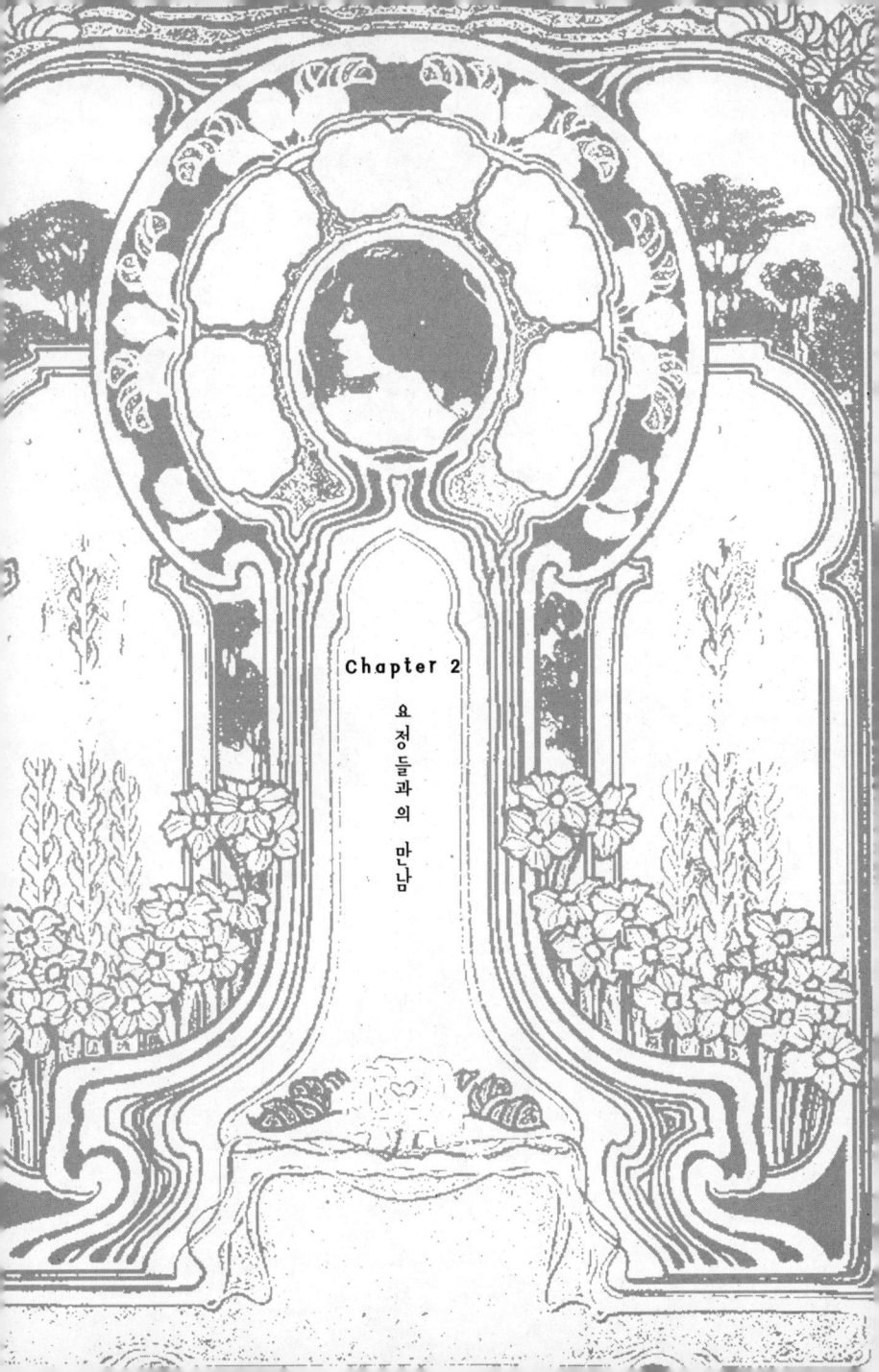

Chapter 2

요
정
들
과
의 만
남

가볍게 머리를 높게 하나로 틀어 올린 베로니카가 손에서 목검을 휘두르며 연무장 안으로 들어섰다. 웨일스 영지 내에 웨일스 후작가 저택을 중심으로 서북부에 있는 커다란 기사 훈련소는 후작가의 기사들에 걸맞은 시설을 갖추고 있었다.

　"아가씨?"

　개인 연습 시간인지 연무장에는 기사들이 제각기 검을 휘두르며 연습에 매진하고 있었다. 또한, 그 사이로 수습기사들을 열심히 지도해 주고 있던 휴버트가 베로니카를 발견하고 그녀에게로 다가왔다.

"여긴 어쩐 일로……?"

안젤리카와 달리 베로니카가 기사 훈련소에 발걸음을 한 것은 이번이 처음이었다. 그녀는 보통 웨일스 저택 내에 있는 작은 연무장을 이용하곤 했기 때문에 그녀의 등장에 제각기 연습하던 기사들의 시선이 한데 모였다. 우중충한 사내들 사이로 꽃다운 소녀가 등장함에 따른 자연스러운 반응이었다.

"…훈련하러 왔어요."

그렇게 말한 베로니카는 고개를 좌우로 꺾고 손목을 털며 연무장 한쪽에 섰다. 본인은 아무렇지 않은 척 튀지 않기 위해 구석진 자리에 섰지만, 그녀의 존재감은 제법 강렬한 편이어서 시선이 집중되지 않을 수 없었다.

바닥에 발목을 돌리며 몸을 풀던 베로니카가 훈련소 건물을 천천히 훑어보았다.

웨일스 가문의 기사 훈련소는 처음 웨일스 가문의 기사단 아비드를 위한 훈련 용도로 만들어졌기 때문에 전적으로 웨일스 가문에게 권한이 있었지만, 황궁의 견제를 피하고자 선대 웨일스 후작께서 웨일스 가문의 기사 훈련소를 제국의 공식적인 기사 학교로 지정했다.

기사 훈련소는 네모의 직사각형 건물이 연무장을 가운데 놓고·둘러싼 요새처럼 지어져 있었다. 찬찬히 기사 훈련소를 훑어보며 베로니카는 불안한 얼굴로 그녀를 바라보는 휴버트에게로 시선을 돌렸다.

"사실 그건 핑계고……."

베로니카가 가볍게 말끝을 흐리며 목검을 돌리자 휴버트가 긴장 어린 얼굴로 그녀를 바라보았다. 그 순간 베로니카의 목검이 착 그를 겨누고 세워졌다.

"저는 휴버트를 만나러 왔어요."

베로니카의 대답에 휴버트는 여전히 무뚝뚝한 얼굴로 양손을 들어 항복의 의사를 전했다. 베로니카의 기분을 맞추고자 자연스레 나오는 행동 패턴이었다. 가만히 서서 그의 앞으로 목검을 겨누던 베로니카가 그런 휴버트의 모습에 눈썹을 치켜 올리며 검을 내렸다.

"아가씨, 저는 무슨 일로……."

"베로니카라고 불러주세요."

그녀의 말에 휴버트의 입술이 도로 다물어졌다. 기사들의 호기심 어린 시선이 모두 그들에게로 쏠렸다. 웨일스 가문 내에서는 안젤리카보다는 베로니카가 더 유명했기 때문에 그녀를 보기 위해 저마다 목을 빼고 휴버트와 베로니카에게로 귀를 기울였다.

안젤리카는 준기사로서 기사들과 또는 후계자로서 가문의 사람들과 여러모로 접촉할 기회가 많았지만, 베로니카는 간간이 안주인의 역할을 대리하는 것 외에는 밖으로 활동하는 일이 많지 않았다. 또 소녀답지 않은 매혹적인 외모와 남다른 성숙함으로 유명했던 베로니카에게 가문의 기사들이 호기심을 품고 있는 것은 어쩌면 당연한 일이었다.

베로니카에게 온 정신을 쏟아붓던 휴버트는 기사들의 시선이 자신 쪽으로 쏠려 있다는 사실을 뒤늦게 알아차리고는 눈에 불을 켰다. 그가 시선을 돌려 동료 기사들, 또는 수습기사들을 날카롭게 쏘아보자 그들이 저마다 머리를 긁적이며 다시 연습에 돌입하기 시작했다.

그리고는 사태를 수습하기 위해 휴버트는 난감한 얼굴로 베로니카를 바라보았다. 베로니카가 저 때문에 왔다고 했으니 자신이 책임질 필요가 있었기 때문이다.

"아가씨."

"베로니카예요."

그렇게 말하는 베로니카의 눈빛엔 강한 고집이 어려 있었다. 결국, 휴버트가 체념 어린 얼굴로 수긍하며 고개를 끄덕였다.

"알겠습니다, 베로… 니카님."

그의 대답에 그제야 베로니카의 얼굴에 만족스러운 기색이 퍼져 나갔다. 그리고 그녀의 뒤로 소피아와 그녀의 또 다른 전속 시녀 메이의 얼굴이 보이자 휴버트가 의아한 기색으로 그녀들을 바라보았다. 그녀들이 여러 시종을 이끌고 연무장 안으로 들어섰기 때문이다.

시종들은 각각 커다란 짐을 짊어지고 있었는데, 그것들이 차곡차곡 연무장 안으로 쌓이자 다시 그들 쪽으로 기사들의 시선이 집중되었다.

"연습에 지치신 기사 분들을 위해 제가 준비한 약소한 간식거리입니다."

호기심 어린 시선들이 연무장 한쪽에 쌓이는 꾸러미와 베로니카를 오고 가자 그녀가 조용히 미소 지었다. 이제는 제법 자연스러워진 그 미소에 휴버트가 저도 모르게 시선을 떼지 못하고 그녀의 얼굴을 바라보았다.

베로니카의 말이 끝나자 잠시간의 짧은 정적 후, 기사 훈련소가 떠나가라 커다란 환호성이 울려 퍼졌다. 그에 잠시 당황한 베로니카였지만 곧 다시 자신의 페이스를 찾아 짐을 가지고 온 시종들을 향해 지시를 내렸다.

"감사합니다, 베로니카님."

휴버트가 그녀를 향해 묵례하자 베로니카는 별것 아니라는 얼굴로 고개를 저었다.

"웨일스 가문의 일원으로서 영광스런 아비드 기사 분들께 베푸는 당연한 호의입니다."

아비드(Arvid), 리비엘라 언어로 독수리라는 뜻을 가진 웨일스 가문 기사단의 이름이었다.

베로니카의 대답에 휴버트는 어린 그녀를 향해 대견하다는 표정을 감출 수 없었다. 과연 안젤리카의 동생이다. 휴버트는 가만히 시종들을 향해 이것저것 지시를 내리고 있는 베로니카를 바라보았다. 열두 살이라는 것이 믿어지지 않게 사람 다루는 솜씨가 익숙해 보였다. 후작 부인이 세상을 떠난 뒤로 나날이 성숙해져 가더니, 지금 그녀의 모습은 마치 후작가의 안주인과도 같았다. 그만큼의 기백이 느껴지는 모습에 휴버트는 저도 모르게 뿌듯한 기분이 되었다. 저가 모시는 가문의 일원이다. 자부심 가득한 그의 표정에 힐끔 그를 바라본 베로니카가 살며시 그에게 다가갔다.

"휴버트."

베로니카의 부름에 휴버트가 자세를 바로 했다. 여기저기서 환호성을 내지르며 베로니카가 보급한 과일과 갓 구운 따끈한 빵, 그리고 치즈 등 간식을 먹는 것이 보였다.

"예, 베로니카님."

"내년 봄에 로하나 영지에 잠시 내려갈 건데 호위를 부탁해도 될까요?"

"…예?"

그녀의 갑작스러운 요구에 휴버트가 당황한 얼굴로 말을 잇지 못했다. 하지만 그럼에도 베로니카는 당당하게 그에게 대답을 요구했다. 곤란하다는 표정을 하고 있던 휴버트는 곧 베로니카가 말한 장소가 로하나 영지라는 사실을 깨닫고 두 눈을 크게 떴다.

로하나 영지는 그의 고향이자 하나뿐인 여동생이 머무는 곳이다. 다시 생각해 보니 그에게는 베로니카의 제안이 더없이 매력적이었다.

"조부님 저택에서 잠시간 머물면서 휴식을 취하려고요."

그렇게 말한 베로니카는 멀뚱히 휴버트를 바라보았다. 그가 거절하지 않으리란 것을 가장 잘 알고 있는 것은 베로니카였다. 로하나 영지에는 그의 하나뿐인 여동생이 있으며, 여동생을 무척이나 아끼는 휴버트가 벌써 오랫동안 웨일스 영지에 발이 묶여 상대적으로 먼 위치에 있는 로하나에는 미처 방문할 새가 없었을 것이라는 사실은 이미 꿰뚫고 있었다.

"하지만……."

휴버트는 당황한 얼굴로 말끝을 흐렸다. 정식 기사 작위를 앞둔 시점인데다가 웨일스 후작 각하께서 그를 놓아줄 리도 없었다.

"아버지라면 걱정하지 마세요. 허락해 주실 거예요. 그리고 떠나는 건 연초이니 연말에 있을 기사 작위 수여에는 문제없을 거예요. 로하나 영지에 그렇게 오래 머무를 것도 아니고요."

평소 말을 길게 하지 않는 편인 베로니카가 길게 말을 늘어놓았다.

"그동안 여동생도 보러 가지 못했다고 들었어요."

그녀의 그 말이 결정적이었는지 휴버트의 눈동자가 격렬히 흔들렸다. 베로니카는 그런 모습의 휴버트를 바라보다가 문득 기억 속의 일, 그러니까 지금이 현실이라면 앞으로 미래에 일어날 일을 떠올렸다.

로하나 영지에 머물고 계신 할아버지를 뵈러 간다는 베로니카의 말은 휴버트의 여동생을 위해 명분을 만든 것에 불과했다. 본 목적은 노예무역 상회 스니퍼(Sniper) 때문이었다. 정기적으로 열리는 비공식적 불법 노예 경매 때문에 사냥감을 물색하기 위해서 스니퍼가 로하나 영지를 거쳐 가게 된다.

베로니카 기억 속 미래에 노예를 물색하기 위해서 떠도는 스니퍼에게 휴버트의 여동생이 낙인찍혀 노예로 팔려가게 된 일이 있었다. 그녀가 나서는 것은 그 때문이었다. 모든 것은 휴버트를 위하여 베로니카가 만든 명분에 불과했고, 베로니카는 앞장서서 휴버트에게 그 사실을 알릴 생각 또한 없었다.

"휴버트의 여동생이 로하나 영지 내의 미녀로 유명하다고 들었어요."

여동생의 칭찬에 무뚝뚝하던 휴버트가 제법 쑥스러운 표정을 드러내었다. 그 모습을 신기하게 바라보면서도 베로니카의 머릿속에서는 쉼없이 스니퍼에 대한 정보들이 촤르르

지나갔다.

리비엘라 제국에는 노예제도가 없었다. 리비엘라 제국에
서의 노예 경매는 불법이었지만, 권력 있는 귀족들이 음지로
애용하고 있었기 때문에 쉬이 소탕되지 않았다. 또한, 노예
상회 스니퍼는 리비엘라 제국의 상인이 아니었고, 노예 거래
가 합법적인 나라도 있었기 때문에 근본적으로 그들이 사라
지기란 불가능했다. 그들 사이에서 노예란, 붙잡혀서 한번 인
장이 찍히고 말면 그것이 귀족이든 황족이든 아무런 소용이
없었다. 그 사람의 이전 신분이 무엇이든 한번 인장이 찍히면
그날로 일평생 노예가 되고 마는 것이다.

"그 사실은 어떻게 아신 것인지……."

그렇게 묻는 휴버트에겐 제법 팔불출의 모습도 있었다.

"소문이 자자하던 걸요."

베로니카가 부드러운 어조로 대답했다. 휴버트의 여동생
은 빚을 진 친구에 의해 그 빚을 대가로 노예 상회에 팔리게
될 것이다. 한마디로 잘못 사귄 친구가 그녀를 자신의 빚 대
신 스니퍼에 팔아먹은 꼴이라고 할 수 있었다.

그의 여동생은 노예 경매에 높은 가격으로 팔려가 변태적
취향을 가진 귀족에게 잔인하게 성적 학대를 받다가 끔찍한
몰골로 죽음을 맞이하였다. 그 사건을 기점으로 휴버트는 감
정을 잃어버린 사람처럼 의무적으로 삶을 살아갔다. 여동생

과 약속을 하나 했다지. 그녀의 몫까지 휴버트가 행복하게 살아가기를 바란다며 말이다. 하지만 결국 그 약속도 휴버트는 웨일스 가문을 지키기 위해 목숨을 바침으로써 지킬 수 없었다.

"휴버트, 제 부탁에 대한 답은요?"

다른 길로 이야기가 새는 느낌에 베로니카가 다시 한 번 휴버트를 향해 물었다. 이번에는 그녀가 직접 나서서 그의 행복을 지켜줄 것이다. 그에게 과거에 졌던 빚을 이제야 갚는 것과 다름없었다.

답을 기다리는 베로니카 앞에서 약간의 망설임을 보인 휴버트는 결국 고개를 끄덕였다. 그리고는 그녀 앞에 똑바로 서서 오른손을 배 앞으로 가져가 묵례했다.

"물론 베로니카님의 호위를 맡게 되어 영광입니다."

그 인사에 베로니카는 매우 만족스러운 얼굴로 고개를 끄덕였다.

* * *

"베로니카님, 반 캐드릭께서 방문하셨습니다."

소피아의 말에도 베로니카는 신경 쓰지 않은 채 깃펜을 움직였다. 그녀의 머릿속엔 이미 휴버트를 위해 그녀가 해야 할 일의 목록을 짜는 것으로 가득 차 있었기 때문이다.

"오늘도 만나보지 않으실 생각이십니까?"

소피아의 물음에 서걱서걱 편지를 써 내려가던 베로니카의 손짓이 멈추었다. 가만히 펜촉으로 사용하는 거위 깃펜의 끝이 갈라진 것을 확인하며 깃펜을 내려놓았다.

"소피아."

베로니카가 고급 나무로 만들어진 책상 서랍을 열어 새로운 깃펜이 놓인 것을 확인하며 그것을 꺼내어 들었다.

"네, 베로니카님."

고용주인 베로니카를 닮아가는 것인지 소피아는 철면피적인 면모를 가지고 있었다. 베로니카는 동요 없는 얼굴로 자신을 재촉하는 소피아를 힐끔 보고는 다시 시선을 내렸다.

"지나친 간섭이야."

물론 베로니카는 예전에도 과거로 돌아온 지금도 공과 사를 철저히 구분했기 때문에 냉정히 잘라 말했다. 새 깃펜으로 마저 편지를 끝마친 베로니카가 그녀의 인장을 꺼내어 촛불에 그것을 녹였다.

편지 봉투 위에 인장을 찍어 편지를 봉인하는 순간까지도 베로니카의 머릿속으로는 수만 가지 잡생각이 한데 엉켜 구르고 있었다. 과거로 돌아온 이후로 달라진 점이 있다면 그녀의 적극적인 태도요, 또한 정신없이 잡설 많은 머릿속이었다.

"소피아, 슈바인에게 이 편지를 바롱스톤 저택으로 보내달라고 전해."

그리고 소피아에게 그것을 전하고는 후련한 얼굴로 한숨을 내쉬었다. 소피아의 옆에 서서 그녀가 문밖을 나가는 것을 확인한 메이가 준비된 다과를 가져와 집무실 한쪽에 마련된 테이블 위에 세팅해 놓았다.

장시간 책상 앞에 앉아 있어 뭉친 어깨를 문지르며 베로니카는 미래의 일들로 고민하느라 노곤해진 몸을 이끌고 테이블 의자에 앉았다.

"저… 베로니카님."

차를 준비해 놓고 그녀를 기다리던 메이가 신중히 말을 고르는 얼굴로 베로니카의 눈치를 살폈다. 그녀는 메이가 끓이는 훌륭한 차 맛을 음미하며 노곤해진 피로를 풀고자 했지만 메이는 그런 베로니카의 피곤을 풀어줄 생각이 없는 모양이다. 베로니카는 잦아진 두통에 머리를 부여잡고 힐끔 메이를 바라보았다.

"나도 알아. 하지만 아리스타는 만나지 않을 거야."

누구보다 소피아와 메이는 베로니카를 잘 알고 있었다. 그만큼 베로니카의 기분을 누구보다 빨리 파악해 내는 유능함도 가지고 있었지만, 때로는 그것에 지금과 같은 불편함을 느끼곤 했다.

"베로니카님, 반 캐드릭께서는 베로니카님이 오실 때까지 돌아가지 않으시겠답니다."

마침 편지를 전하고 돌아온 소피아가 응접실의 상황을 보고했다. 그럼에도 베로니카는 동요 없는 얼굴로 앉아 가만히 차 한 잔의 여유를 만끽했다. 그녀는 잦은 두통 때문에 메이가 두통에 좋은 로호가니 차를 끓인 사실이 썩 만족스러웠다. 과거로 돌아와서 변한 점이 또 하나 있다면 부쩍 약해진 몸에 있었다. 무엇을 하든 예전과 같이 몸이 따라주질 않아 금방 피로해지고 힘들어졌다. 과거로 돌아온 것에 대한 부작용은 아닐까 베로니카는 조심스레 추측해 보았지만 확실한 것은 아무것도 없었다.

"베로니카님."

메이의 부름이 한 번 더 이어지자 베로니카가 달그락 거칠게 찻잔을 내려놓았다. 메이는 굳게 입을 다물었다. 베로니카의 분위기가 심상치 않음을 느꼈기 때문이다.

"내가 지시한 건 똑바로 처리하고 묻는 거야?"

베로니카의 목소리 가득 짜증스런 기색이 묻어나왔다. 베로니카의 격한 반응 역시 드문 일이라 소피아와 메이가 놀란 얼굴로 베로니카의 눈치를 살폈다.

"독초를 구하는 것이 쉬운 일은 아니니까요."

소피아의 대답에 베로니카가 굳게 입을 다물었다. 소피아에게 지시한 것은 미란다가 그녀의 찻잔에 탔던 독초를 구해 오라 이른 것이었다. 그 독초가 바로 캐드릭 공작의 암살에 사용되었던 독초와 같은 종류였기 때문이었다.

늘 어딘지 어설픈 미란다마저도 구했던 독초를 그저 구해 만 오라 했을 뿐인데, 독초는커녕 독초의 이름이 무엇인지 알 아내는 것만도 힘들다고 하니 베로니카는 한숨이 나왔다. 아 직 미란다와 만날 날은 멀고도 멀었다. 그 긴 시간 동안 베로 니카는 지난 세월과 같은 후회를 느끼고 싶지 않았다. 그러기 위해선 애초에 불안의 씨앗을 남겨두어서는 안 되었다.

미란다와 아리스타의 만남을 최대한 막을 것. 자신이 과거 로 돌아왔다는 사실이 어떤 영향을 미칠지는 아직 알 수 없었 으나, 미란다가 아리스타를 만나고 다시 미쳐 버리지 않으리 란 보장은 없었다. 그뿐 아니었다. 웨일스 가문이 반역죄를 뒤집어쓰게 된 이유 역시 해결을 보아야 할 난제였다.

깊은 생각에 잠겨 있던 베로니카는 한참의 침묵 후에 자리 에서 벌떡 일어났다.

"아리스타가 지금 어디 있다고?"

베로니카가 낮게 한숨을 내쉬며 물었다. 그제야 메이와 소 피아의 얼굴에 안도의 기색이 피어올랐다. 그녀들로서는 모 시는 아가씨가 아리스타로 인해 몰상식한 레이디가 되는 것 을 원치 않았다. 또한, 캐드릭 공작가의 영식이라면 친분을 두면 좋을 만한 가문의 사람이었기 때문이다.

"2층 응접실에 계십니다."

소피아의 대답에 베로니카가 고개를 끄덕이고는 걸음을 옮겨 방을 나섰다. 아리스타의 얼굴을 똑바로 마주하고 있을 자신이 없었다. 얼굴을 마주 보면 저도 모르게 감정을 제어할 수 없을 것 같았기 때문이다. 그 예로, 그와의 첫 만남에서도 감정에 휩쓸려 과거의 그와 현재의 그를 동일시하기도 했다.

똑, 똑.

베로니카는 가볍게 문을 두드리고는 들어간다는 말과 함께 문고리를 돌려 문을 열었다. 베로니카는 열린 문으로 보이는 광경에 믿을 수 없다는 얼굴로 굳어버렸다.

"베로니카?"

아리스타가 의아한 시선으로 그녀를 바라보았다. 매번 웨일스 후작가에 방문하는 아리스타였지만, 베로니카는 한 번도 그의 방문에 제대로 응해준 적이 없었다. 그래서 오늘도 그는 응접실에 앉아 가만히 차나 마시다가 떠날 참이었다. 그런데 갑자기 응접실 문이 벌컥 열리더니 타오르는 붉은 머리칼이 보였다.

막 들어서려던 베로니카가 아리스타와 눈이 마주치자 멈칫 굳어버렸다. 아리스타가 의아한 시선으로 그녀를 바라보았다.

하지만 그녀는 무엇에 놀란 것인지 눈동자를 크게 뜨고 미동도 하지 않은 채 그를 바라보고 있었다. 게다가 얼핏 그를 바라보는 그녀의 양 볼 위로 홍조가 맴돌고 있는 것 같기도 했다. 아리스타의 표정이 미묘하게 변하는 것이 보이지 않는지 베로니카는 여전히 같은 자세로 그를 바라보고 있었다.

　"베로니카."

　아리스타의 부름이 들리지도 않는 모양이다. 여전히 그녀는 멍한 얼굴로 그를 바라보았다. 아리스타의 입가에 삐딱한 미소가 걸렸다. 그는 팔짱을 끼고 가만히 베로니카의 행동을 관찰했다.

　"베로니카님?"

　소피아의 등장에 아리스타의 입가에 좀 전의 냉소는 사라지고 다시 어린아이다운 천진한 미소가 걸렸다. 평소의 베로니카가 보았더라면 가증스럽다는 얼굴로 그를 노려보았을 테지만, 지금의 베로니카는 평소의 베로니카가 아니었다.

　"베로니카님, 무슨 일이세요?"

　다시 한 번 물어오는 소피아의 목소리에 베로니카의 시선이 드디어 천천히 움직였다. 닫혀 있었던 귓가로 봇물이 밀리듯이 온갖 소음과 잡음이 쏟아져 들어왔다. 베로니카가 놀란 얼굴로 귀를 움켜쥐고 아리스타를 바라보았다. 그녀의 멍했던 눈동자에 서서히 초점이 맞춰지고 있었다.

"반 캐드릭……."

양 볼에 홍조가 사라진 냉랭한 얼굴의 베로니카. 평소의 모습이었다. 단번에 변한 표정에 아리스타가 노인네처럼 혀를 찼다.

소피아의 재촉에 베로니카는 하는 수 없다는 얼굴로 아리스타의 맞은편에 앉았다. 자리에 앉아 옷매무새를 다듬은 그녀가 한숨을 내쉬었다. 그리고 아리스타 쪽을 흘끔거린 베로니카의 얼굴에 다시 자그마한 홍조가 돌았다.

그 모습에 아리스타는 묘한 기분을 느꼈다. 무슨 이유에선지 베로니카가 저를 보며 얼굴을 붉히는 모습이 꽤나 만족스러우면서도 가슴 언저리가 간질거리는 미묘한 기분에 사로잡혔기 때문이다.

"용건이 뭐야?"

가만히 소피아가 다과를 내리는 것을 바라보던 베로니카가 다시 물었다. 그 질문에 간질거리던 가슴을 어루만지던 아리스타는 태연한 얼굴로 천사 같은 미소를 다시 그려내며 베로니카를 바라보았다. 그 모습이 끝내 못마땅했는지 베로니카가 시선을 돌렸다. 아리스타는 그런 베로니카의 표정을 즐거운 마음으로 바라보았다.

"베로니카, 친구에게 그런 말투라니. 섭섭하잖아."

베로니카가 짜증스레 눈살마저 찌푸렸다. 그녀는 힐끔 소피아를 바라보았다. 아리스타가 저리 가증스러운 가면을 둘러쓴 이유는 뻔했다. 다른 사람의 이목이 있기 때문이다. 베로니카는 천천히 깊은 한숨을 내쉬었다. 귀찮은 기색이 역력한 얼굴로 가만히 아리스타를 바라보다가 힐끔 그의 어깨에서 뛰어놀고 있는 작은 요정을 바라보았다. 무척이나 사랑스럽고 깜찍하기 그지없는 생물이다.

"베로니카?"

아리스타의 목소리가 다시금 들려오자 그제야 정신이 든 베로니카가 소피아를 바라보았다.

"소피아, 됐으니까 나가도 좋아."

베로니카의 말에 소피아가 천천히 허리를 숙여 우아하게 인사한 뒤 퇴장했다. 베로니카는 아리스타의 어깨 위에 앉은 요정들을 바라보았다. 아리스타가 또다시 찾아왔다는 말에 짜증이 나서 한마디 해주려고 응접실에 들어서자마자 아리스타 쪽으로 비치는 후광에 베로니카는 멈칫해 버리고 말았다. 그런 베로니카의 시야에 잡히는 사랑스러운 요정들의 모습은 눈으로 보고도 믿을 수 없는 광경임은 분명했다.

소피아가 사라지자마자 아리스타의 입가에 있던 부드러운 미소가 싹 사라졌다. 그 가증스런 모습에 베로니카의 눈살이 다시 한 번 더 찌푸려졌다.

"그건 뭐야?"

아리스타에게 어울리지 않았다. 아리스타 같은 소악마에게 귀여운 요정은 어울리지 않는 존재였다. 그것이 못내 못마땅했던 베로니카의 물음에 아리스타가 의아한 시선을 그녀에게 던졌다.

"뭐긴 뭐야?"

아리스타의 시건방진 반문이 다시 한 번 그녀에게로 날아들었다. 베로니카의 날카로운 눈매가 아리스타에게로 향했다. 과거로 돌아오기 전, 그러니까 미래에서는 이런 식으로 아리스타를 바라본 적이 없었다.

베로니카는 미란다가 차에 독을 탄 것을 알면서도 그 차를 마시는 순간, 그들을 향한 그녀의 심장이 소멸했다고 생각했다. 이따금 가슴을 먹먹하게 만드는 기분까지는 어쩔 수 없었지만, 그녀는 미란다와 아리스타의 손을 모두 놓았다고 여겼다. 공든 탑은 이미 무너졌고, 무너진 탑은 원래대로 되돌릴 수 없었기 때문이다.

"네 어깨에 그것……."

베로니카는 말을 마치고 잠시 머뭇거렸다. 그녀가 말을 걸어놓고 생각에 잠겨 있자, 아리스타의 눈동자에 짜증이 서렸다.

"똑바로 말해. 바보야? 왜 우물쭈물 거리지?"

베로니카의 눈동자가 다시 날카롭게 변해 아리스타를 노

려보았다. 하지만 아리스타는 오히려 즐거운 얼굴로 생글생글 웃음을 짓고 있었다. 마치 그녀를 괴롭히는 것이 지상 최고의 낙인 사람 같았다.

아리스타는 베로니카가 괴로워하는 모습을 좋아했다. 그녀의 기분이 좋지 않으면 않을수록 그의 쾌락은 높은 수치를 따라 달린다.

그 사실을 다시 한 번 상기해 낸 베로니카는 감정을 천천히 가다듬고 다시 원래의 페이스를 유지했다. 그러고는 가슴골 깊은 곳에서부터 우러나오는 한숨을 내쉬었다. 아무리 지금의 아리스타 역시 아리스타라고 하지만 아직은 어린아이다. 매번 그의 얼굴을 바라보며 긴장을 하곤 하지만, 그녀에게 절망을 안겨줬던 미래의 아리스타와는 눈빛부터 달랐다.

왜 자신이 이런 어린 소년의 유치한 장단에 맞춰줘야 하는지 모르겠다는 얼굴로 베로니카가 미간을 찌푸렸다. 어깨 아래로 내려온 머리카락을 매만지던 그녀는 다시 고개를 들어 그를 마주 바라보았다.

그런 베로니카의 시선을 정면으로 받아들인 아리스타가 잠시 움찔거렸다. 그러고는 스스로 그것이 못마땅해 미간을 모았다. 확실히 베로니카의 무심한 시선엔 면역력이 없었다. 왠지 모르게 보고 있으면 기분이 나빠져 왔기 때문이다.

"모르면 됐다."

베로니카는 단호하게 대답하고 찻잔을 들어 올렸다. 그녀의 무심한 대답에 아리스타가 잔뜩 일그러진 얼굴로 그녀를 노려보았다.

"인제 그만 가봐."

달그락. 그녀답지 않게 거친 동작으로 찻잔을 내려놓은 베로니카가 가만히 팔짱을 끼고는 도전적인 시선으로 아리스타를 바라보았다.

"손님을 이런 식으로 내쫓다니 무례한 거 아니야?"

아리스타가 잔뜩 일그러진 얼굴로 투덜거렸다. 그에 베로니카는 눈썹만 까딱였을 뿐 대수롭지 않다는 표정을 지어 보였다.

"매번 연락도 없이 찾아오는 네 행태는 무례하지 않고?"

베로니카의 지적에 아리스타가 굳게 입을 다물었다. 그에 만족스러운 얼굴로 베로니카가 고개를 끄덕이고는 힐끔 그의 주위를 떠도는 요정들을 바라보았다. 그들에 대해서 알기 위해선 일단 아리스타를 내보내는 것이 우선일 것이라는 생각이었다.

"아리스타."

베로니카가 짜증스런 얼굴로 이마 옆으로 흘러내려 온 머리카락을 쓸어 넘기며 아리스타를 바라보았다. 여전히 요지부동 자리에 앉아 있는 아리스타를 보며 이제는 그와의 실랑이가 짜증이 나다 못해 지겨웠다.

"왜?"

가볍게 대답한 아리스타가 그녀의 심중을 살펴보고자 천천히 그녀를 훑어 내렸다. 소름이 끼쳐 온다. 어린아이임에도 아리스타는 아리스타였다. 그녀를 바라보던 아리스타가 예쁘게 눈꼬리를 내려 웃었다. 천진하고 해맑은 미소였지만, 그건 겉모습뿐이다. 눈은 거짓을 말하지 않는다. 베로니카는 과거의 아리스타를 떠올렸다.

과거의 그는 늘 어딘지 애정이 결핍된 사람 같았다. 그랬기 때문에 베로니카는 그 누구보다 냉정할 수 있었다. 베로니카는 찬찬히 마음을 가다듬으며 찻잔을 어루만졌다.

"네가 원하는 오페라. 좋아, 보러 가줄게. 그러니까 이만 돌아가."

베로니카가 귀찮은 얼굴로 말했다. 아리스타는 늘 속내를 감추고 사람을 대한다. 원하는 것이 없으면 다가가지 않는 것이 그의 철칙이었다. 근래에 아리스타가 저택에 계속 방문했던 것도 그녀와 오페라 공연을 함께 보러 가기 위함이었다.

결국 아이를 어르는 식으로 베로니카가 사탕을 쥐어주자 아리스타가 덥석 그것을 받아먹었다.

오페라 한 번쯤 같이 보러 가주는 게 어려운 일은 아니었다. 만약 그녀가 답을 하지 않고 있었더라면 아리스타는 답을 얻기 위해 수단과 방법을 가리지 않았을 것이다. 베로니카는 그것을 미연에 방지할 필요가 있었다. 또한 그녀는 기다렸다, 자신에 대한 그의 흥미가 식기만을.

아리스타는 기어코 이 말이 나오기를 기다렸다는 듯이 자리에서 일어섰다. 그녀의 대답이 상당히 마음에 들었는지 좀 전에 베로니카가 하려던 말에 대해서는 더 이상 묻지 않았다.

그는 흡족한 얼굴로 입가에 미소를 그리며 베로니카를 바라보았다. 저를 보던 베로니카의 양 볼에 여전히 홍조가 가시지 않은 것을 보며 그는 즐거운 듯 웃음 지었다. 분명 그녀가 저를 보며 얼굴을 붉혔을 것이라 생각했을 것이 뻔히 보였지만 베로니카 역시 굳이 사실을 정정해 주지 않았다. 착각은 자유였다.

"그날이 기다려지는데? 참, 그리고 그날 오페라에 오르시니 백작 영애도 온다더라."

아리스타의 낮은 속삭임이 베로니카의 귓가를 간질였다. 아리스타는 그 말을 끝으로 미련없이 응접실을 나갔다. 그의 뒷모습을 멀뚱히 바라보던 베로니카는 여전히 그를 대할 때면 남아 있는 과거의 잔영에 소름이 돋는 팔뚝을 문질렀다.

베로니카는 과거에 만났던 오르시니 백작 영애를 떠올렸다. 조금 더 나이가 먹은 후에는 살을 쪽 빼고 등장하지만 지금의 그녀는 그저 햄같이 오동통한 몸매를 지닌 소녀였다. 그리고 베로니카의 기억으로 그녀는 아리스타를 짝사랑하는 어린 영애였다. 베로니카는 성가신 계교를 부리는 아리스타에게 다시 한 번 짜증이 치솟았다. 그는 베로니카와 오르시니, 즉 캐서린의 충돌을 흥미로운 마음으로 구경을 하고 싶었던 것이겠지.

아리스타의 철없음이 몸소 가슴에 와 닿는 순간이었지만, 제법 신선하긴 했다. 마지막으로 보았던 찌들고 찌들어 역한 눈동자를 가진 아리스타가 아닌, 그래도 아직은 어린아이다운 분위기를 풍기는 아리스타였다. 그 점이 신기했다. 아무리 꼬마 악마 같은 면모를 보여도 아직 아리스타는 어린아이라는 점이 실감이 났다.

[꺄르르.]

그리고 그녀의 상념도 꼬마 요정들의 웃음소리에 사라졌다. 그녀가 고개를 번쩍 들고 테이블 위에 여전히 남아 있는 요정들이 다과 사이를 뒹구는 모습을 멍하니 바라보았다. 그렇게 넋을 놓고 요정을 바라보는데 그중 한 명과 그만 눈이 마주치고 말았다.

눈이 마주친 요정도 베로니카도 놀라 동시에 굳어 움직일 줄 몰랐다. 그들은 베로니카의 시선에 놀란 얼굴로 눈동자를 크게 떴다. 그 모습이 요정처럼 깜찍해서 표정 변화가 미세한 베로니카의 얼굴을 붉게 붉히게 만들 정도였다.

[어라? 인간, 우리를 보는 거야?]

[어머, 그런가 봐!]

[인간, 상처받은 영혼을 가지고 있구나!]

[아직 어린 인간이 상처 입은 영혼을 가지고 있어?]

[그건 우리도 모르지. 하지만 어린 인간은 순수해. 꺄르르르.]

요정들이 다가와 베로니카의 주위를 맴돌았다. 요정들이 날아다니는 발끝으로는 아름다운 은빛 가루가 흩어졌다. 그리고 이어지는 쉴 틈 없는 수다에 베로니카는 정신없는 얼굴로 눈을 깜빡였다.

"너희, 대체 누구니?"

베로니카의 물음에 요정들의 즐거운 웃음소리가 또다시 그녀의 귓가를 강타했다.

[우리는 정령이야.]

[그래. 자연계를 떠도는 바람의 정령이지.]

"바람의 정령?"

베로니카가 놀란 얼굴로 요정들을 바라보았다. 정말로 그들은 어릴 적에 보던 그림책의 요정 같았다. 작은 체구에 장난스런 얼굴, 세모꼴 귀여운 모자를 쓰고 그녀의 주위를 뱅그르르 맴도는 요정들. 분명 처음엔 하나였는데, 갑자기 많은 수로 불어버린 정령들을 바라보며 베로니카는 고개를 갸웃거렸다. 그녀는 정령이란 존재에 대해서 자세히 아는 것은 없었지만, 어렴풋이 수호령과 같은 존재라고 들었다. 바람의 정령이라면 바람의 수호령이라는 것일지도 몰랐다. 게다가 정령이란 존재가 실제로 존재한다고는 한 번도 들어본 적이 없다.

[깔깔깔! 베로니카라고?]

[베르. 베르~]

[정말 순수한 영혼이구나]

[순수하지만 상처를 가득 입었어.]

바람의 정령들이 또다시 웃음을 터뜨리며 베로니카의 주위를 날아다녔다. 또한 그들은 궁금한 얼굴로 베로니카를 바라보며 웃었다.

[황금색 인간이 마음에 안 들어?]

[하지만 그 인간, 얼굴은 예쁘잖아.]

[꺄르르르. 하지만 눈동자가 탁해.]

베로니카가 가만히 손을 뻗자, 그녀의 손바닥 위로 사뿐히 한 명의 정령이 내려앉았다. 베로니카의 볼이 다시 붉게 달아올랐다.

"너희 말고도 정령이 더 있니?"

베로니카의 물음에 손바닥에서 몸을 굴리며 꺄르르 웃던 정령이 고개를 올리고 베로니카를 바라보았다. 큼직한 눈망울을 더욱더 크게 뜨고 고개를 갸웃거리던 정령이 이내 활짝 웃음을 지었다. 그들이 주위를 날아다닐 때마다 그들 발끝으로 반짝이는 가루가 흩어져 없어진다. 환상적이고 신비로운 모습이 정말로 요정 같았다.

[물론이지.]

[세상에 정령은 많아.]

[우리가 곧 자연이고 자연이 곧 우리니까.]

베로니카의 주위를 떠돌면서 요정같이 아름다운 정령들이 정신없이 외쳤다.

[화염의 정령도 있지.]

[물의 정령도 있지.]

[땅의 정령도 있지.]

[호수의 정령도 있어!]

[숲의 정령도 있고.]

[꽃의 정령도 있지!]

"그만."

가만두면 끝도 없이 이름이 나올 것 같았다. 그래서 베로니카는 그쯤에서 정령들의 말을 제지했다. 그리고 다시 한 번 정령이 정말로 존재한다는 것을 실감했다. 게다가 그렇게나 많은 정령이 존재한다는 사실도 놀라웠다.

베로니카의 볼은 여전히 붉은 기색이 가시지 않은 채였다. 또 다른 정령들을 떠올리자니 그 기대감에 흥분해 버리고 만

탓이었다.

"다른 사람들 눈에는 너희가 보이지 않는 거야?"

베로니카의 말에 정령들이 또다시 꺄르르 웃음을 터뜨렸다. 천진하고 아이 같은 모습이 사랑스러웠다.

[당연하지!]

[인간은 우리를 볼 수가 없어.]

[아예 없는 건 아니지.]

[그래. 베르도 우리를 볼 수 있잖아!]

[자연 친화력이 높으면 가능하지 않은 것도 아니야.]

자연 친화력. 미묘한 단어다. 그 단어가 뜻하는 바를 머리는 이해하고 있어도 실제로 가슴에 와 닿는 것은 없었다. 미래의 그녀는 정령을 단 한 번도 본 적이 없다. 하지만 과거로 돌아온 지금에는 자연 친화력이 높아져 정령을 볼 수가 있게 되었다? 왜일까?

베로니카는 그녀가 과거로 돌아온 이유를 떠올릴 때마다 늘 끝없는 미궁 속으로 빨려 들어가는 느낌이었다. 알고 싶다 여기면 여길수록 끝도 없는 미로 속에 갇혀 버리고 만다. 도무지 실마리조차 잡히지 않는 안갯속에서 베로니카는 차차 정신을 차렸다.

그녀는 작게 한숨을 내쉬고는 다시 정령들을 바라보았다.

"자연 친화력?"

베로니카의 물음에 또다시 정령들이 웃음을 터뜨린다. 그 것이 아닌 줄 알면서도 베로니카는 그 웃음이 꼭 자신을 비웃 는 것 같아 이번엔 다른 의미로 얼굴이 붉게 달아올랐다.

[자연에 민감한 기운을 뜻하지.]

[보통의 친화력으로는 우리를 볼 수 없어.]

베로니카는 점점 정령들의 말을 알아들을 수 없다고 생각 했다. 그녀의 이마에 주름이 드리워졌을 때쯤 정령들이 다시 금 입을 열었다.

[그러고 보니까 우리를 볼 수 있는 인간은…….]

[몇백 년에 한 번 있을까 말까 하지.]

[하지만 이번엔 둘이네.]

베로니카의 의아한 시선이 다시 정령들을 향했다. 둘이라 니? 그녀 말고도 정령을 볼 수 있는 사람이 있다는 건가.

"나 말고 너희를 볼 수 있는 사람이 누군데?"

베로니카의 물음에 정령들이 서로의 얼굴을 마주 바라보 더니 어깨를 으쓱였다.

[커다란 성에 있는 푸른 소년.]

[헤밀라 꽃이 만발한 성이야.]

[꽃의 정령들이 좋아하는 곳이지.]

[그곳의 헤밀라는 정말로 아름답거든.]

헤밀라. 헤밀라 꽃이라……. 기억에 없는 장소다. 베로니카는 고개를 갸웃거렸다. 헤밀라 꽃이 만발한 정원이 있는 성. 딱히 생각나는 곳이 없었다. 게다가 푸른 소년이라는 말은 너무 모호한 설명이었다.

베로니카는 가볍게 어깨를 으쓱이며 호기심을 눌렀다. 어차피 누가 정령을 보든 그것은 자신과는 상관없는 일이었다.

"너희는 이름이 뭐야?"

베로니카는 잠시간의 상념을 떨쳐 내고 다시 사랑스러운 정령들에게 시선을 주었다. 그리고 그녀의 물음에 정령들이 두 눈을 동그랗게 뜨고 그녀를 바라보았다.

[우리는 이름이 없어.]

[우리는 그냥 정령일 뿐이야.]

[바람을 수호하는 자연일 뿐이지.]

[우리에게 이름은 필요없어.]

정령들의 말에 베로니카는 멀뚱히 허공을 떠도는 그들을 바라보았다. 그들의 말을 이해할 수 없었기 때문이다. 세상에 이름이 없는 존재는 없다. 더군다나 자각하고 사고할 줄 아는 정령들에게 이름이 없다는 것은 있을 수 없는 일이라고 생각했다. '단순히 정령일 뿐이라서' 따위는 이유 축에도 끼지 못한다. 그럼에도 그들은 그것이 당연하다는 얼굴로 오히려 베로니카를 이상한 눈초리로 바라본다. 베로니카는 한 가지 사실을 깨달았다. 그들은 모르고 있기 때문에 상황에 대한 자각이 없다.

"세상에 이름이 없는 것은 없어. 단순히 이름이라고 무시하면 안 돼. 이름이란 생명의 뿌리와도 같은 거야. 자기 자신의 정체성과 곧바로 연결되는 하나의 매개체나 다름없지. 너희에게 이름이 없다면 너희는 존재해도 존재하지 않는 것과 같아."

[하지만 이름이 무슨 의미야?]

[네르테라님도 우리에게 이름을 주지 않았어.]

[우리는 그냥 자연 일부일 뿐인걸.]

[아무도 우리에게 이름을 주지 않아.]

그들의 말을 듣던 베로니카는 잠시 고민했다. 베로니카의 말이 제법 설득력이 있었는지 정령들은 금세 울상을 지으며 그녀를 처연히 바라보았다. 주위를 떠돌며 시무룩한 얼굴로 축 처져 있는 정령들을 보자니 안쓰러운 감정이 드는 것도 사실이었다. 잠시 망설이던 베로니카가 천천히 입술을 떼었다.

"…그럼 내가 지어줘도 돼?"

베로니카의 물음에 정령들의 얼굴이 밝아지기 시작했다. 그들은 두 눈을 동그랗게 뜨고 서로의 얼굴을 바라보더니 이내 더없이 기쁜 얼굴로 웃었다.

[지어줘! 지어줘!]

[이름! 가지고 있어도 좋을 것 같아.]

[어떤 기분일까?]

[꺄르르르. 이름 지어줘, 베르!]

정령들의 재촉에 베로니카의 입가에 부드러운 미소가 걸렸다. 그녀는 잠시 고민하는 듯 시선을 내렸다. 바람의 정령들이 기대하는 눈초리로 베로니카의 앞에 옹기종기 모여들기 시작했다. 그리고 짧은 침묵 후에 그녀가 다시 시선을 들고 바람의 정령들을 바라보았다. 정령들의 기대에 찬 눈동자에 사랑스러움을 느끼며 베로니카가 밝게 웃었다.

"위니. 선량한 친구라는 뜻이야."

Chapter 3

기억 속의 악몽

"어머, 베로니카님. 일찍 일어나셨네요?"

메이의 물음에 베로니카가 가만히 고개를 끄덕였다. 그 모습에 메이가 웃음을 짓고는 가만히 베로니카의 침실을 정리해 주었다. 하품을 내뱉으며 꼬물꼬물 침대에서 기어 나온 그녀가 이내 눈을 비비적거리며 기지개를 켰다. 해가 막 뜨기 시작한 아침이다. 아침잠이 유독 많은 베로니카였지만, 근래 들어 이상하게 일찍 일어나는 습관이 들었다.

[베르~ 오늘도 일찍 일어났네.]

[지난밤에 몽마가 베르 주위를 맴돌던데.]

[무서웠어, 베르!]

베로니카는 위니들의 외침들을 한 귀로 흘리며 걸음을 옮겼다. 위니들이 시끄럽게 재잘거리는 탓에 베로니카는 기어코 미간을 찌푸렸다. 위니들을 더없이 사랑했지만, 현재의 그녀는 너무나도 신경이 날카로워져 있었다.

"…씻을래, 메이."

베로니카의 웅얼거림에 침실 정리를 끝내고 나온 메이가 베로니카의 등을 천천히 떠밀며 욕실로 향했다. 그리고 또 다른 전속 시녀 소피아가 함께 욕실로 들어가 베로니카의 목욕 시중을 들었다.

"베로니카님, 요즘 통 잠을 못 주무시네요."

소피아의 말에 욕조에 앉아 고개를 뒤로 젖히고 있던 베로니카가 슬쩍 고개를 들었다. 욕실 안에 수증기가 자욱했다. 베로니카는 습기 가득한 욕실 안에 길게 숨을 내쉬었다. 몽롱한 정신 속에서도 나른함이 느껴진다. 잠이 들고 싶을 정도다. 고개를 돌린 베로니카는 그녀의 팔에 거품 가득한 스펀지를 문지르던 소피아와 눈이 마주쳤다. 그에 베로니카는 고개를 절레절레 흔들었다.

"그냥……."

베로니카가 말끝을 흐렸다. 그녀의 머리를 감겨주던 메이 역시 의아한 시선으로 베로니카를 힐끔 바라보았다. 소피아와 메이의 시선에도 아랑곳없이 고양이처럼 작게 하품을 하던 베로니카가 다시 절레절레 고개를 흔들었다.

"꿈자리가 뒤숭숭해."

그 뒤로 베로니카는 입을 꾹 다물었다. 소피아와 메이의 걱정 어린 시선이 그녀에게로 닿았지만, 베로니카는 끝내 입을 열지 않았다.

*   *   *

'비켜.'

안젤리카의 말은 더없이 싸늘하고 날카로웠다. 그녀의 말에 베로니카는 말없이 자리를 비켜섰다. 하지만 또 그것이 못마땅한지 안젤리카의 미간이 거침없이 일그러졌다. 그녀는 베로니카를 머리부터 발끝까지 죽 훑어 내렸다. 그 모욕적인 시선에도 베로니카는 담담히 서 있었다.

'멍청한 것.'

뒤이어 안젤리카의 입술을 비집고 낮은 욕설이 터져 나왔다. 드레스 자락을 잡은 베로니카의 손에 힘이 들어갔다. 황녀가 왔다더라. 안젤리카는 그 말을 남기고 한 치의 미련도 없이 다시 걸음을 옮겼다.

베로니카는 안젤리카가 분노하는 이유를 알고 있었기에

잠자코 그 모욕을 참아내었다. 아리스타와의 파혼. 게다가 아리스타가 그녀에게 파혼 신청을 하고 데려온 정인이 클린튼 황녀, 즉 베로니카의 오래된 친우 미란다였다. 그리고 그 사실은 베로니카 그녀 자신도 예상하고 있었던 일임은 틀림없었다. 안젤리카가 분노하는 정확한 이유는 여기에 있었다.

'…소피아.'

안젤리카가 사라진 자리를 바라보며 침묵하던 베로니카가 입을 열었다. 그녀의 부름에 그녀 뒤에 말없이 서 있던 소피아가 고개를 숙였다. 베로니카는 힐끔, 아무런 감정도 내비치지 않는 소피아의 묵묵한 반응을 바라보고는 등을 돌려 걸음을 옮겼다.

'정원에 있겠지?'

'그렇습니다, 베로니카님.'

소피아의 딱딱한 말투에 잠시 걸음을 멈칫했다. 베로니카의 공허한 시선이 그녀에게로 닿았다. 소피아가 원래 이렇게 감정이 메마른 것 같은 여자였던가. 원래 이렇게 무뚝뚝한 여자였던가. 베로니카의 얼굴이 천천히 일그러졌다. 베로니카는 다시 걸음을 옮겼다.

'베르, 베르의 어릴 적은 어땠어?'

미란다가 반짝이는 눈동자로 베로니카를 향해 물었다. 가만히 웨일스 정원에 앉아 책을 읽어 넘기던 베로니카의 손짓이 멎었다. 베로니카는 천천히 자신의 붉은 머리칼을 쓸어 넘겼다. 그녀의 시선이 이내 화려한 금발의 미란다에게로 향했다. 베로니카는 잠시간 대답이 없었다. 가만히 미란다를 바라보던 베로니카의 눈동자의 초점이 흐려졌다.

'…나의 어릴 적?'

한참이나 늦은 대답이었다. 하지만 미란다는 개의치 않았다. 언제나 베로니카의 대답은 한 박자 느렸기 때문이다.

'응! 베르는 어릴 적부터 성숙했다고 들었어! 역시 베르야!'

생글생글 웃음을 지으며 외치는 미란다는 진심으로 베로니카가 자랑스럽다는 얼굴로 그녀를 올려다보고 있었다. 문득, 베로니카는 지긋지긋하게 머리를 괴롭히는 쓰라린 통증을 느꼈다. 미란다의 물음으로 간신히 떠올린 어린 시절이다. 그녀에게 있어 어린 시절은 그저 지난 과거에 불과했고, 지난 과거엔 추억 따윈 없었다. 그러므로 베로니카는 미란다에게 대답해 줄 어릴 적 이야기가 없었다.

'네가 말한 대로야. 오직 그뿐이지.'

베로니카의 말에 미란다가 푸핫 하고 웃음을 터뜨리며 고개를 절레절레 흔들었다. 그다지 베로니카의 대답을 기대하고 있던 기색은 아니었다. 늘 베로니카의 대답은 빠져나갈 한 구석 여유를 두는 것처럼 모호했기 때문이었다.

'그럼 아스는 어땠어?'

베로니카의 입가에 언뜻 조소가 배었다. 그 질문이 나올 줄 예상이라도 하고 있었다는 얼굴이었지만 미란다는 이미 자기 생각에 빠져 그 점을 눈치채지 못했다.

'지독히 현명한 아이였어.'

그래, 지독히. 지독히도 현명한 아이였다. 베로니카는 그 말 외엔 더 이상 말할 것이 없었다. 그래서 입을 다물었다. 아니, 사실 그 외에 더는 말하고 싶지 않았다. 그 밖의 사실을 혹시라도 입 밖에 내면 꼬리에 꼬리를 달고 그에 관한 모든 기억이 쏟아져 내릴 것만 같아 두려웠다.

그랬다. 사실 베로니카는 두려웠다. 아리스타와의 과거가 지독히도 두려웠다. 가장 기억하기 싫은 사람이 사실은 그녀의 과거 전부였다. 그를 부정하면 부정할수록 그녀의 과거는 송두리째 흔들린다. 자신을 떠올리면 떠올릴수록 당연하다는 듯이 따라나오는 그의 존재가 싫었다.

'에이, 그게 끝이야?'

미란다가 시시하다는 얼굴로 중얼거렸다. 하지만 베로니카는 한 치의 동요도 없이 다시 책을 펼쳤다. 그 모습에 미란다가 냉정하다며 투덜거렸지만, 베로니카는 신경 쓰지 않고 책장을 넘겼다.

미란다가 어쩔 수 없다는 얼굴로 웃었다. 사실 미란다는 베로니카의 그런 점을 좋아했다. 어떠한 사실 앞에서도 동요 없이 고요한, 그러한 베로니카의 모습을 그녀는 동경했다.

'분명 아리스타는 베르만큼이나 멋있었을 거야!'

사랑에 빠진 소녀의 얼굴이란 저런 것일까. 베로니카는 천천히 찻잔을 들어 올려 입가에 가져다 대었다. 차를 마시면서도 그녀의 눈동자는 미란다에게서 떠날 줄을 몰랐다. 그녀는 한쪽 입꼬리를 비스듬히 올려 웃었다. 어차피 머지않아 미란다도 알게 될 것이다. 그녀가 황녀라면 얼마 가지 않아 아리스타와 자신의 비밀 약혼에 대해 듣게 되겠지. 하지만 생각보다 그 사실을 미란다는 뒤늦게 알게 되었다. 덕분에 베로니카는 모든 일이 끝나고서야 그녀의 독이 든 차를 마시게 되었지만.

베로니카의 자조 어린 모습을 끝으로 장면이 바뀌었다. 어두운 골목 안에 베로니카와 아리스타가 있었다. 그녀는 바닥에 온 기력을 모두 소진한 사람처럼 주저앉아 있었고, 아리스타는 냉랭한 얼굴로 그런 그녀를 노려보고 있었다.

'일어서.'

아리스타의 냉정한 말에 베로니카가 천천히 시선을 들었다. 아리스타의 경멸 어린 시선이 이윽고 베로니카의 온몸을 훑어 내렸다. 웨일스 가문과 외가인 엘자냐 가문은 리비엘라 제국에서 사라졌고, 그녀의 가족들은 처형당했다. 그중에서 살아남은 것은 그녀뿐이었다. 비록 명예롭지는 못해도 아버지와 언니와 함께 죽음을 맞이하고자 결심을 했던 그녀다. 하지만 아리스타는 끝내 그녀의 죽음까지도 간섭하고자 했다. 그가 그러고자 마음먹었으면 못하는 바가 없었다.

'기분이 어때?'

아리스타의 비웃음 가득한 시선이 베로니카를 향했다. 베로니카는 망연자실한 얼굴로 자리에 주저앉아 있었다. 눈물은 흐르지 않았다. 모든 걸 잃은 사람의 얼굴을 하고 있었지만, 그것에 눈물은 없었다. 한 방울의 눈물도 흘리지 않는 그녀를 보며 아리스타는 치를 떨었다.

'가족의 죽음에도 눈물 한 방울 흘리지 않는군. 역시 독해. 지독해. 정말로 끔찍하리만큼 지독하군.'

아리스타의 말 한 마디 한 마디가 비수가 되어 베로니카의 심장을 찔렀다. 눈물이 흘러야 정상이다. 그것은 그녀 역시 알고 있었다. 하지만 이상하게도 그녀는 눈물이 흐르지 않았다. 울고 싶었다. 심장을 쥐어뜯으며 분노 어린 감정을 모두 토해내며 울고 싶었다. 하지만 울어야 한다? 어떻게 울어야 하는지 모르겠다.

그녀는 어머니가 돌아가신 네 살 적부터 한 번도 눈물을 흘려본 적 기억이 없다. 필요에 의해 흘리는 눈물 외에는 흘려본 기억이 없었다. 그녀는 철저히 그렇게 교육되어 자라왔다.

어릴 적부터 성숙했던 그녀에게 눈물을 허용하게 해준 사람이 없었다.

'넌 대체 왜 살아가는 거지?'

아리스타가 진심으로 궁금하다는 듯이 물어왔다. 하지만 베로니카는 대답할 수 없었다. 대답을 하기 싫었던 것이 아니다. 그녀는 그 질문에 대답을 할 수가 없었다. 베로니카는 그점이 더욱더 절망스러웠다. 아리스타가 입을 열 때마다 그녀는 끝없는 나락으로 추락하는 기분이었다. 베로니카는 온몸을 쥐어뜯고 싶어 참을 수 없었다. 가슴이 갑갑하고 분노가 들끓는데 어디에 토로할 곳이 없었다. 심장만 타들어가는 것같았다. 베로니카는 입술을 잘근잘근 깨물었다. 드레스를 쥔손이 파르르 떨려왔다.

'차라리 그냥 죽어. 더 이상 나와 미란다를 방해하지 말고.'

그녀는 그들 사이를 방해한 적이 없었다. 그럼에도 미란다는 아리스타와 베로니카의 오래된 과거를 질투해 스스로가 피해망상을 만들어내었고, 아리스타는 전적으로 베로니카보다 미란다를 신뢰했다.

아리스타의 얼굴에 지친 기색이 감돌았다. 그가 짜증스런 얼굴로 두 손을 들어 마른세수를 하였다. 베로니카는 끝내 눈물을 흘리지 않았고, 아리스타 역시 그녀를 버려둔 채 등을 돌렸다.

*   *   *

베로니카는 천천히 눈꺼풀을 들어 올렸다. 식은땀으로 온
몸이 축축했다. 상체를 일으키려 했더니 아찔한 현기증이 머
리를 강타했다. 베로니카는 힘을 풀고, 도로 자리에 누웠다.
위니들이 시끄럽게 재잘거리며 그녀의 주위를 떠돌았지만,
하나도 귀에 들어오지 않았다. 꿈에서 본 미란다로 인해 생각
지 않으려던 그녀 모습이 떠올랐다. 열일곱 봄. 우연히 랑베
르 뷰티크 살롱에서 처음 만난 미란다가 베로니카에게 강력
한 호기심을 표하는 것으로 그들의 인연은 시작되었다. 종래
에는 그것이 인연이었는지 악연이었는지 종잡을 수가 없게
되었지만.

베로니카는 길게 한숨을 내쉬었다. 아침 햇살이 스멀스멀
침실로 기어 올라온다. 또다시 과거의 악몽과 함께 이른 아침
이 시작되었다.

"일어나셨습니까, 베로니카님?"

소피아의 목소리가 들려오자 그녀는 천천히 몸을 일으켜
앉았다. 두통으로 지끈거리는 머리를 부여잡고 천천히 한숨
을 내쉰 베로니카는 소피아와 메이의 시중을 받아 몸을 씻고

가볍게 치장을 한 뒤 식당으로 향하는 걸음을 옮겼다.

"안색이 좋지 않구나."

여전히 지끈거리는 두통으로 베로니카의 안색이 파리해진 것을 확인하며 레인하드가 물었다. 안젤리카의 날카로운 시선 역시 베로니카에게 잠시 머물 정도였지만 베로니카는 이내 고개를 저으며 레인하드를 향해 웃어 보였다.

"괜찮아요. 잠이 조금 부족해서 그런 것뿐이에요."

그녀의 말에 레인하드가 심각하게 가라앉은 얼굴로 걱정 어린 기색을 표했다.

"요즘도 악몽을 꾸는 것이냐?"

조용한 음색이지만 목소리 가득 걱정이 배어 있어 베로니카의 가슴을 간질거리게 만들었다.

"그런 거 아니니 너무 걱정하지 않으셔도 돼요."

베로니카는 그렇게 말하며 웃어 보였지만, 머릿속 한편으로 밀고 들어오는 물음을 삼키느라 애써야 했다. 웨일스 가문이 반역의 죄를 뒤집어쓰게 된 시발점은 어머니의 외가, 엘자나 가문에 있었다. 너무 어릴 적 세상을 떠나 기억도 나지 않는 어머니지만, 그로 고인 된 분이 모욕을 받는 것에 대해서는 참을 수 없었다.

"힘든 일이 있다면, 내게 곧장 말하여라."

레인하드의 요구에 베로니카는 바로 고개를 끄덕여 그에

게 감사의 인사를 표했다.

"그런데… 아버지."

물을 한 모금 마시며 베로니카가 심호흡을 시도한 뒤 천천히 레인하드를 불렀다. 그러자 작게 썬 양고기 스테이크를 소스에 버무려 먹으려던 그가 손동작을 멈추고 의아한 시선으로 베로니카를 바라보았다. 얌전히 앉아 식기만 움직여 식사하던 안젤리카의 시선 역시 그녀에게로 향했다.

"어… 머니는 어떤 분이셨어요?"

베로니카의 물음에 식당 안에 싸한 정적이 찾아왔다. 그것에 정작 질문을 던진 베로니카가 당황스러운 얼굴로 어쩔 줄을 몰라 하자, 레인하드가 낮게 한숨을 내쉬며 물을 마셨다.

"어머니 말이더냐?"

깊은 한숨 뒤에 나온 후작의 물음에 그녀가 고개를 끄덕였다.

"네. 저는 어머니에 대한 기억이 거의 없어서 늘 궁금했어요."

이제껏 한 번도 어머니에 대해 묻지 않은 것이 오히려 이상한 일이었다. 베로니카는 죽는 순간까지 어머니에 관한 이야기는 일부러 기피해 왔지만, 죽음까지 초월한 현재는 어머니의 죽음이 더 이상 꺼려야만 하는 사실이 아니라는 것을 깨달았다.

"괜찮은 것이냐?"

레인하드의 물음에 베로니카가 의아한 얼굴로 고개를 들었다. 그러자 그가 어색한 얼굴로 헛기침하며 쥐고 있던 포크를 손안에서 돌리며 그녀의 안색을 살폈다.

"그… 흠, 이제는 죄책감을 가지지 않느냔 말이다."

그의 말에 베로니카는 어머니를 언급하는 것을 꺼리던 제 행동이 얼마나 아버지에게 상처가 되는 일이었는지를 깨닫고 스스로를 책망했다.

베로니카는 어머니의 기억이 거의 없었다. 다만 그녀의 뇌리에 강렬히 박혀 있던 모습은 싸늘한 주검이 되어 눈앞에 누워 있던 황갈색 머리칼의 아름다운 여인의 모습이었다. 베로니카를 낳고 나서부터 시름시름 앓던 어머니는 결국엔 그녀의 눈앞에서 숨을 멈추었다. 그것이 트라우마가 되어 밝았던 성격마저 변하고, 어머니의 이야기라면 무조건 기피하던 그녀를 가문 내의 사람들이 얼마나 걱정을 해왔는지 다시 생각하면 미안하고 죄송스러울 뿐이었다.

"…이제는 괜찮아요."

온전히 과거의 트라우마에서 벗어난 것은 아니었지만, 그렇다고 괜찮지 않을 것도 없었다. 그리 말하며 베로니카가 엷게 웃음 지어 보이자, 레인하드가 그제야 안심한 기색을 띠고 물을 마시며 목을 축였다.

그 모습을 바라보던 베로니카는 가만히 어머니의 외가 엘자냐 가문을 떠올렸다. 현재로선 휴버트 여동생의 문제를 처리하는 것과 아리스타를 견제하는 것도 중요했지만, 본질적으로 그녀에게 더 중요한 사항은 어머니의 외가인 엘자냐 가문에 있었다.

"왜 엘자냐 가문의 사람들하고는 왕래하지 않는 건가요?"

그 이유를 알고 있으면서도 베로니카는 영문을 모르겠다는 표정을 가장하며 아버지를 바라보았다. 그리고도 스스로의 가식 어린 연극에 어렴풋이 조소가 스쳤다.

"엘… 자냐 말이냐."

엘자냐 가문을 언급하는 레인하드의 얼굴엔 깊은 수심이 드리워져 있었다. 엘자냐 가문의 어머니와 결혼한 이상 평생 떠안아야 할 그의 숙명이었다. 바르톨즈 3세의 마지막 직계 혈통이 어머니인 것이 들통이 난다면 단번에 귀족 작위 박탈은 기본이요, 사실을 묵인한 죄로 웨일스 가문 역시 무사하지 못할 것이다.

현 세브릭스 치세에 세브릭스 1세가 바르톨즈 3세에게서 어떻게 정권을 강탈했는지의 역사를 아는 사람들이라면 충분히 유추할 수 있었다.

"아버지가 사랑하셨던 어머니 가문의 사람들이니, 궁금한 것은 당연한 일인 걸요."

짐짓 베로니카는 아무렇지도 않은 척 덤덤하게 말하며 딸기 맛이 나는 주스를 한 모금 마셨다.

하지만 그렇다고 해서 웨일스 가문이 반역의 죄를 뒤집어쓰고 형장의 이슬처럼 사라진다는 것은 있을 수 없는 일이었다. 모든 것은 그녀를 사랑하는 약혼자인 척 아버지의 소중했던 친우의 아들로서 신뢰를 쌓아가던 아리스타가 저지른 쓰디쓴 배신에 있었다. 후에 아리스타는 그건 배신이 아니었노라 말했지만 베로니카에겐 명백한 배신이 틀림없었다.

"좋은 분들이시다."

레인하드는 그 짧은 문장으로 엘자냐 가문의 사람들에 대한 설명을 일축했지만, 베로니카는 그 말만으로도 그가 엘자냐 가문의 사람들에게 얼마나 호의적인가를 가늠할 수 있었다. 레인하드는 비교적 사물과 사람을 평가하는 데 인색한 편이었고, 제법 냉정했다. 그런 그가 하는 말이니 신뢰할 만했고, 무엇보다 어머니가 자라온 곳이다. 베로니카는 그 사실 하나만으로도 충분했다.

"언제 한번 그분들을 뵙고 싶어요."

베로니카는 수줍게 말했지만, 그녀의 말에 대답한 것은 레인하드가 아니었다.

"그건 불가능해."

안젤리카가 그녀의 말을 냉정히 잘랐다. 베로니카가 의아한 얼굴로 고개를 들자 딱딱한 얼굴로 그녀를 바라보는 안젤리카가 입가 가득 비웃음을 머금고 있었다.

"네가 얼마나 무심한지는 익히 알고 있지만, 웬만하면 어머니의 가문이니 조금 더 신경을 써서 말하는 게 어때?"

안젤리카는 그녀를 신랄하게 비판했다. 이미 많은 사실을 알고 있는 베로니카는 그녀의 말이 뜻하는 바를 알아차렸지만, 티를 내지는 않았다. 현재의 베로니카는 그 사실을 모르고 있어야 했기 때문이다.

"안젤리카."

레인하드가 엄한 눈초리로 안젤리카를 꾸짖었지만, 그녀는 거침없었다.

"네가 조금만 더 어머니에게 관심이 있었다면 알아차릴 수 있었을 거야. 엘자냐 가문에 대해서 말이야."

그건 사실이었다. 실제로도 기억 속의 베로니카는 아리스타가 약혼자 행세를 하며 엘자냐 가문의 뒤를 캐낼 때까지만 해도 엘자냐 가문에 대해서 아무것도 알지 못했다.

베로니카는 그 사실에 수긍하며 입을 다물었다. 그리고 안젤리카의 말에 레인하드도 베로니카도 별다른 말을 꺼내지 않음으로써 식사 내내 불편한 침묵이 지속되었다.

*　　　*　　　*

'그게 뭐야?'

열다섯의 아리스타가 물었다.

'…공작 각하께 드릴 선물.'

베로니카가 쑥스러운 얼굴로 볼을 붉히며 대답했다. 그 모습이 흥미로운 듯 아리스타가 눈을 가늘게 뜨고 그녀를 바라보았다. 하지만 베로니카는 그의 시선에도 아랑곳없이 자신의 손에 놓인 선물 상자를 바라보았다. 늘 그녀에게 친절한 캐드릭 공작께 드리는 마음의 선물이었다. 아버지보다 더 아버지 같은 분. 자상하고 친절한 캐드릭 공작은 그녀에게 있어 단비와도 같은 존재였다. 늘 애정에 목말라 있는 그녀에게 해 주는 따스한 말 한마디가 고마워서 베로니카는 작게나마 보답하고 싶었다.

'무슨 선물인데?'

아리스타의 물음에 베로니카는 잠시 뜸을 들이며 말이 없었다. 두어 번 입술을 달싹이던 그녀가 물끄러미 아리스타의 금발을 바라보았다. 아리스타가 좋았던 이유도 캐드릭 공작과 닮은 그 금발과 친절함, 다정함에 있었다. 베로니카가 옅게 미소 지었다.

'찻잎…….'

베로니카의 대답에 아리스타가 시시하다는 얼굴로 시선을

거두었다.

'내게 주는 것이더냐?'

캐드릭 공작의 자상한 눈동자가 베로니카에게로 떨어졌다. 그 시선에 베로니카가 어쩔 줄 모르겠다는 표정이 되어 아리스타를 바라보았다. 하지만 아리스타는 팔짱을 끼고 그런 베로니카와 캐드릭 공작을 관망했을 뿐, 베로니카가 곤란해하든 그렇지 않든 관심이 없었다.

'감사의… 선물입니다.'

캐드릭 공작의 기뻐하는 얼굴에 베로니카 역시 옅게 미소를 지었다. 베로니카의 미소는 굉장히 옅어서 금방이라도 사그라질 것 같았다. 하지만 그뿐이라도 아리스타는 충격을 먹은 듯 놀란 얼굴로 베로니카를 바라보았다.

'고맙구나, 베로니카. 잘 마시겠다.'

눈꼬리를 휘어 웃는 캐드릭 공작 덕에 기분이 좋아진 베로니카가 한결 가벼운 마음으로 공작의 집무실을 나왔다. 평소보다 들떠 있는 베로니카의 얼굴을 아리스타가 빤히 바라보았다. 하지만 여전히 베로니카는 자기만의 생각에 잠겨 있어 아리스타의 시선이 와 닿았다는 사실조차 몰랐다. 그것에 심술이 난 것인지 아리스타의 입가에 삐딱한 미소가 걸쳐졌다.

'캐드릭 공작은 우리 아버지야. 너희 아버지가 아니라.'

아리스타의 중얼거림에 그제야 정신이 돌아온 베로니카가

의아한 시선을 던졌다. 무척이나 낮은 속삭임과 같아서 내용은 듣지 못한 상태였다. 아리스타의 입가엔 짙은 조소가 배어 있었다. 하지만 그도 베로니카가 그를 바라봄과 동시에 흔적도 없이 사라졌다. 그는 아무렇지 않은 얼굴로 그녀를 향해 웃음을 지었다.

'베르, 먼저 응접실에 가 있을래? 가져올 것이 있어서 말이야.'

아리스타의 제안이 베로니카에겐 썩 유쾌하지 않았다. 그녀가 캐드릭 저택에 방문한 이유는 공작에게 찻잎을 건네주기 위함이었기에 저택에 더 머물고 싶은 마음이 없었다. 아리스타 역시 베로니카의 기분을 금방 알아차렸지만 모른 척 넘어갔다. 그래 봤자 베로니카는 자신의 제안을 거절하지 않으리란 것을 알았기 때문이다.

'…그래.'

떨떠름한 대답이었지만 결국은 허락의 의미다. 베로니카는 언제나 그랬다. 그가 미소 지으며 친절히 대해주는 척하면 거절하는 법이 없었다. 마치 사랑과 애정에 목말라 있는 사람처럼. 아리스타가 그녀를 저택에 붙들어놓을 때면 늘 좋지 않은 일을 당하면서도 매번 그의 제안을 거절하지 못한다. 그리고 아리스타는 베로니카의 그런 점을 알고 있기 때문에 교묘하게 그것을 이용했다.

'그럼 먼저 가 있어.'

베로니카가 고개를 끄덕였다. 아리스타가 등을 돌려 복도 반대편으로 걸어가는 것을 보며 베로니카 역시 등을 돌려 발걸음을 옮겼다. 그녀는 아리스타와 함께 왔던 길을 되돌아 걸었다.

복도는 고요하고 조용했다. 웨일스 저택과는 달리 언제나 활기찬 분위기가 흐르던 캐드릭 공작가의 저택답지 않게 한기가 맴돌았다. 천천히 벽을 짚고 걸음을 옮기던 베로니카는 문득 방문 하나가 열려 있는 것을 발견했다. 문만 닫고 지나가고자 했지만, 저택의 분위기 때문인지 베로니카는 무의식 중에 문고리를 붙들었다.

스륵.

문은 고급 원목을 사용하는 만큼 소리없이 열렸다. 방 안은 어두웠다. 저도 모르게 발걸음을 내딛고 정신을 차린 베로니카는 다시 뒤로 돌아 나가려고 했지만, 절로 닫힌 문에 깜짝 놀라 자리에 주저앉았다.

문이 닫히자 컴컴한 어둠이 순식간에 베로니카를 덮쳤다. 베로니카는 터져 나오는 비명을 억누르며 두 눈을 깜박였다. 시간이 지나자 눈이 어둠에 익숙해져 어렴풋이 형체들이 보이기 시작했다. 베로니카는 난로가를 향해 조심조심 다가갔다.

난로 위를 더듬거리니 예상대로 성냥이 있었다. 베로니카는 곧바로 초에 불을 붙였다. 쓰지 않는 방이지만 역시나 공작가의 저택답게 먼지 하나 없다. 베로니카는 가만히 벽을 더듬어 움직였다.

드륵.

'…어?'

베로니카가 짚었던 벽이 커다란 소리를 내며 움직였다. 그리고 동시에 몸이 기우는 것을 느꼈다. 깜짝 놀라 손을 떼니 벽의 문이 미세하게 돌아가 있었다. 베로니카는 문득 두려움이 엄습해 오는 것을 느꼈다. 어두컴컴했다. 완전한 암흑으로 앞조차 보이지 않을 것 같았다.

베로니카는 마른 입술을 혀로 축이며 긴장된 얼굴로 그곳을 바라보았다. 떨리는 손을 조심스레 들어 벽을 완전히 밀어내었다. 베로니카는 초를 들고 조심스레 어둠 안으로 들어갔다. 두려움이 엄습해 오면서도 어쩐지 모르는 끌림이 있었다.

벽을 통해 들어온 곳은 하나의 비밀 통로와도 같았다. 한 사람만이 들어갈 수 있는 길에 베로니카는 바짝 오른쪽 벽에 붙어 걸음을 옮겼다. 다행인 것은 간간이 어둠 속에서 벽 틈 사이로 빛이 들어오고 있다는 것이었다. 첫 번째 커다란 빛이 나는 곳에 도달했을 땐, 의아함에 빛이 나는 틈에 눈을 가져다 대었다. 그러자 보이는 것은 놀랍게도 누군가의 방이었다.

정확히는 작은 응접실로 보였다.

　귀족들의 저택에는 하나씩 비밀 통로가 있게 마련이다. 그 예로 웨일스 저택에도 비밀 통로라는 것이 존재했다. 베로니카는 미련없이 걸음을 옮겨 이동했다. 두 번째 빛에 도달했을 때는 놀랍게도 공작의 집무실이었다. 베로니카는 두근거리는 마음으로 조금 더 공작의 방을 살폈다. 그녀가 선물한 찻잎을 우려 마시는지 궁금했기 때문이다.

　'…아.'

　베로니카는 공작이 집무를 보며 마시고 있는 차가 선물한 차라는 것을 알고 쑥스러움에 얼굴을 붉혔다. 가만히 그 모습을 보고 있을 때,

　차를 마시고 있던 공작이 발작을 일으켰다. 찻잔을 들고 있는 손을 바들바들 떨더니 곧이어 바닥에 찻잔을 떨어뜨렸다. 이어서 나타난 증상은 몸의 떨림이었다. 곧 숨이 막히는지 공작은 목을 움켜쥐고는 바닥으로 주저앉았다. 공작이 앉아 있던 의자가 바닥을 나뒹굴었고, 집무를 보던 서류가 어지럽게 흩어졌다. 소란을 듣고 밖에 대기하던 집사가 들이닥쳤다.

　베로니카는 두 손으로 입을 막고 소리없는 비명을 질렀다. 입을 가린 두 손이 바르르 떨려왔다. 공작의 집무실로 공작과 똑같은 금발의 아리스타가 들어왔다. 평소의 부드러운 표정이 아니었다. 싸늘한 얼굴로 공작의 발작을 지켜보던 아리스

타가 이내 시선을 들었다.

순간, 베로니카는 아리스타와 눈이 마주쳤다는 착각이 들었다. 분명 이쪽을 바라보고 있었다. 하지만 그것은 잠시였기에 착각이었다고 생각할 수밖에 없었다.

집사가 놀란 얼굴로 공작을 부축했지만, 공작의 발작은 금방 멈추었다. 이미 숨이 다한 것이라. 베로니카는 털썩 자리에 주저앉았다.

'공작 각하!'

가만히 상황을 지켜보던 아리스타가 공작을 붙드는 집사에게로 다가갔다. 그는 깨어진 찻잔과 공작이 마시던 차를 가만히 바라보았다. 그리고는 냉랭한 얼굴로 집사를 바라보았다.

'진실을 묵인해라.'

아리스타의 말에 집사가 흠칫 놀란 얼굴로 그를 바라보았다. 그것은 베로니카 역시 마찬가지였다. 아리스타는 냉정한 얼굴로 눈도 감지 못한 채 죽어버린 공작을 바라보며 이를 악물었다.

'아버지는… 갑작스런 심장 발작으로 돌아가신 것이다.'

'하지만……'

'범인은! 내가 잡을 것이다. 내 손으로 집적 처벌을 할 것이다. 누구보다 고통스럽고 누구보다 처절하게 응징할 것이

다. 그러니 그대는 조용히 입을 다물어라.'

이를 악물고 강하게 외치는 아리스타의 말에 집사는 금세 조용히 입을 다물었다. 아리스타는 다시 한 번 베로니카가 숨어 있는 벽 쪽을 바라보았다. 베로니카는 여전히 두 손으로 입을 가린 채 소리없는 눈물을 흘렸다. 믿을 수 없는 이 상황에 머리가 정상적인 순환을 거부했다.

"하악!"
숨을 들이켜며 베로니카는 번쩍 눈을 떴다.
[베르!]
[오늘도 몽마가 다녀갔어.]
[기력이 약해졌어!]
[베르, 잡아먹힐 것 같아!]
위니들의 비명 소리가 귓가를 강타했다. 땀에 흠뻑 젖어 있었다. 베로니카는 도저히 일어날 수가 없었다. 끝나지 않는 악몽의 나날 속에 두통이 날이 갈수록 심해지는 것 같았다. 베로니카는 가만히 이마를 짚고는 다시 두 눈을 조용히 감았다. 눈동자에 맺혀 있던 눈물이 소리없이 볼을 타고 흘러내렸다.
"베로니카님."
소피아의 부름에 베로니카는 간신히 상체를 일으켜 앉았

다. 위니들이 정신없이 그녀의 주위를 날아다녔다. 두어 명은 그녀의 어깨, 손등 위에 앉아 몸을 비비적거리며 애교를 떨었다. 그 귀여운 모습에 베로니카는 기운이 점차 나는 것을 느끼며 한숨을 내쉬었다.

그녀 열두 살 겨울, 캐드릭 공작 칼릭스의 죽음이었다. 그 사건은 그녀 인생에 지옥의 출발 전선이었다. 날짜를 따져보면 얼마 남지 않았다. 그녀가 회귀한 나이가 현재 열두 살이었음으로 캐드릭 공작 독살 사건은 일 년도 채 시간이 남아 있지 않았다.

베로니카는 가만히 머리카락을 쓸어 넘겼다. 무릎을 세워 앉은 뒤 무릎 위에 팔을 감싸고 그 안에 얼굴을 묻었다. 품 안으로 감춘 손가락이 부들부들 떨려왔다.

캐드릭 공작의 죽음을 또다시 보았다. 하지만 단지 꿈일 뿐이다. 현재의 캐드릭 공작은 공작가에 멀쩡히 살아 있지 않은가. 아직은 그 사건이 일어나기 전이다. 그러니 괜찮다. 괜찮을 것이다.

베로니카는 가만히 그렇게 되뇌며 아랫입술을 짓이겨 물었다. 과거에, 그러니까 회귀 전 그녀가 공작에게 선물한 찻잎에는 문제가 없었다. 문제는 그 차를 내어준 시녀에게 있었다. 물론 그 일이 있고 나서 베로니카가 곧바로 공작에게 차를 내어준 시녀를 찾아내고자 했지만, 시녀는 행적을 감춘 뒤였다. 아리스타는 그 사실을 알고 있었다. 하지만 그럼에도 무슨 이유에서인지 베로니카를 괴롭히는 것을 멈추지 않았다.

아직도 그 이유를 알 수 없었다. 아리스타는 그녀가 죽음을 맞이할 때까지 그 이유를 말해주지 않았고, 그녀 역시 그 이유를 알 필요가 없다고 생각했다. 이유가 어찌 되었든 간에 아리스타가 그녀 삶에 지옥을 선사해 준 건 틀림없는 사실이니까.

하지만 다시 한 번 그때의 일을 꿈으로 겪은 지금은 생각에 변화가 생겼다. 이유를 알 필요가 있다는 생각이 그녀의 머릿속을 덮쳐 왔다. 그녀의 삶을 본격적으로 망쳐 놓기 시작했던 때인만큼 신중해야 했다.

"또 악몽을 꾸셨습니까?"

소피아의 걱정스런 물음에 베로니카가 고개를 저었다. 베로니카가 작게 한숨을 내쉬며 가만히 손을 뻗었다. 소피아가 조심히 다가와 그녀를 부축했다. 축축이 젖은 잠옷이 찝찝했다. 계속되는 악몽에 베로니카는 심신이 지쳐 있었다. 해결책을 만들어야만 했다. 근래에 그녀의 기력이 많이 쇠약해진 탓이다. 베로니카는 처음엔 단순히 검술을 게을리했기 때문이라고 생각했다.

이제는 그런 단순한 문제가 아니라는 것을 알았다. 악몽을

꾸는 이유는 검술을 게을리했기 때문이 아니라, 그녀 스스로
가 아직 과거에서 벗어나지 못했기 때문이다. 그녀의 머릿속
으로 캐드릭 공작의 죽어가는 모습이 잊히지 않았다.

"베로니카님, 더우십니까? 창문을 조금 열어놓을까요?"

메이의 물음에 베로니카가 고개를 저었다. 오늘따라 유난
히 몸이 무거웠다. 따뜻한 욕조 안에서 베로니카는 깊은 한숨
을 내쉬었다. 발가락을 꼼지락대던 그녀가 천천히 욕조에 몸
을 기대었다. 소피아와 메이는 베로니카의 의도를 알아차리
고는 잠시 그녀를 위해 비켜주었다. 베로니카는 더욱더 편안
히 욕조에 몸을 기대었다.

"메이, 머리 감겨줘."

베로니카의 요구에 메이가 욕조 뒤로 걸음을 옮겼다. 머리
를 뒤로 젖힌 베로니카가 가만히 눈을 감았다.

"메이, 소피아."

"네, 베로니카님."

"말씀하세요."

베로니카의 부름에 소피아와 메이가 동시에 말했다. 베로
니카는 여전히 두 눈을 내리감고 있었다. 그녀의 붉은 입술이
찬찬히 열렸다.

"난… 변화가 두려워."

앞뒤 문맥에 맞지 않는 문장이었다. 하지만 소피아와 메이

는 묵묵히 베로니카의 다음 말을 기다렸다. 그것이 그들의 역할이었다.

"변화가 일어나길 간절히 원한다고 생각했는데… 이제는 그것조차 의문이 들어."

베로니카가 깊게 숨을 들이마셨다. 그녀가 손을 들어 피곤한 얼굴로 눈두덩을 어루만졌다. 소피아는 말이 없었고, 메이는 묵묵히 그녀의 머리를 감기고 있었다.

"매일 밤 꿈을 꿔. 지독한 악몽을 말이야. 과거에서 벗어날 수 있다고 생각해서 변화할 수 있다고 믿었는데… 이제는 그것조차 의문스러워. 꿈이 보여주는 과거가 내게 말하는 거 같아. 넌 내게서 벗어날 수 없다고. 네가 어떻게 날 잊을 수 있느냐고. 내게 끊임없이 각인을 시키는 것 같아 두려워."

베로니카의 물음에 소피아와 메이는 잠시간 답이 없었다. 베로니카는 애초에 답을 바라지 않았다는 얼굴로 다시 편하게 욕조에 몸을 기대었다.

반면에 소피아와 메이는 처음으로 듣는 베로니카의 속마음에 내심 충격을 받았다. 후작 부인이 세상을 떠나기 전까지는 그래도 어린아이답던 그녀지만, 후작 부인이 세상을 뜨고 나서 누구에게도 의지하지 않은 채 홀로 서온 소녀다. 눈물 한 방울 흘리지 않고 독하게 제 자리를 버텨온 아이였다.

소피아와 메이는 자신들이 이렇게 베로니카에게서 속마음

을 들을 수 있는 날이 오리라곤 상상도 하지 못했다. 물론 근래 들어서 베로니카가 많이 달라졌지만 아직까지는 그래도 세상에 무관심한 어린아이라는 이미지가 깊이 박혀 있었다.

"베로니카님."

메이는 묵묵하게 베로니카의 머리를 감겼고, 소피아가 대신 입을 열었다. 베로니카의 눈꺼풀이 파르르 떨렸다. 그녀가 천천히 눈을 뜨고 고개를 돌렸다. 소피아가 부드러운 미소를 지은 채 그녀를 바라보고 있었다. 베로니카의 흔들리는 눈동자를 보며 소피아는 생각했다. 그래도 아직 베로니카는 어린아이라고. 따뜻한 정과 위로의 말 한마디, 안식처가 필요한 소녀라고 말이다.

"자신을 믿으세요. 과거조차 당당히 품에 안을 수 있는 자신이 되세요, 베로니카님. 과거를 피하려 들지 마시고 마땅히 품에 안으셔야 합니다. 과거는 이미 지나간 일이고 지울 수 없는 일입니다. 과거를 두려워한들 달라지는 것은 없습니다. 시간은 지나고 있고 현재는 미래를 향해 흘러갑니다. 과거와 당당히 마주할 수 없다면 과거가 베로니카님의 미래를 지배하고 말 것입니다."

소피아는 당연히 베로니카가 말하는 과거의 두려운 일이 후작 부인의 죽음일 것이라 여겼다. 실제로 베로니카는 후작 부인의 죽음을 기점으로 많이 달라졌다고 전해 들은 바 있었기 때문이다.

베로니카는 가만히 소피아의 말을 곱씹어보았다. 과거를 당당히 품에 안아야 한다. 하지만 쉬운 일이 아니었다.

"…그럴 수 있다면 얼마나 좋을까."

베로니카의 미간에 주름이 드리워진 것을 본 메이가 머리카락에 물을 뿌려주며 입을 열었다.

"베로니카님, 늘 같은 사람이 되기는 쉬워요. 변화나 성장이 필요없기 때문이죠. 베로니카님은 한 가지 착각을 하고 계세요. 베로니카님은 자신을 변화시키기 위해서 뭔가를 포기해야 한다고 생각하고 계시죠. 하지만 베로니카님, 베로니카님은 과거를 이해하기 위해서는 아무것도 포기할 필요가 없다는 것을 깨달으셔야 해요. 변화는 무언가를 포기해야 하는 게 아니에요. 이미 있는 것에 더해주기만 하면 되는 것이죠."

베로니카가 두 눈을 동그랗게 떴다. 그 모습에 메이가 잔잔히 미소 지었다.

"소피아의 말처럼 과거를 품으세요. 단순해요, 베로니카님. 과거를 애써 이해하려고 하지 마시고 인정을 하세요."

메이의 말에 베로니카는 한동안 충격을 받은 듯 아무 말이 없었다. 메이는 자신이 잠시 실언을 한 것이 아닐까 걱정스러운 얼굴로 소피아를 바라보았다. 하지만 소피아가 부드럽게 미소 짓는 것을 보아 그건 아닌가 보다. 목욕이 모두 끝나고 욕실을 나올 때쯤 베로니카가 입을 열었다.

"고마워, 메이. 그리고 소피아."

소피아와 메이가 놀란 얼굴로 그녀를 바라보았다. 그녀의 입가에 작은 미소가 물감처럼 번져 있었기 때문이다.

한 가지 결심 어린 얼굴로 그녀는 소피아와 메이를 바라보았다. 이제야 확신이 들었다. 과거 위에 현재가 있다고만 생각했지, 현재를 위해 과거가 존재한다는 생각은 이전에는 해보지 못했던 사고였다. 베로니카의 에메랄드 눈동자를 타고 보석처럼 반짝이는 눈물방울이 맺혀 흘렀다. 자그만 상자 안에 갇혀 세상을 보지 못하는 사람처럼 그녀는 저 혼자만이 괴로운 과거를 지녔다 여겼다.

"사실 몽마가 찾아오는 건 모두 내 탓이었어. 내 스스로가 끌어들인 것이었지. 오늘을 기점으로 그 모든 것을 끝낼 생각이야."

안젤리카와의 관계 역시 확실하게 개선의 여지를 만들어 둘 참이다. 과거의 베로니카는 잊고 새로운 그녀를 안젤리카에게 각인시켜 줄 필요가 있었다. 그 첫 번째 관문이 바로 용기.

웨일스 후작가는 무가였지만, 베로니카는 특별히 검술을 이을 생각이 없었다. 웨일스 후작가를 이어갈 것은 안젤리카였으며, 베로니카는 그저 웨일스 가문의 일원으로서 부끄럼

없는 모습만 보이면 될 것이라 생각해 왔기 때문이다.

또한 그녀는 아직 어리기 때문에 대련은 무리였음에도 불구하고 안젤리카에게 결투를 신청했다. 안젤리카가 그에 콧방귀를 뀌는 것도 무리가 아니었다.

천천히 나아지고 있었다. 아버지, 소피아와 메이 모두가 과거와는 조금씩 변하고 있는데 안젤리카만이 언제나 그 자리에 서 있다는 점이 그녀의 마음에 걸렸을 뿐이다.

Chapter 4
새
로
운 시
작

덩. 덩. 덩.

바쁘게 지나가던 사람들이 한 번씩 멈추어 선다. 나타의 종
이 울렸다. 손으로 햇빛 그늘을 만들어내던 사람들의 시선이
나타의 탑에 잠시간 머문다. 더없이 활기찬 점심 무렵의 광장
이었다. 베로니카는 가만히 챙이 달린 모자를 들어 올렸다.
부드러운 바람이 그녀의 머리칼을 간질거렸고, 위니들은 더
없이 즐거워하며 베로니카 주위를 날아다녔다. 태양은 따사
로웠고, 광장을 지나는 사람들의 발걸음은 지체가 없다.

베로니카의 에나멜 구두가 반짝였고, 그것은 곧 경쾌하게

발걸음을 놀렸다. 그로 인해 페티코트로 가볍게 부풀린 치마
가 레이스와 함께 부드럽게 다리를 휘감았다. 베로니카의 부
드러운 양 볼이 복숭아와 같이 보기 좋게 익어 올랐다. 지금
그녀가 얼마만큼 흥분을 했는지를 단적으로 보여주는 예였
다.

"베로니카님, 위험합니다. 걸음을 늦추시지요."

결국엔 휴버트의 조심스런 충고가 날아왔다. 베로니카는
빨랐던 발걸음을 천천히 하며 주위를 살폈다. 사람들의 시선
이 힐끔힐끔 그녀에게로 모여들고 있었다. 하지만 베로니카
는 주체할 수 없는 기쁨에 그 시선마저도 기꺼워하고 있었다.

현재의 그녀는 사람들의 호기심 어린 시선에 베일로 얼굴
을 가릴 필요도 몸을 숨길 필요도 없었다. 아무런 제지 없이,
경계 없이 밖을 나서는 것이 얼마 만인가. 베로니카는 가만히
발걸음을 멈추었다.

그녀를 따르던 소피아와 메이, 그리고 휴버트의 발걸음 또
한 멈추었다. 그에 상관없이 베로니카는 크게 숨을 들이마셨
다. 더없이 상쾌한 공기였다. 뒤에서 소피아와 메이의 웃음소
리가 들려왔다. 하지만 베로니카는 흥분을 감추지 않았다. 여
전히 미소가 어색한 얼굴이었지만, 베로니카는 자신의 유쾌
함을 숨기고자 하지 않았다.

"오랜만의 외출이잖아."

어제도 외출하셨잖아요. 뒤에서 소피아의 작은 중얼거림
이 들려왔지만 베로니카는 한 귀로 흘렸다. 그녀의 기분에 맞
춰 위니들도 꺄르르 웃음을 터뜨리며 허공을 뒹굴었다.

"하지만 마차도 없이 랑베르 뷰티크 살롱에 가신다니요."

소피아의 말에 베로니카가 가볍게 팔을 들어 흔들었다.

"괜찮아."

전혀 괜찮지 않습니다. 소피아의 걱정 어린 시선에도 베로
니카의 발걸음은 거침이 없었다. 랑베르 뷰티크 살롱은 귀족
들이 주로 애용하는 뷰티크 살롱 중에서도 최고의 품질과 디
자인을 자랑하는 곳이었으며, 그런 만큼 귀족의 예법을 깐깐
하게 따지는 곳이기도 했다.

랑베르 뷰티크 살롱의 마담 랑베르 부인은 무엇보다 살롱
의 질을 낮추는 행위를 경계했다. 그런 그녀의 뷰티크 살롱에
마차도 없이 등장한다면 랑베르 마담이 눈살을 찌푸릴 것이
눈에 훤했다.

살롱(Salon).

객실이나 응접실을 칭하여 살롱이라 칭한다. 하지만 베로
니카 어릴 적의 리비엘라는 살롱의 의미가 퇴색되어 그것을
주로 뷰티크 숍에만 붙였다.

하지만 베로니카 열여섯, 사교계의 여왕은 되지 못했어도
패션에 있어서는 종국에 베로니카를 따라올 자가 없었다. 그

점이 베로니카가 다시 살롱을 부활시킬 수 있는 큰 밑거름이
되었다. 당연하게도 아리스타가 그녀의 가문을 몰살시키기
전까진 베로니카의 살롱은 제국 내에서 가장 유명했다. 후에
는 그 살롱의 의미가 점점 커져 리셉션화 되었고. 십 년 뒤 클
라라 살롱(Clara Salon)은 의미가 거대해져 명성을 드높였다.

"분명 랑베르 마담께 한소리 들으실 겁니다."

소피아의 충고에도 베로니카의 발걸음은 경쾌했다. 그 모
습만 보자면 모든 고민이 싹 씻겨 나갈 것같이 유쾌했다. 소
피아는 결국 한숨을 내쉬며 웃어버리고 말았다. 저리 기뻐하
는 건 처음 보는 일이라 더 이상 말리기엔 자신의 양심이 가
만있지 못했다.

"오랜만이야, 콜린 경."

베로니카의 인사에 랑베르 뷰티크 살롱의 문지기 콜린이
당황한 표정을 감추지 못했다. 로드 웨일스, 그것도 첫 번째
가 아닌 웨일스의 두 번째 꽃이다. 그런 그녀가 마차도 없이
나타난 모습에 놀랐고, 유쾌하기 그지없는 인사에 또 한 번
경악하고 말았다.

"자, 잠시만 기다려 주십시오, 로드 웨일스!"

콜린의 제지에 경쾌하게 발걸음을 떼던 베로니카가 멈추
었다.

"…왜?"

베로니카의 딱딱한 물음에 콜린 스스로도 긴장을 하고 말았다. 경쾌했던 발걸음이 멎고 불만스런 얼굴로 그를 바라보는 베로니카만이 남았다. 하지만 콜린은 당황한 맘을 애써 갈무리하며 고개를 숙였다. 맡은바 소임은 확실히 해야 하지 않겠는가.

"예약하셨습니까?"

"아니."

여전히 베로니카는 당당했다. 허리를 바르게 펴고 우아한 손짓으로 모자의 챙을 고쳐 잡은 그녀의 시선이 이내 콜린에게로 향했다. 흥이 가득했던 얼굴이 서서히 특유의 새침한 얼굴로 돌아온다. 당황한 콜린의 시선에도 베로니카는 가만히 그를 바라보았다.

"…대답을 했으니 난 들어가겠어."

이윽고 베로니카는 등을 돌려 거침없이 발걸음을 움직였다. 콜린이 그녀를 부르고자 팔을 뻗었지만, 그것은 곧 휴버트에 의해 제지되었다.

"로드 웨일스이시다. 그 의미를 모르진 않겠지."

로드(Lord)란, 황족과 공작을 제외한 후작, 백작, 자작, 남작의 가문 이름 앞에 붙은 귀족들만의 호칭이었다. 로드란 단어가 붙는 것만으로도 콜린의 제재가 필요가 없는 것인데, 게다가 로드 웨일스였다. 웨일스 후작가의 사람이라는 것.

휴버트의 말을 콜린이 모르지 않는 바, 그의 압박 어린 시선에 콜린은 기어코 고개를 끄덕였다. 그제야 휴버트의 입가에 만족스러운 미소가 띠었고, 그는 곧 베로니카를 따라 걸음을 옮겼다.

베로니카는 즐거운 마음으로 정원을 가로질렀다. 최고의 뷰티크 살롱답게 입구서부터 시작되는 정원 길이 꽤나 아름다웠다. 물론 웨일스 후작가의 정원에는 미치지 못한 것이었지만 저택의 정원도 아닌 고작 뷰티크 살롱의 정원이 이 정도라면 꽤나 대단하지 않은가.

"로드 웨일스?"

마차도 없이 입구를 통과한 사람이 누군가 했더니 웨일스 후작가의 두 번째 꽃이다. 랑베르 부인의 눈살이 찌푸려지는 것은 당연지사였다. 마침 살롱에 손님이 없었기에 망정이지 이 모습을 다른 누군가 보았더라면 입에서 입으로 오르내릴 것이 분명했다. 다른 곳도 아니고 랑베르 뷰티크 살롱에 마차 없이 등장하다니.

랑베르 부인은 곱지 않은 시선을 갈무리하고 베로니카를 살롱 안으로 안내했다. 그럼에도 베로니카는 어쩔 수 없는 웨일스의 두 번째 꽃이 아니던가.

"이렇게 직접 행차하신 건 정말 오랜만이군요."

다과가 나왔다. 마담 랑베르의 눈길이 베로니카를 몰래 훑어 내렸다. 소피아와 메이가 가만히 베로니카의 뒤에 섰다. 베로니카는 얌전히 벗은 모자를 소피아에게 넘겼고, 이내 찻잔을 들었다. 우아하게 찻잔의 손잡이를 집었고, 소리 한 번 없이 찻잔을 들어 올려 부드럽게 입에 가져다 대었다. 어깨에는 지나치게 힘이 들어가 있지 않았고, 찻잔을 든 팔의 각도 또한 완벽했다.

랑베르 부인은 그것에 합격점을 주지 않을 수 없었다. 한 치의 오차도 없는 완벽한 예법이다. 워낙 베로니카는 유명했고, 일전에도 두어 번 겪어본 적 있는 터라 랑베르 부인은 역시나 싶었다. 비록 오늘은 마차 없이 등장해 본인의 눈살을 찌푸리게 만들었지만, 확실히 그녀는 랑베르 뷰티크 살롱에 완벽하게 어울리는 고객이었다.

"마담도 오랜만이에요."

찻잔을 부드럽게 내려놓으며 베로니카가 말했다. 조금 전까지 들떠 있던 얼굴은 어디에서도 찾아볼 수 없었다. 살롱 안에 발을 들여놓는 순간, 완벽하게 귀족 영애가 되었다. 소피아와 메이의 얼굴에 자랑스러움이 묻어나왔다. 그것을 발견한 랑베르 부인은 웃음을 머금지 아니할 수 없었다. 시녀들에게까지 신뢰받는 주인이라⋯⋯.

"메이."

베로니카의 부름에 기다렸다는 듯이 시녀 메이가 품 안에서 종이 뭉치를 꺼내었다. 그녀에게서 디자인 도안을 받아낸 베로니카가 가만히 테이블 위에 그것을 올려놓았다. 랑베르 부인의 의아한 시선이 베로니카에게로 향했다. 베로니카가 가만히 차를 마시며 랑베르 부인을 향해 고개를 까닥였다.

"보시지요."

베로니카의 말에 랑베르 부인은 곧바로 종이 뭉치들을 들어 디자인 도안을 살폈다. 웨일스 가문이 반역죄를 뒤집어쓰기 이전까지 클라라 살롱은 유명세를 타며, 그녀가 스스로 입을 드레스와 장신구들을 직접 디자인해 제작했었다. 그녀가 사교계에 등장하면 그것들은 모두 대히트를 쳤고, 그로 클라라 살롱과 더불어 베로니카의 미들 네임 '클라라(Clara)'의 이름이 브랜드화되기도 하였다. 비록 말이 없고 냉랭한 성정 탓에 사교계의 여왕으로 군림하지는 못했으나, 뛰어난 패션 감각으로 인해 사교계의 꽃 정도의 이름은 가지고 있는 그녀였다.

"이번에 내가 주문할 드레스의 도안이에요, 마담. 제가 직접 디자인한 것들이니 시일 내에 제작을 맞춰주시길 바랍니다."

랑베르 부인의 경악스러운 얼굴이 보이지도 않는 것인지 베로니카는 미련없이 자리에서 일어섰다. 그도 그럴 것이, 베로니카의 회귀 전과는 달리 아직은 살롱이 활개 치던 시기도 아니었으며, 귀족 영애가 스스로 디자인을 직접 도안해 주문 제작하는 일은 전무했다.

베로니카는 살롱의 의미를 부활시키고 싶은 생각은 없었지만, 그녀가 유일하게 좋아하는 디자인 분야에 대해서는 포기하고 싶은 마음이 없었다. 오히려 회귀 후에 새로 시작할 기회가 주어지자 가장 먼저 하고 싶었던 일이 랑베르 뷰티크에 찾아오는 것이었다.

베로니카는 과거 살롱을 운영했던 주인으로서 많은 정, 재계 사람들의 더러운 술수들을 지켜보았다.

물론 개중에는 랑베르 마담에 관한 풍문도 있었으나 아직은 그것을 밝힐 때가 아니었다. 베로니카는 차근차근하고 싶었다. 랑베르 마담과의 친분도 그를 위해서는 중요했다. 베로니카의 목적은 단순히 디자인만을 건네주기 위한 것이 아니었다.

"베로니카님, 역시 마차를 부르는 것이……."

"괜찮다니까."

베로니카의 대답에 짜증이 묻어나자 소피아는 곧바로 입을 다물었다. 하지만 베로니카는 그것과 관계없이 다시 즐거운 마음으로 수도 아트라한을 돌아다녔다. 자주 있는 외출이 아니었다. 그러므로 조금 더 시내를 활보해 보고 싶었다.

해가 기울기 시작하고, 곳곳의 사람들의 발걸음이 저녁을 맞이하기 위해 분주해졌다. 베로니카도 걸음을 멈추고는 아쉬운 마음으로 주위를 살폈다. 뷰티크 살롱을 핑계로 수도를 활보한 것이라 제대로 즐기지 못한 아쉬움이 남아 있었다.

베로니카의 발걸음이 느려지자, 소피아와 메이가 서로의 얼굴을 보며 웃음을 터뜨렸다. 본인은 의연한 척하고 있지만 겉으로 드러나는 그녀의 감정 변화가 귀여웠기 때문이다.

"앗."

코너를 돌았을 때다. 웃음을 터뜨리는 소피아와 메이를 향해 눈을 흘기던 베로니카가 고개를 돌리고 있는 탓에 앞서 오는 사람과 부딪히는 일이 발생하였다.

"아가씨, 괜찮습니까?"

휴버트 경이 재빨리 베로니카를 일으켜 세우고 소피아와 메이가 부산스럽게 그녀의 드레스에 묻은 먼지들을 털어내었다.

"난 괜찮아. 그보다……."

베로니카의 시선이 부딪힌 이에게로 향하였다. 드넓은 바다 빛을 머금은 청색 머리카락이 가장 먼저 눈에 들어왔다. 아리스타처럼 눈에 띄는 화려함은 아니지만 웬만한 여성보다도 결이 좋아 보이는 청색 머리카락은 마치 진짜로 푸른 바다를 보는 것처럼 반짝였다. 그리고 이어서 보인 것은 황금색 눈동자. 아리스타의 태양 빛 금발 같기도, 혹은 달착지근한 벌꿀 색 같기도 한 눈동자였다.

소피아와 휴버트는 비교적 냉정했지만, 메이는 역시나 넋이 빠진 얼굴로 제법 큰 키를 가진 소년을 바라보고 있었다. 소년은 청색의 머리칼만큼이나 차가워 보이는 외모를 가지고 있었다. 매끄러운 도자기 피부 위로 붉은 입술이 오물조물 움직이더니 이내 짜증스런 기색을 보였다. 그는 미간을 구기고 일어서며 자신의 옷가지를 툭툭 털어냈다. 똑바로 서있는 키가 제법 컸던 탓에 베로니카는 겨우 그의 어깨에밖에 미치지 못했다. 부딪혀 넘어진 것이 베로니카뿐이었다는 것은 다행이었다.

"죄송합니다. 다치신 곳은 없나요?"

소년의 황금색 눈동자가 베로니카에게로 향했다. 가만히 베로니카와 주위를 눈으로 훑어 내리던 소년의 눈동자가 베로니카의 에메랄드빛 눈동자를 마주하는 순간 급격하게 어두워졌다. 소년의 어둡게 가라앉은 황금색 눈동자는 끊임없이 빨려 들어가는 늪과도 같았다.

베로니카는 당황스러운 표정을 어쩌지 못하고 데구루루 눈을 굴려 그의 시선을 피했다. 마치 자신을 잡아먹어 버릴 것만 같은 강렬하고 간절한 시선이 부담스러웠기 때문이다. 처음 마주하는 이에게서 느껴지는 저를 향한 강렬한 감정에 베로니카는 당혹스러운 기분을 느끼는 한편, 소년이 익숙한 분위기를 풍긴다는 것은 더욱 그녀를 혼란스럽게 만들었다.

한참을 그렇게 베로니카를 바라보던 그의 어두운 시선이 화사하게 녹아내리며 입가에 진한 미소가 드리워졌다.

그가 미소 짓는 순간, 차가워 보였던 얼굴이 한순간에 변화했다. 마치 그의 뒤로 후광이 비치는 것 같은 효과에 베로니카마저 저도 모르게 눈살을 찌푸렸다. 그는 신사적인 태도로 정중히 그녀를 향해 예를 갖추어 허리를 숙였다.

"괜찮습니다, 레이디. 그럼 저는 이만."

하지만 미소와 호의는 잠시였고, 그는 마치 같은 공간에 있기를 꺼리는 것처럼 쫓기듯 그녀를 지나쳐 걸었다. 미소는 호의가 가득 담겨 있었지만 그뿐이었다. 아리스타의 가식 어린 미소와 다를 것 없었다. 그리고 그가 지나가자 그녀 주위를 떠들던 위니들의 수다가 한층 거세졌다.

[혜밀라 소년이잖아!]

[꺄르르. 바보. 푸른 소년이지!]

[인사도 안 하고 지나갔어.]

[그는 매번 그랬잖아!]

"베로니카님?"

소피아의 부름에 베로니카가 시선을 들었다. 하지만 여전히 어딘지 멍한 얼굴이었다. 그녀는 힐끔 소년이 사라진 길을 한 번 되돌아보고는 다시 시선을 돌렸다. 정령을 볼 줄 아는 소년이라고 해서 궁금했던 것은 사실이다. 하지만 이제 어떤 사람인지 얼굴을 봤으니 되었다. 그녀는 망설임없이 몸을 돌렸다.

"잠깐."

막 발걸음을 떼려는 찰나 소년과 부딪친 자리에 남아 있는 브로치가 눈에 보였다. 베로니카는 소피아를 향해 손짓했다. 베로니카가 원하는 바를 알고 있는 소피아가 재빨리 브로치를 주워 들었다.

소피아에게서 브로치를 받아 든 베로니카는 면밀히 그것을 살펴보았다. 하지만 브로치는 어느 가문의 것도 아니었다. 베로니카로선 처음 보는 문양이 새겨져 있었다. 베로니카는 브로치를 주머니 속에 갈무리해 넣었다. 그녀는 좀 전에 보았던 청색 머리칼의 소년을 떠올렸다. 청색 머리카락에 황금색 눈동자.

잊어버리자고 생각했지만, 그래, 계속 찜찜했던 이유는 그 황금색 눈동자에 있었다고 그녀는 생각했다. 황금색은 황족을 뜻하는 색이었다. 대대로 신에게 축복받은 제국이라 하여 리비엘라 황가의 일원에게 내려오는 축복의 색이었다.

곰곰이 푸른 소년을 떠올리던 베로니카는 어깨를 으쓱였다. 아무렴 어떤가. 이제 그녀는 그 소년을 만날 일이 없지 않은가. 또한 황금색 눈동자가 꼭 황족만 있는 것도 아니었다. 신력이 높은 사람들도 황금색 눈동자를 가지고 있다고 했다. 그리고 정말로 그가 황금색 눈동자를 가진 황족이었다면 이 곳에서 이렇게 혼자 지나가다가 자신과 마주칠 일은 없었을 것이다. 하지만 이때 베로니카는 신력이 높은 사람 또한 길거리를 혼자 지나다니지 않았을 거란 사실을 미처 생각하지 못했다.

그리고 그들이 그 후로도 한참을 돌아다니고 귀가하기 위해 태양의 광장을 지나던 때였다. 돌바닥 위로 말발굽 소리와 함께 바퀴 소리가 들려왔다.

"베로니카님."

휴버트의 부름과 함께 그들 앞으로 마차 한 대가 멈추었다. 베로니카는 아무런 동요 없이 자리에 서 있었다. 동요할 수가 없었던 것은, 웨일스 후작가의 문양이 새겨진 마차였기 때문이다. 베로니카가 가만히 마차를 바라만 보고 있자 마차의 문이 열렸다.

마차 안에는 갈색 머리칼의 안젤리카가 앉아서 베로니카를 못마땅한 얼굴로 바라보고 있었다.

"마차도 없이 뭐 하는 거야?"

안젤리카의 물음에 가만히 서 있던 베로니카는 그저 어깨를 으쓱였다. 베로니카는 휴버트의 도움을 받아 얌전히 마차에 올랐다. 그로 인해 어쩔 수 없이 휴버트는 마부석에 올라야 했으며, 소피아와 메이는 따로 후작가까지 걸어가야 했다.

마차에 오른 베로니카가 느릿하지만 우아하게 팔을 움직여 드레스 자락을 정리했다. 그리고 얌전히 모자를 벗어 옆자리에 조심스레 올려놓았다. 그 후에 베로니카는 무릎 위에 깍지 낀 손을 얌전히 올려놓고는 천천히 시선을 들어 지긋이 안젤리카의 시선을 마주했다.

"…랑베르 살롱에 다녀왔어."

여전히 베로니카의 반응은 느렸다. 안젤리카는 그런 베로니카의 모습에 역시나 하면서도 거침없이 미간을 일그러뜨렸다. 랑베르 살롱에 마차 없이 다녀왔다는 베로니카의 말이 거슬렸기 때문이다. 베로니카는 그 뒤로 입을 다물고는 그런 안젤리카를 빤히 바라보았다. 한참을 바라보다가 안젤리카가 별다른 말을 할 것 같지 않자 시선을 돌렸다. 그녀가 마차의 창에 쳐진 커튼을 걷어내었다. 이제는 완전한 어둠이 내려앉았다. 동쪽 끝자락에서부터 스멀스멀 기어오던 땅거미가 기어코 세상을 덮친 것이다.

"대체 뭐가 문제지, 넌?"

정적을 깨고 맑은 목소리가 마차 안을 울렸다. 베로니카의 허스키한 음색과는 달랐다. 안젤리카의 맑은 음성에 베로니카의 시선이 안젤리카에게로 향했다. 안젤리카는 답을 기다리는 얼굴로 베로니카를 바라보았다. 하지만 베로니카는 또다시 어깨를 으쓱일 뿐 안젤리카의 날카로운 시선을 피했다. 즐거운 시간들이 끝나고 마차에 앉으니 무료했다. 베로니카는 꼿꼿이 세운 등을 뒤에 기대며 편하게 앉았다.

"요즘 왜 그래?"

다시 한 번 안젤리카의 날카로운 목소리가 베로니카의 귓가를 강타했다. 베로니카는 잠시 움찔했을 뿐 늘 그렇듯이 별다른 동요가 없었다.

그 모습에 안젤리카는 못마땅한 얼굴로 그녀를 바라보았다. 평소 잘하지도 않던 외출을 근래 들어 너무 자주 한다. 그것도 가끔은 마차 없이 돌아다니기도 했다. 별로 말을 많이 하지도 않던 아이가 이제는 웨일스 후작—베로니카가 평소에 꺼리던 대화 상대—에게 말을 걸지 못해서 안달이 나 있었다. 더군다나 한 번도 이야기하지 않던 어머니의 일까지!

안젤리카는 미간을 찌푸렸다. 갑작스런 베로니카의 결투 신청까지 떠올랐기 때문이었다. 베로니카는 그녀의 동생임에도 도무지 생각하는 바를 알 수가 없었다. 하지만 아무리 그러해도 지금의 베로니카는 그녀답지 않은 모습들뿐이다.

"…인정해, 안젤리카."

베로니카의 말에 안젤리카의 눈썹이 치켜 올라갔다. 신경질적인 그 모습에 베로니카는 언뜻 즐거운 기분이 들었다. 그래 봐야 겉으로 드러나는 변화는 많지 않아서 티도 나지 않았지만 말이다. 아마 오늘 역시 베로니카가 총총걸음으로 이리저리 돌아다니지 않았으면 그녀의 기분이 최상이라는 것을 소피아조차 알지 못했으리라.

"뭘 인정해?"

안젤리카의 물음에 베로니카가 가만히 벗은 모자의 챙을 쓸었다. 모자의 감촉을 느끼며 의미 없이 모자에 달린 리본을 만지작거렸다.

"…내가 변하고 싶어 한다는 걸 말이야."

베로니카의 그 말을 끝으로 안젤리카는 웨일스가에 도착할 때까지 입을 꾹 다문 채 말없이 베로니카를 응시하기만 했다. 베로니카는 묵묵히 안젤리카의 날카로운 시선을 받아내며 휴버트 경의 에스코트를 받아 마차에서 내렸다.

*   *   *

렌프루 공작가의 정원에 들어선 아리스타는 허밍으로 콧노래를 흥얼거리며 뒷짐을 지었다. 소년의 모습으로 어울리지 않는 노인의 제스처였지만, 아리스타는 개의치 않았다. 헤밀라 꽃이 만발한 정원이다. 그리고 그는 곧바로 목표한 바, 사람을 찾았다. 커다란 나무 위에 앉아 책을 읽고 있는 청색 머리칼의 소년.

"오랜만이야."

화려한 금발의 아리스타가 티 한 점 없이 해맑은 미소를 지
으며 말했다. 다른 사람들이 본다면 천진하다 말할 만한 그런
미소였다. 하지만 가만히 책을 읽고 있던 로웰은 그의 인사에
대꾸하지 않았다. 그럼에도 아리스타는 아무렇지 않은 얼굴
로 어깨를 으쓱였다. 익숙한 모습이었기 때문에 처음과 같이
크게 동요하진 않았다. 그가 손짓하자 그의 뒤에 있던 시종이
허리를 숙이고는 조심스럽게 정원을 벗어나 사라졌다.

"로웰."

아리스타의 부름에 로웰의 시선이 기어코 아리스타에게로
향했다. 아무런 표정 없는 얼굴로 아리스타를 내려다본 그가
폴짝 나무에서 뛰어내려 왔다. 소년이 읽기에는 두꺼운 전문
서적을 옆구리에 끼고 아리스타를 바라보는 그의 입가에 다
정다감한 미소가 어렸다.

"반 캐드릭, 이름을 부르는 건 실례 아닙니까. 렌프루라고
부르시죠."

존대가 섞여 있지만, 묘하게 강압적이다. 웃는 얼굴로 아리
스타를 향해 경고한 로웰은 미련없이 걸음을 옮겼다. 막 지나
쳐 가려는 찰나 다시금 아리스타가 그를 붙잡았다.

"손님이 왔는데 차 한 잔 대접하지 않는 것도 실례지, 반 렌

프루."

로웰의 찌를 듯한 시선이 다시 한 번 아리스타에게로 향했다. 하지만 아리스타는 팔짱을 끼고 짝다리를 한 시건방진 자세로 그를 향해 어깨를 으쓱여 보일 뿐이었다.

[베르가 우리에게 이름을 줬어.]

[위니래, 위니!]

[선량한 친구라는 뜻이래.]

[꺄르르, 베르는 너무 착해.]

로웰은 정령들의 수다에 귀를 틀어막고 싶을 지경이었다. 특히나 베르라는 소녀가 정령들에게 이름을 붙여주고부터는 그 강도가 심해졌다. 로웰은 위니들의 수다에 베르라는 소녀의 일거수일투족을 모두 보고받는 수준으로 파악할 수 있었다.

더불어 그 덕에 베르라는 소녀가 웨일스 후작가의 두 번째 꽃이라는 사실도 알게 되었다. 또한 아리스타가 요즘 들어 흥미를 가지고 있는 소녀가 바로 베로니카라는 사실을 상기하며 로웰은 그녀를 향한 강한 호기심을 표했다.

위니들의 수다로 그녀에 대한 많은 것을 알 수 있었지만 언제나 그것은 모호하고 애매했다. 예를 들어 위니들이 그에게 '오늘 베르의 기분이 안 좋아' 라고 말을 해도 구체적으로 그녀의 기분이 왜 좋지 않은 것인지는 말하지 않는다. 그보다

정확히는 그들은 로웰에게 그 사실들을 설명할 필요를 느끼고 있지 않기 때문에 본인들이 하고 싶은 말들만 꺼낸다고 하는 편이 옳았다.

"따라오시죠."

로웰은 정령들의 수다에 대꾸 한 번 하지 않은 채 아리스타를 응접실로 안내했다. 반기고 싶지 않은 손님이었으나 대접해야만 하는 손님이다. 그것이 못마땅했지만 로웰은 어렴풋이 아리스타가 어디선가 구린 냄새를 맡고 달려든다는 것을 짐작할 수 있었다.

"반 렌프루, 그대는 너무 냉정해."

저것이 과연 소년의 입에서 나올 만한 대사란 말인가. 꼭 말하는 게 삼십 줄인 캐드릭 공작의 것과 흡사했다. 로웰은 자신보다 한 살 어린 캐드릭 공작가의 장남을 바라보았다. 웃는 낯짝으로 있지만, 저것이 가면이란 것쯤은 알 수 있었다.

자신이야 성숙해질 수밖에, 아니, 성숙해져야만 하는 상황에 놓인 처지라고 하지만 그는 달랐다. 대체 어떤 환경에서 자라왔기에 자신보다도 더 영악한 눈동자를 가지고 있는 것인지 로웰은 문득 감탄이 나올 지경이었다.

"별로 그쪽에게 듣고 싶은 말이 아닙니다."

로웰은 그에게 냉정히 대답하고는 차를 마셨다. 어떻게 하면 아리스타의 가면을 벗길 것인가 고민도 해보았지만 로웰은 곧 그 생각을 접었다. 어차피 자신이 내키면 벗을 것이다. 아리스타는 로웰을 상대하기 위해서라도 얼마 가지 않아 본 모습을 드러낼 것이다. 그는 문득 아직 얼굴도 보지 못한 베로니카에 대한 동정심이 생겨났다. 그녀는 단지 아리스타의 또래에다가 후작가의 영애라는 이유 하나만으로 그의 표적이 되었다. 운도 지지리 없는 소녀라는 인식이 로웰 머릿속에 각인되었다.

"최근에 아주 재미있는 소문을 들어서 말이야."

로웰은 아리스타가 말하는 소문이 분명 소문은 아닐 것이라 확신했다. 현재 자신에 관한 세간을 떠도는 소문이 있을 리가 없었다. 또한 있어서도 안 되는 일이었다. 만약 있다고 해도 황성에서 알아서 손쓸 일이다. 그렇다는 것은 아리스타 본인이 로웰에 관한 것을 캐고 다닌다는 이야기가 되는 것이겠지.

로웰은 가만히 차를 마시면서 그의 말을 묵묵히 들었다. 그의 황금색 눈동자가 속을 알 수 없는 깊이를 담고 아리스타를 직시했다. 그리고는 더 해보라는 얼굴로 그를 향해 고개를 끄덕였다.

"신성국의 움직임이 심상치 않더군."

아리스타의 얼굴에서 서서히 가면이 벗겨지고 있었다. 로웰은 가만히 차를 마시면서 여유롭게, 그리고 즐거운 마음으로. 천사 얼굴 속에 감춰진 악마—라기보단 아직 아리스타가 어리니까 분류하자면 소악마다—의 본성을 감상하였다.

"반 렌프루, 수상한 점이 한두 가지가 아니야. 공작가의 사람이라도 렌프루가는 이미 황족의 피가 옅어졌어. 황금색 눈동자는 그대의 가문에서 절대로 찾아볼 수 없는 색이야. 그런데 왜 그대가 황족의 상징인 황금색 눈동자를 가진 거야? 그것도 공작가의 셋째인 그대가. 또한 왜 신성국이 당신에게 관심을 가지고 있는 것인가. 그것도 관심을 기울일 만한 사건이지."

아리스타의 속사포 같은 질문 공세에도 로웰은 차분함을 유지했다. 가면이 온전히 벗겨진 아리스타의 얼굴엔 언뜻 조소가 서려 있었다. 잔뜩 건방진 얼굴로 의자 등받이에 등을 기대고 앉은 그가 다리를 꼬고는 로웰을 바라보며 고갯짓을 했다.

"좋아, 들어줄 테니 어디 진실을 말해봐."

아리스타의 황당하고 무례한 작태에도 로웰은 그저 어깨를 으쓱였다. 그는 시종일관 같은 표정을 유지하며 앉아 있었다.

"그대가 생각하는 것만큼 대단한 것이 아니라 미안하군, 반 캐드릭."

로웰의 말에도 아리스타는 요지부동이었다. 그는 팔짱을

낀 채 콧방귀를 뀔 뿐이었다. 로웰은 처음과 같은 자세로 앉아 그런 아리스타를 냉정하게 바라보았다. 그래 봐야 아리스타는 열다섯 살 풋내기에 불과하다 생각했다. 그래서 로웰은 더욱 여유로웠다.

"그대의 말이 맞아. 그래서 대답은 간단하지. 황금색 눈동자인 이유는 신력의 힘을 높게 타고나서이고, 신성국이 내게 관심을 가지는 이유는 그저 그 때문이지. 나는 공작가의 사람이다, 반 캐드릭. 황족과 연관 지어 추리를 해낼 필요가 애초에 없던 것이지."

그리고 로웰의 대답에 아리스타의 얼굴이 잔뜩 구겨진 것은 말할 필요도 없었고, 로웰은 제법 유쾌한 기분으로 그런 아리스타의 얼굴을 바라보았다.

*　　　*　　　*

"오늘은 너무 늦게 일어났나 봐. 벌써 안젤리카와 약속했던 시간이야."

베로니카의 말에 소피아와 메이가 서둘러 준비를 시작했다. 가벼운 수련복으로 갈아입고 머리를 묶은 베로니카가 웨일스 후작에게 받은 검을 가볍게 휘둘렀다. 소피아와 메이가 방 안에선 그런 행동을 하는 것이 아니라며 나무랐지만, 베로니카의 기분은 이미 들떠 있었다. 그녀가 밝은 얼굴로 소피아와 메이를 돌아보자, 그녀들도 할 수 없다는 얼굴로 고개를 저었다.

"베로니카님!"

베로니카가 웨일스 저택 내에 있는 연무장에 들어서자, 휴버트가 단숨에 달려나왔다. 그 모습에 소피아와 메이가 웃음 짓고, 베로니카는 쑥스러운 얼굴이 되어 한 손으로 머리카락을 만지작거렸다.

연무장에는 웨일스 후작가의 사병들, 즉 기사들이 몸을 단련하기 위해 나와 있었다. 그들의 시선이 베로니카에게로 쏠린 것은 말할 것도 없었다. 그리고 베로니카는 그들의 숫자가 평소보다 많다는 것을 알 수 있었다. 소문을 듣고 몰려든 것이리라.

"이시스 아가씨께 결투 신청을 하셨다고 들었습니다."

휴버트의 얼굴엔 걱정스런 기색이 가득했다. 그래서 베로니카는 더욱 부끄러운 마음이 들었다. 그녀는 쑥스러운 얼굴로 괜스레 옷자락을 만지작거렸다. 누군가에게 걱정을 받는 것이 처음이다. 부끄러웠지만 나쁜 기분은 아니었다. 오히려 좋은 기분에 가까웠다.

베로니카가 턱을 당기고 눈매를 살짝 치켜 올렸다. 그리고는 휴버트를 올려다보며 살며시 고개를 끄덕였다. 부끄러워하는 기색이 역력해서 보는 쪽이 더 달아오른다. 휴버트가 그 사랑스러움에 어쩔 줄을 몰라 하자 구세주처럼 안젤리카가 등장했다.

"늦었어."

딱딱한 얼굴로 다가온 안젤리카가 베로니카를 내려다보며 말했다. 도도하고 오만한 얼굴 그대로 쌀쌀맞은 말투였다. 하지만 그것이 본래 안젤리카의 성격인 것을 아는 베로니카는 그것을 대수롭지 않게 넘겼다.

"미안."

베로니카의 사과에 안젤리카는 한동안 물끄러미 베로니카를 바라보았다. 그리고는 한순간에 몸을 돌리고는 걸음을 옮긴다. 손에 낀 장갑을 잡아당기며 손가락에 꽉 맞춘 그녀가 이내 허리춤에서 검을 뽑아 들었다. 연무장을 들어서며 허공에 붕— 붕— 검을 돌린 후 한 손으로 검을 쥔 뒤 베로니카를 향해 겨누었다.

"준비됐으면 바로 시작하지."

안젤리카의 말에 베로니카는 미간을 찌푸렸다. 아직 몸을 풀지도 못했건만 결투부터 하자고 덤빈다. 물론 애초에 덤빈 것은 베로니카였지만 말이다. 베로니카는 하는 수 없다는 얼굴로 한숨을 내쉬었다. 베로니카는 아직 어려서 누군가와 정식으로 대련을 해본 적이 없었다. 그래서 어차피 질 걸 알고 신청한 결투였기에 미련이 없었다.

"아가씨, 무리다 싶으면 제가 대신 안젤리카님께……."

휴버트가 뒤에서 걸어온 말에 베로니카는 대답 대신 검을 꺼내어 들었다. 휴버트의 입이 단숨에 다물어졌다. 이렇게 된 이상 정석대로 싸울 것이다. 애초에 베로니카의 목적은 이기는 것이 아니었기 때문이다.

"이길 수 없는 결투를 신청한 이유가 뭐야?"

안젤리카의 짜증스런 물음에 베로니카는 힐끔 안젤리카를 바라보았다. 연무장 안에 기사들을 둘러싸고 안젤리카와 베로니카가 서로 검을 겨누었다.

베로니카는 대답하지 않았고, 결투가 시작되었다. 결투가 시작되자마자 안젤리카의 검이 곧바로 치고 들어왔다. 애초에 베로니카의 실력을 볼 필요도 없다는 행동이었다.

"이유가… 뭐라고 생각해?"

안젤리카의 검을 막아서고, 안젤리카와 가까이 얼굴을 맞댄 상태에서 베로니카가 그제야 대답했다. 순간 안젤리카와 베로니카의 검이 튕겨 떨어지고는 다시 서로를 향해 검을 겨누었다. 아래서 치고 올라오는 안젤리카의 검을 베로니카는 정석대로 깔끔하게 내려 막아섰다. 겨우 방어밖에 하지 못하는 베로니카였지만, 전문 서적을 보는 듯이 깔끔한 동작이었다.

"나를 이기고 싶었어?"

안젤리카의 물음에 베로니카가 고개를 저었다. 안젤리카가 가볍게 검을 휘두르자, 미처 막아내지 못한 베로니카의 옷가지가 찢겨 허공에 흩날렸다. 숨이 차오른 베로니카가 호흡을 가다듬는 사이 안젤리카의 공격이 다시 이어졌다.

"내가 언니를 이기고 싶어 한다고 생각해?"

계속되는 베로니카의 반문에 안젤리카의 미간이 기어코 일그러졌다.

"대체 원하는 게 뭐야?"

안젤리카의 짜증스런 물음과 함께 이번에는 베로니카의 머리카락이 뭉텅이로 잘려 나갔다. 곳곳에서 안타까운 탄성이 터져 나왔지만, 정작 베로니카와 안젤리카 모두 개의치 않아했다.

"…이제는 인정하고 싶었어."

베로니카의 대답에 안젤리카가 알아듣지 못한 얼굴로 미간을 일그러뜨렸다. 안젤리카의 검을 막아선 베로니카는 손목이 저릿함을 느꼈다. 손목에 무리가 간 탓이다.

"메이의 말처럼… 과거를 인정함으로써 과거의 모든 것으로부터 나도 인정받고 싶어."

호흡이 이제는 상당히 거칠어져 있었다. 그것은 스스로뿐만이 아니라 결투를 지켜보는 사람조차 느낄 만큼이었다. 안젤리카의 검에 팔이 베였다. 깊게 베인 것은 아니지만, 검상도 검상이라고 피가 흐른다.

이어서 안젤리카의 검이 베로니카의 검을 쳐내자, 미련없이 베로니카의 손에서 검이 떨어져 나갔다. 결투는 순식간에, 그것도 일방적인 승리로 끝이 났다. 볼 것도 없는 결투였다. 모두들 아쉬움에 입맛을 다셨지만, 베로니카와 안젤리카의 결투라는 것에 큰 의의를 두기로 한 모양이다.

결투에서 이기고서도 안젤리카는 찝찝한 기분으로 자리에 주저앉은 베로니카를 바라보았다. 마차 안에서 자신이 변화하고 싶어 한다는 것을 인정해 달라 단호히 말하던 베로니카의 모습이 스쳐 갔다.

안젤리카는 잔뜩 구겨진 얼굴로, 그리고 착잡한 심정으로 베로니카를 바라보았다. 인정하지 않을 수 없었다. 아직은 온전히 그녀의 변화를 인정한 것이 아니다. 하지만 변화를 위한 그 첫발을 내디딘 것을 인정한다. 이렇게 용기를 내고 첫발을 떼었는데 언니로서 그녀가 인정하지 않을 수 없지 않은가. 그리고 그때였다.

"…풉."

연무장 안에 짧은 정적이 스쳐 갔다. 모두의 시선이 한곳으로 향했다. 베로니카가 입가를 손으로 가리고 고개를 숙이는가 싶더니 가늘게 어깨가 떨려왔다. 그리고는 이어서 '푸하

하하!' 하고 커다란 웃음소리가 연무장 안을 가득 채웠다.

모두가 놀라움을 넘어선 경악으로 자신을 바라보는 것도 모른 채 베로니카는 배를 잡고 연무장 가득 소리가 울려 퍼지도록 웃음을 터뜨렸다. 개운했다. 이렇게 개운하지 않을 수 없었다. 정신이 무척이나 맑아지고 머릿속이 상쾌해졌다. 가슴 언저리에 묵직하게 자리 잡고 있던 어두운 감정들이 모두 말끔하게 씻겨 나가는 것 같았다.

지나치게 표정이 없던 얼굴에 생기가 돌아오고, 얼굴 가득 웃음이 맺히자 눈부시게 외모가 빛이 났다. 아름다웠다. 베로니카는 안젤리카에 비해 특출 난 외모도 아니었고, 단지 요염해 보일 뿐이라 자칫하면 천박해 보일 수도 있으나 늘 차가운 얼굴과 기품으로 무장해 그것을 감춰왔다. 하지만 지금 베로니카의 외모는 다른 의미로 화려하게 빛나고 있었다.

제 나이에 맞는 표정이 얼굴에 서리자 눈이 부시게 아름다워 보였다. 연무장 안에 있던 사람들 모두 같은 생각이었다. 안젤리카 역시 놀라움을 감추지 못한 얼굴로 베로니카를 바라볼 정도였다.

"그만 일어나."

안젤리카가 베로니카를 향해 손을 내밀었다. 크게 웃은 후라 눈가에 맺힌 눈물을 닦아내던 베로니카가 그녀를 바라보았다. 느릿한 동작으로 안젤리카가 내민 손으로 고개를 내린다. 그리고 다시 베로니카가 두 눈동자를 크게 뜨고 안젤리카를 바라보았다. 주위가 고요했다. 모두의 시선이 그녀들에게로 집중되어 있었다.

"잡아."

안젤리카가 재촉하듯 한 번 더 손을 흔들자 그제야 베로니카가 조심스레 손을 뻗었다. 그녀는 천천히 안젤리카의 새하얀 손 위에 자신의 자그마한 손을 겹쳤다. 그러자 안젤리카가 손을 움켜쥐고 빠르게 그녀를 일으켜 세운다.

베로니카는 멍한 얼굴로 안젤리카가 잡았던 자신의 손을 내려다보았다. 안젤리카의 길고 가는 손에 다 감춰지는 자신의 자그마한 손을 보자 다시 한 번 자신이 열두 살로 회귀했다는 사실을 실감했다. 베로니카가 가만히 자신의 손을 내려다보는 사이 안젤리카가 휴버트를 바라보았다.

"져스틴 경."

의사를 불러오라는 안젤리카의 의도를 금세 알아차린 휴버트가 빠르게 사라졌다.

안젤리카가 가볍게 자신의 옷자락을 찢어버리자 모두가 눈을 동그랗게 뜨고 그녀를 바라보았다. 베로니카 역시 안젤리카의 행동에 의아한 기색을 보였다.

"피가 흐르잖아."

안젤리카가 미간을 찌푸리고는 퉁명스레 대꾸했다. 그리

고는 찢어낸 천을 베로니카의 팔에 감싸 지혈을 해주었다. 곳곳에서 숨을 들이켜는 소리가 들려왔다. 베로니카가 의아한 얼굴로 주위를 두리번거리다 곧 그들과 마찬가지로 고개를 끄덕이고 말았다. 안젤리카의 친절한 행동에 모두들 놀란 것이리라.

안젤리카가 천으로 베로니카의 상처를 감싸자 피가 천으로 금방 스며들었다. 그만큼 상처가 크다는 것이다. 베로니카의 상처에 또 한 번 놀란 기사들로 인해 연무장에 한바탕 소란이 일어났다.

"괜찮으십니까, 아가씨?"

"으헉! 아가씨! 아프지 않습니까?"

"울어도 됩니다. 암, 아가씨. 이럴 땐 울어야 덜 아픈 거라고요!"

기사들의 소란스러운 외침이 베로니카의 귓가를 강타했다. 그 바람에 베로니카가 놀란 얼굴로 멍하니 고개를 이리저리 흔들며 주위를 돌아보았다. 그녀들의 주위를 온통 기사들이 에워싸고 있었다.

시끄러운 외침들에 귓가가 먹먹해지자 베로니카가 가만히 귀에 손을 대었다. 그 귀여운 모습에 모두가 헤벌쭉 웃어버리고 말았다. 이어서 휴버트가 곧바로 응급용품을 가져오자 서로 베로니카를 치료해 주겠다고 소란을 떠는 바람에 안젤리

카의 신경이 극도로 날카로워졌다. 다행히 곧바로 안젤리카
의 히스테리가 시작되자 기사들은 조용히 입을 다물었다.

"의사는?"

"지금 오고 있습니다."

안젤리카의 물음에 휴버트가 걱정스런 얼굴로 찬찬히 대
답했다. 안젤리카가 그 말에 고개를 끄덕이고 가만히 베로니
카를 바라보았다. 상처를 살펴보던 베로니카가 안젤리카의
시선에 의아한 얼굴로 다시 고개를 들었다.

"…왜?"

베로니카가 고개를 갸웃하자, 안젤리카가 미간을 찌푸리
고는 검을 꺼내어 들었다.

"머리가 거슬려."

안젤리카의 말에 놀란 기사들이 달려들어 그런 그녀를 말
렸지만, 안젤리카는 무작정 베로니카를 향해 검을 휘둘렀다.
그 위협적인 모습에 휴버트가 재빨리 안젤리카에게서 베로니
카를 떼어내며 경계 어린 시선으로 안젤리카를 바라보았다.

"뭐 하는 거야! 내 동생 머리 잘라주겠다는데 왜들 이래?!"

안젤리카의 짜증스런 외침이 연무장을 강타했고, 이번엔
기사들이 멍한 얼굴로 안젤리카를 바라보았다. 그 틈에 기사
들에게 붙잡힌 팔을 빼내며 손을 툭툭 털어낸 그녀가 날카로
운 눈동자로 기사들을 노려보았다.

"그리고 감히 어딜 만져? 레이디 희롱죄로 모두 감옥에 쳐 넣어줄까?!"

안젤리카의 외침에 모두 뜨끔한 얼굴로 고개를 숙였다. 그 제야 만족스러웠는지 안젤리카의 얼굴이 한결 부드러워졌 다. 그녀는 곧바로 검에 묻은 피를 천으로 슥슥 닦아내고는 베로니카를 향해 다가왔다. 가만히 안젤리카의 모습을 바라 보던 베로니카가 못마땅한 얼굴로 그녀의 검을 바라보았다.

"아가씨, 단검으로 자르는 게 어떻겠습니까. 아무래도 피 묻은 검으로 베로니카님의 머리카락을 자르는 건……."

휴버트가 건네는 단검을 바라보던 안젤리카도 그의 말에 동의하는지 가만히 고개를 끄덕였다. 그리고는 미련없이 자 신의 검을 검집에 집어넣고는 휴버트가 건네는 단검으로 베 로니카의 머리를 조심스레 잘라내었다.

"어때?"

안젤리카의 만족스런 물음에 휴버트 및 기사들이 고개를 끄덕였다. 다행히 머리카락을 많이 자르지 않았다. 생각보다 안젤리카의 실력이 꽤나 좋았다. 하지만 허리까지 오던 베로 니카의 머리카락이 가슴께로 잘린 건 안타까운 일이었다.

베로니카가 살며시 손을 들어 자신의 머리카락을 손으로 빗어 내렸다. 몇 번이고 머리카락을 손으로 빗어 내리던 베로 니카가 가만히 시선을 들어 안젤리카를 바라보았다.

"…고마워."

부끄러운 얼굴로 다시 고개를 숙이고 손가락을 꼼지락대
며 베로니카가 말했다. 잠시 연무장에 짧은 정적과 함께 이전
보다 더 큰 소란이 일어났다.

다행히 치료사가 오고 베로니카가 연무장을 나가고 나서
야 소란이 잠잠해졌다. 베로니카는 가만히 한숨을 내쉬며 옆
에 꼭 붙어 서 있는 안젤리카를 바라보았다. 방으로 돌아와
치료를 받은 뒤 씻고 옷을 갈아입을 때까지 그녀는 베로니카
의 곁을 떠나지 않았다. 그녀는 계속해서 자신이 낸 상처가
신경 쓰이는지 베로니카의 팔을 살피고 있었다.

"…이제 괜찮아."

베로니카의 말에도 안젤리카는 요지부동이었다. 베로니카
가 어쩔 수 없다는 얼굴로 안젤리카의 손을 떼어내고자 팔을
뻗었다.

"가만히 있어봐! 상처가 덧나면 어쩌려고 그래?"

베로니카의 만류에 안젤리카가 짜증스런 얼굴로 베로니카
의 손을 쳐냈다. 말투는 날카로워도 베로니카를 이끄는 움직
임만큼은 조심스러웠다. 가만히 그런 안젤리카를 바라보던
베로니카의 눈동자에 이채가 서렸다. 그리고 곧 그녀의 눈동
자가 부드럽게 휘어졌다. 용기를 내었더니 이렇게나 변화했
다. 용기를 내길 잘했다. 정말 잘했다.

베로니카는 자신을 부축하는 안젤리카를 바라보며 눈웃음
을 지었다. 다리를 다친 것도 아니건만 왜 부축을 하는 건지.
안젤리카도 여러모로 엉뚱했다.

　"고마워."

　다시 한 번 자신을 향해 수줍게 말하는 베로니카의 모습이
사랑스러워서 안젤리카는 저도 모르게 넋을 놓고 자신보다
다섯 살 어린 동생을 바라보았다. 그리고는 그런 자신의 모습
이 민망한지 연신 헛기침을 하고는 쑥스러운 얼굴로 뒷머리
를 긁적였다. 곧이어 그녀는 베로니카에게 상처가 덧나지 않
도록 신신당부를 아끼지 않고는 붉어진 얼굴로 성큼성큼 방
을 나섰다.

Chapter 5

새
로
운

만
남

"이 상태로 또 나가겠다고?"

안젤리카의 못마땅한 얼굴이 베로니카에게로 꽂혔다. 하지만 베로니카는 소피아가 건네는 레이스 장갑을 손에 끼고 메이가 건네는 부채를 받으며 무심히 고개를 끄덕였다.

오랜만의 외출에 베로니카는 마담 랑베르가 보내온 드레스를 살펴보며 만족스러운 표정을 지어 보였다. 생각보다 그녀가 디자인한 드레스를 랑베르 부인은 보다 확실하게 이해하고, 실제로 완벽하게 구현해 낼 줄 아는 능력을 지니고 있었다.

베로니카는 그중에서도 무난하게 오페라에 갈 복장으로 요즘 유행하는 '라 쇼위(La Showy)'를 입었다. 상의의 노출이 과감하지만, 페티코트를 이용하여 풍성하게 부풀린 드레스의 화려함으로 시선을 분산시키는 라 쇼위 드레스의 특징을 잘 살려 베로니카는 드레스 하의에 화려한 주름을 넣어 마치 꽃처럼 풍성하게 만들었고, 거기에 더해 드레스 곳곳에 아름다운 장미꽃을 달아놓았다.

"가야지. 반 캐드릭이 기다리잖아."

베로니카의 말에 안젤리카가 날카롭게 두 눈을 치켜뜨고 그녀의 상처를 바라보았다. 어제 생긴 상처인 데다가 크게 다친 것은 아니라고 베로니카가 작은 목소리로 말했다. 그리고 그녀는 붕대로 상처를 꽁꽁 감싸고 그 위에 숄을 걸쳐 가렸다. 베로니카 본인은 깊지 않은 상처라고 대수롭지 않게 여겼지만, 안젤리카가 보기엔 상당히 깊은 상처였다.

다행히도 치료사는 상처가 금방 아물 것이라 말했다. 또한 베로니카가 저리도 고집스레 나오는데 하는 수 없지 않은가. 안젤리카가 결국 두 손을 들었다.

"다녀와."

안젤리카의 말에 밖으로 나서던 베로니카가 걸음을 멈추고 등을 돌렸다. 옷도 갈아입지 않은 채 서 있는 안젤리카의 모습에 그녀가 기어코 입가에 미소를 그렸다.

"다녀올게."

누군가의 배웅을 받는다. 그것은 무척이나 좋은 기분이 아닐 수 없었다. 후작가 앞으로 도착한 캐드릭 공작가의 마차로 당도할 때까지 베로니카의 입가에 번진 잔잔한 미소는 쉽사리 지워지지 않았다.

"기분 좋은 일이 있나 보지?"

사람들의 시선이 있는 곳에선 베로니카를 친절히 에스코트해 마차 안으로 들여보내 놓고, 마차 안에 둘이 남게 되자 바로 태도가 바뀐다. 아리스타의 그런 이중성을 한두 번 겪는 것도 아니기에 베로니카는 가뿐히 무시해 넘겼다.

"넌 알 거 없어."

요즘 베로니카의 입에 붙은 말이었다. 아리스타만 만난다 하면 저 말을 끊임없이 해대니 입에 붙는 것도 당연했다. 새침한 얼굴로 아리스타를 향해 싸늘히 말한 베로니카는 곧바로 시선을 돌렸다. 아리스타의 얼굴이 단번에 일그러졌다.

"왜 그렇게 예민하게 굴지?"

아리스타의 불만에도 베로니카는 대답이 없었다. 처음에는 아리스타의 방문과 관심을 모두 피하고 웨일스가에 은거해 버릴까 생각도 했었다. 하지만 그 고민은 얼마 가지 않아서 바뀌었다. 그래서는 아무것도 변하는 것이 없었다. 그렇다고 적극적으로 나서서 아리스타 성격 개조 프로젝트 따위를 할 생각은 없었다. 할 마음도 들지 않았고 성공할 자신도 없었기 때문이다.

하지만 이 정도의 한 발자국 정도는 괜찮겠다고 생각했다. 하나의 행동 변화에도 수많은 가능성이 생겨나고, 그로 인해 수많은 미래가 생겨난다. 그녀의 작은 변화에도 미세하지만, 미래가 변한다면 그것으로 충분했다. 베로니카는 딱 그만큼의 효과만 바랐다. 그녀는 가만히 커튼을 걷고는 마차 밖의 풍경을 감상했다.

"하나같이 재미가 없군."

아리스타의 중얼거림에 베로니카의 시선이 흘끔 그에게로 향했다.

"아직도 로웰 클라우스를 만나?"

베로니카의 물음에 아리스타의 시선이 다시 한 번 그녀에게로 향했다. 베로니카의 물음에 가만히 로웰을 떠올린 아리스타가 미간을 찌푸렸다. 그리고는 짜증스런 얼굴로 자신의 머리를 헤집었다.

"그 자식은 여우야."

넌 고양이고, 라는 말을 집어삼킨 아리스타는 오른쪽 다리를 들어 왼쪽 다리 위에 겹쳤다. 그리고 팔짱을 끼고 앉아 불량스런 얼굴로 베로니카를 바라보았다. 은근히 베로니카가 로웰 클라우스에게 관심을 보이고 있다는 것은 착각일까. 그 사실이 굉장히 불쾌했다. 왜 불쾌한 것인지는 스스로도 알 수가 없었다. 아리스타는 그 점이 못마땅해 더욱 얼굴을 종잇장처럼 구기고는 베로니카를 바라보았다.

"너만큼은 아닐걸."

베로니카의 심드렁한 대꾸에 아리스타가 작게 욕설을 중얼거렸다. 거침없는 그의 반응에 미간이 찌푸려질 법도 하건만 베로니카는 신경 쓰지 않았다.

"그런데… 오늘은 굉장히 화려하군."

아리스타가 베로니카의 드레스를 천천히 훑어보며 평가해 내리는 눈동자로 세밀하게 그녀를 살폈다. 하지만 그럼에도 베로니카는 뿌듯한 얼굴로 오히려 턱을 꼿꼿이 당겼을 뿐 그것을 제지하지는 않았다. 저가 만든 드레스에 대한 자부심이 잔뜩 서려 있는 태도였다.

"널 위해서 입은 건 아니니까 착각은 하지 마."

베로니카의 지적에 아리스타가 불쾌한 얼굴로 미간을 모았지만 그녀는 개의치 않아했다. 망사로 이루어진 장갑을 살며시 어루만지며 벗어놓은 모자 역시 잘 정리했다.

"요즘 디자인을 한다고 들었어."

누가 또 경망스럽게 입을 놀린 것인지 베로니카가 미간을 찌푸렸다.

"그것 역시 네가 상관할 사항은 아니야."

물론 그녀가 그렇게 말한다고 해서 그 말에 신경 쓸 위인은 아니었다, 아리스타는. 그는 오히려 그 말이 기폭제가 되었다는 양 즐거운 얼굴로 싱글싱글 미소 지어 보였고, 어쩐지 그 모습에 배알이 꼴린 베로니카만이 거북한 얼굴로 그에게서 시선을 돌렸다.

[꺄르르. 베르.]

[푸른 소년도 이쪽으로 오고 있어.]

[붉은 소녀랑 푸른 소년.]

[너무 멋져!]

베로니카는 위니들의 수다에 그저 웃음을 지어주기만 했을 뿐 그 속에 담긴 말에는 딱히 신경 쓰지 않았다. 위니들은 여전히 귀여웠다. 세모꼴 긴 모자를 뒤로 늘어뜨린 모습이 정말 요정 같았다. 베로니카는 가만히 손을 뻗었다. 그러자 위니 한 명이 앙증맞게 날아와 그녀의 손바닥 위에 안착한다. 손바닥 위에 벌러덩 드러누워 이리 뒹굴 저리 뒹굴 하더니 이제는 손바닥 위에 엎드려 얼굴을 비비며 애교를 부린다. 그 모습에 베로니카의 볼에 옅은 홍조가 피어올랐다.

그녀가 말을 걸어오는 아리스타를 무시한 채 위니들에게 빠져 있는 사이 어느새 극장에 도착했다.

"내려."

저의 말을 모두 썹어삼킨 것에 대한 앙심이 남아 있는 모양인지 아리스타가 낮게 으르렁거렸다. 그래도 그녀보다 세 살이나 나이를 먹었다고 맞잡아오는 손이 제법 크다. 그도 잡히는 그녀의 손이 매우 작았음을 느꼈는지 슬쩍 그녀의 손을 바라본다.

아리스타가 머뭇거리자 베로니카는 딱히 아무렇지 않은 얼굴로 어깨를 으쓱이고는 그의 손을 잡고 마차에서 내려왔다. 아리스타가 저답지 않게 머쓱한 얼굴로 시선을 돌린다. 베로니카는 흥미로운 시선으로 그런 그를 바라보다가 곧 시선을 돌렸다. 그래 봐야 그는 아리스타다.

베로니카가 시선을 돌리자 그들 주위로 속속들이 마차가 멈추어 섰다. 이 자리에서 일일이 인사할 시간은 없으니 간단하게 눈인사만 주고받는다. 아리스타와 베로니카는 또래 귀족 소년, 소녀들의 인사를 받으며 극장 안으로 걸음을 옮겼다.

"반 캐드릭."

극장 안에 막 들어서는 참이었다. 타이밍도 절묘하지. 베로니카는 지루한 기분으로 아리스타를 따라 등을 돌렸다. 목소리를 보아하니 앳된 소녀다. 등을 돌리니 역시나 포동포동한 젖살과 오동통한 몸매를 과시하는 소녀가 있었다.

살만 빠지면 제법 귀여울 만한 얼굴이다. 실제로 살도 귀엽게 찐 케이스다. 하지만 통통하다는 사실은 변하지 않는 법.

베로니카는 제법 냉정한 시선으로 오르시니 백작가의 햄 아가씨를 바라보았다.

아리스타를 향해 미소 짓다가 자신을 힐끔 바라보고는 눈을 날카롭게 치켜뜨는 이중성이 인상적이었다. 소녀 아리스타를 보는 기분이랄까. 베로니카는 나른한 얼굴로 아리스타를 바라보았다. 빨리 이 상황을 종결시켜 달라는 눈짓이었으나 역시나 그는 그럴 마음이 없어 보였다.

"오랜만이에요, 반 캐드릭."

캐서린이 먼저 아리스타를 향해 인사를 했다. 베로니카는 무시하는 처사였다. 그럼에도 베로니카는 여전히 무심한 얼굴이다. 그것이 또 못마땅한지 아리스타의 미간이 미세하게 일그러진다.

반면에 캐서린은 부글부글 끓어오르는 기분을 잠재우며 베로니카를 열심히 노려보는 중이었다. 아리스타가 [나탈리만의 향연] 오페라 극을 보러 온다는 말에 아버지를 졸라 나온 외출이었다. 극장 앞에 도착하고, 아리스타의 화려한 금발이 보이는 순간 캐서린은 감격스러웠다. 하지만 그 감정은 곧 그의 옆에 서 있는 붉은 머리의 소녀 탓에 싸늘히 식고 말았다.

힐끗 본 붉은 머리 소녀는 예뻤다. 매력적이라는 단어를 잘 이해하지 못하는 그녀조차 절로 매력적이라는 단어가 나올 정도의 소녀였다.

게다가 그녀가 입은 드레스 역시 감탄사가 나올 정도로 아름다웠다. 하나의 꽃을 연상시키듯 부푼 연노란색 드레스는 곳곳에 아름다운 장미꽃으로 장식되어 있었고, 드레스의 등 부분이 웨이스트라인까지 파여 있었다. 또한 드레스 상의 위에 가슴께까지 내려오는 금색 테가 둘러진 숄을 걸친 것 역시 우아하고 세련되어 보였다.

캐서린은 미간을 찡그리고는 베로니카를 날카롭게 바라보았다.

"아아, 로드 오르시니. 그대도 오랜만이군요."

아리스타가 부드럽게 미소를 지으며 캐서린을 향해 인사했다. 베로니카를 노려보던 캐서린의 눈동자가 단번에 핑크빛으로 변했다. 가만히 아리스타의 옆에 서서 그런 캐서린을 바라보던 베로니카는 작게 한숨을 내쉬었다. 먼저 인사도 건네지 않는 버르장머리라니.

베로니카는 곧바로 부채를 펼쳤다. 차르륵. 아리스타와 캐서린의 시선이 동시에 베로니카에게로 향했다. 레이스가 달린 부채를 펼쳐 입가를 가린 베로니카의 시선이 캐서린에게로 향했다. 나른하고 무심한 눈동자가 오히려 강렬하게 시선을 잡아끌었다.

"웨일스의 두 번째 꽃, 자비로운 마음으로 무례한 그대에게 인사를 받겠습니다."

베로니카의 오만한 눈동자가 깔보듯 캐서린을 훑어 내렸다. 베로니카는 단지 캐서린의 교양 없는 예법을 정정해 주기 위함이었지 그런 의도는 없었다. 하지만 캐서린은 제멋대로 베로니카의 표정을 왜곡하고 얼굴을 구겼다.

그 모습에 베로니카가 쯧 하고 혀를 찼다. 표정이 얼굴에 그대로 드러난다. 그만큼 순수하다는 뜻이다. 아직 어려서인지 모르겠으나, 시간이 흘러도 저 모양이면 사교계에서 살아남기 힘들 테다. 하지만 그것도 자신과는 상관없는 일.

베로니카는 가린 부채 안으로 작게 하품을 하며 인내심을 발휘해 캐서린의 인사를 기다렸다. 베로니카의 눈매가 나른하게 풀렸다. 최근 악몽으로 잠을 설치는 바람에 피곤이 겹겹이 쌓여 있는 상태였다.

캐서린이 굳어진 표정을 감추지 않은 채 부채를 펼쳐 들었다. 부채로 입가를 가린 그녀가 나머지 손으로 드레스 자락을 들어 올려 아주 살짝만 우아하게 허리를 숙인다. 작위를 받지 않은 귀족에게 하는 인사 예법이었다.

"로알스의 가호가 언제나 당신께 머물기를. 처음 뵙겠습니다, 로드 웨일스. 제대로 알아보지 못한 무례를 용서하세요. 저는 오르시니 백작가의 첫 번째 꽃 캐서린 쉐리 로드 오르시니라고 합니다."

캐서린이 작게 이를 갈았다. 하필이면 그녀가 로드 웨일스였다니. 작위를 받지 않은 귀족들은 딱히 서열을 나누는 법이 없었으나, 당연하게도 가문의 힘이 서로를 대할 때 상당 비중을 차지하고 들어갔다. 그래서 오르시니 백작가의 영애인 그녀가 웨일스 후작가 영애를 무시한 처사는 법은 어기지 않았으나 예의는 어긴 것이라 해도 맞는 말이었다.

베로니카는 캐서린을 아무런 감흥 없는 얼굴로 가만히 바라보았다. 사실 그녀가 자신에게 무슨 악감정을 가지게 되었든 관심없었다. 베로니카는 지루한 마음으로 아리스타를 바라보았다. 힐끔 바라본 그는 이 상황이 꽤 재미있는 모양이었다. 베로니카는 잠시 미간을 구겼다. 아직은 어리다고 해도 아리스타는 아리스타다. 베로니카는 그의 수작에 놀아나고 싶은 마음이 없었다. 그녀는 입가를 가린 부채를 내리지 않고 나머지 손으로 드레스 자락을 잡고 마찬가지로 캐서린을 향해 인사했다.

"로알스의 가호가 언제나 그대에게 머물기를. 처음 뵙겠습니다, 로드 오르시니. 저는 웨일스의 두 번째 꽃 베로니카 클라라 로드 웨일스. 이것으로 당신의 무례는 용서토록 하겠습니다."

빠득. 캐서린이 다시 한 번 이를 가는 소리가 들려온다. 감정을 속속들이 노출하는 모습이 역시나 어린 소녀였다. 베로니카는 관심없다는 얼굴로 무심히 캐서린을 바라보다가 문득 떠오른 생각에 입가에 미미한 미소를 지었다. 그 미소에 아리스타가 놀라운 얼굴로 자신을 바라보는 줄도 모르고 베로니카는 캐서린을 향해 자비로운 표정을 지어 보였다.

"보아하니 반 캐드릭과는 오랜만에 보는 모양이군요."

베로니카의 말에 캐서린은 그녀가 자신을 비웃고 있다고 생각했다.

"그, 그렇… 습니다."

저절로 이가 갈렸다. 하지만 베로니카는 그런 캐서린의 반응에도 기꺼운 마음으로 그녀를 바라보았다.

"그렇다면 제가 자리를 양보하지요."

아리스타가 놀란 얼굴로 베로니카를 돌아보았다. 하지만 그녀는 그를 보지 않았다. 베로니카는 부채를 팔랑거리며 살짝 부채질한 뒤 '착' 소리 나게 부채를 접었다. 아리스타가 이글거리는 눈동자로 바라보았지만, 그녀는 깔끔하게 그의 시선을 무시했다.

캐서린은 잠시 베로니카의 말을 알아듣지 못했는지 멍한 얼굴이다. 그 모습에 베로니카가 또 한 번 혀를 찼다. 안타깝게도 머리까지 빈 모양이다.

"저야 반 캐드릭과는 자주 보는 사이이니 제가 오늘은 로드 오르시니께 자리를 양보토록 하지요."

자비로운 말임과 동시에 비굴하지 않다. 자주 보는 사이라는 것을 강조해 깎아내리지 않고 오히려 기품 있게 자신의 퇴장을 요했다. 하지만 캐서린은 아직 어려서인지 그 사실까지는 알아채지 못했다. 그저 아리스타와 함께 있을 수 있다는 것에 모든 감정이 쏠린 모양이었다. 그 모습에 베로니카는 만족스러움을 느꼈다. 배부른 포만감이 느껴지는 것 같았다.

"뭐? 베로니……!"

"가면… 벗겨졌어, 아리스타."

찡그린 얼굴로 베로니카를 향해 윽박지르려던 아리스타의 얼굴이 단번에 변했다. 참으로 변화무쌍한 얼굴을 가지고 있다. 신기하지 않을 수 없었다. 대체 어떻게 자라면 저리도 이중적일 수가 있는 것인지 베로니카는 잠시 그의 가정사를 떠올려 보았다. 하지만 한 번도 그의 가정사에 대해 관심을 둬 본 적이 없어서 떠오르는 사실이 없었다. 단지 캐드릭 공작은 너무나도 너그럽고 자상하신 분이며, 공작부인은 교육열에 불타는 여자라는 점만 뇌리에 남아 있다.

가만히 아리스타의 표정 변화를 감상하던 베로니카는 이윽고 미련없이 자리를 이동했다.

"잠시만, 베로니카."

아리스타의 부드러운 목소리가 베로니카의 귓가를 강타했다. 이대로 보낼 그가 아니지. 베로니카는 작게 한숨을 내쉬었다. 시선을 돌리니 천진한 미소를 지어 보이고 있는 아리스타가 보였다. 저리 있으니 정말로 천사가 따로 없다.

"그래도 오늘은 나와 함께 왔잖아. 난 같이 온 레이디 혼자 시간을 보내게 할 만큼 매너 없는 남자가 아니야."

베로니카가 콧방귀를 뀌는 것도 보이지 않는지 아리스타의 눈빛은 제법 절절했다. 하지만 베로니카는 가뿐히 무시하며 시선을 돌렸다. 그 순간 청색 머리칼의 소년이 눈에 들어왔다.

주위로 위니들이 시끄럽게 떠들어댄다. 베로니카는 만족스런 얼굴로 고개를 끄덕이며 아리스타를 돌아보았다. 그의 의아한 시선에 베로니카는 미련없이 청색 머리칼의 소년에게로 다가갔다.

시종으로 보이는 남자에게 겉옷을 건네던 그가 그제야 저에게 다가오는 베로니카를 알아차렸다. 위니들의 소란스러움이 극에 다다랐다. 베로니카는 촤르륵, 화려하게 부채를 펼쳐 들었다. 고양이 눈매가 부드럽게 휘어지며 베로니카가 드레스 끝자락을 살짝 잡아 올려 인사했다.

"로알스의 가호가 언제나 그대에게 머물기를. 처음 뵙겠습니다. 저는 웨일스의 두 번째 꽃 베로니카 클라라 로드 웨일스. 실례가 되지 않는다면 오늘 오페라에 에스코트를 부탁드려도 될까요?"

로웰 클라우스 반 렌프루. 그의 황금색 눈동자에 자그마한 흥미가 일었다. 반면 아리스타는 잔뜩 구겨진 얼굴로 그 모습을 바라보며 흉포한 기세를 풍겼다.

[베르다, 베르!]

[베르으!]

위니들의 조잘거림에 로웰이 작게 미간을 찌푸렸지만 그것은 잠시였고, 그는 흥미로운 시선으로 베로니카를 바라보았다. 매력적인 소녀다. 눈에 띄게 아름다운 외모는 아니었으나, 시선을 한데 모을 정도의 치명적 매력을 지닌 소녀다.

로웰이 그녀에게서 살짝 시선을 비켜 뒤쪽에 서 있는 아리스타를 바라보았다. 자신을 노려보는 아리스타의 모습이 자못 사나워서 로웰은 유쾌하게 웃었다. 아리스타가 무방비하게 가면을 벗어던지게 만드는 소녀라. 그는 힐끔 허공을 떠다니는 위니들을 바라보았다. 그것뿐만이 아니라도 그녀에게선 흥미를 끌 만한 요소는 많았다.

"영애께 받은 청을 거절하는 것도 예의가 아니죠. 처음 뵙겠습니다, 로드 웨일스. 저는 렌프루 공작가의 세 번째 빛 로웰 클라우스 반 렌프루라고 합니다. 제게 로드 웨일스를 에스코트할 영광을 주시겠습니까?"

그는 굉장히 매력적인 남자였다. 베로니카만큼이나 완벽하고 정중한 예법을 구사하며 그녀에게 인사를 건넸다. 살짝 허리를 숙여 오른손을 내밀고 있는 소년을 바라보며 베로니카는 만족스러운 얼굴로 그의 손 위에 자그마한 자신의 손을 겹쳤다. 그러자 그가 부드럽게 미소 지으며 그녀의 손을 잡아왔다.

베로니카는 '헤밀라 꽃이 만발한 성'에 있다는 소년의 정체가 렌프루 공작가의 로웰 클라우스였다는 사실에 놀랐지만 내색하지 않았다. 그가 부드럽게 손을 잡고 그녀를 이끈다. 로웰 클라우스는 올해로 열여섯이라던데 한두 번 여성을 에스코트한 솜씨가 아니었다.

"반 렌프루."

아리스타의 부름에 로웰의 발걸음이 우뚝 멈추었다. 베로니카가 가만히 시선을 돌려 그와 마찬가지로 아리스타를 바라보았다. 여전히 그의 옆에는 멍한 얼굴로 두 손을 가지런히 모은 채 그를 바라보는 오르시니가의 햄 아가씨가 있었다.

"아아, 그대도 오래간만입니다, 반 캐드릭."

로웰이 말했다. 입은 웃고 있었지만 눈이 웃지 않은 괴이한 모습이었다. 베로니카는 특유의 담담한 모습으로 아리스타를 한 번, 그리고 로웰을 한 번 바라보았다.

"베로니카는 내 파트너야."

아리스타가 화사한 미소를 지으며 로웰을 향해 손을 내밀었다. 그의 무례를 모두 용서해 주겠다는 거만한 태도에도 로웰은 태연했다. 가만히 내밀어진 그의 손을 바라보던 로웰의 시선이 다시 베로니카에게로 향했다.

"그렇다는데요?"

베로니카를 바라보는 로웰의 눈동자가 부드럽게 휘어졌다. 냉랭한 첫인상은 어디에도 없었다. 그의 눈부신 미소에 베로니카는 저도 모르게 시선을 피했다. 그리고는 한숨을 내쉬며 고개를 절레절레 흔들었다.

"무시하세요."

베로니카의 말이 끝나기가 무섭게 로웰은 정말로 아리스타를 쳐다보지도 않았다. 마치 없는 사람 취급을 하며 베로니카를 부드럽게 이끌고 극장 안으로 발걸음을 들였다. 베로니카는 그의 자연스러운 태도에 웃음이 나올 것 같았다. 아리스타를 무시하는 모양새가 한두 번 해본 솜씨가 아니다. 아리스타가 종종 렌프루가의 여우자식을 연발하며 욕설을 하더니 매번 렌프루가에 찾아가 냉대만 당하고 오는 모양이다.

"그들이 말하는 그녀가 바로 당신이었군요."

그렇게 말하며 로웰이 또 한 번 부드럽게 미소 지었다. 그들이란 정령들을 칭하는 말일 테다. 베로니카는 가만히 고개를 끄덕였다. 첫인상과는 참으로 다른 사람이다. 미소 짓지 않으면 다가가기 힘든 냉랭한 미소년인데 이리 미소 지으니 아름답다. 소년에게 어울리는 표현은 아닐지 모르나 베로니카는 그의 미소가 아름답다고 생각했다. 처음 마주쳤을 때 인상을 찌푸리고 그녀를 무시해 버린 소년의 모습과는 달랐다.

"한 번… 본 적 있죠."

베로니카의 말에 로웰이 곰곰이 생각하는 모양새를 내더니 작게 탄성을 내질렀다.

"그렇군요. 혹시 그때 아트라한에서?"

로웰의 물음에 베로니카가 가볍게 고개를 끄덕였다. 그러자 그가 곤란하다는 얼굴로 웃었다.

"이런, 제가 첫 만남에서 실례를 저질렀군요."

"…신경 쓰지 마세요. 그땐 제가 실수를 한 걸요."

베로니카의 말에 로웰이 가볍게 고개를 저었다.

"아닙니다. 그건 제 무례가 분명하죠. 그러니 로드 웨일스, 제게 무례를 만회할 기회를 주시겠습니까?"

로웰의 신사적인 물음에 베로니카가 잠시 고민하는 듯 눈알을 굴리다가 이내 고개를 끄덕였다.

"기회를 드리죠."

"감사합니다, 로드 웨일스. 렌프루가로 그대를 정중히 모시도록 하겠습니다. 초대장은 추후에 웨일스가로 보내도록 하지요."

로웰의 부드러운 음성에 베로니카가 유쾌한 기분으로 고개를 끄덕였다. 아직 성년식도 치르지 않은 소년치고는 예법과 교양, 그리고 매너에 능했다. 베로니카의 입장에서 볼 땐 합격점을 줄 만한 바람직한 소년이었다.

베로니카는 흐뭇한 기분으로 그의 손에 이끌려 자리에 착석했다. 당시 로웰과 안면만 있었더라면 클라라 살롱에 망설이지 않고 그를 초대했을 테다. 그녀의 살롱에는 베로니카가 정한 일정 수준이 되기만 한다면 남녀를 불문하고 사람들이 초대되었기 때문이다. 하지만 안타깝게도 그는 공작가의 세 번째 영식이었고, 그리 사교계에 이름난 사람이 아니었던지라 베로니카는 그에 대해서 아는 것도, 또한 마주칠 일도 없었다. 그래서인지 현재 그와 있는 이 시간이 신기하고 흥미로웠다. 참으로 재미있는 인연이지 않은가. 과거에는 엮이지 않았던 새로운 인연.

"베로니카!"

날카로운 외침에 베로니카가 시선을 돌리자 아리스타가 시야에 들어왔다. 핑크빛 눈동자를 하고 있는 햄 아가씨를 옆에 낀 아리스타가 그들을 향해 낮게 으르렁거렸다. 이제는 아예 가면을 벗을 생각인 건가.

베로니카가 그렇게 생각하는 사이 아리스타가 베로니카의 옆자리에 착석했다. 로웰이 미간을 찌푸리고 그런 아리스타를 노려보았지만 그는 콧방귀를 뀌며 베로니카의 옆자리에서 일어나지 않았다. 로웰, 베로니카, 아리스타, 캐서린 순으로 나란히 앉은 그들은 서로에 대해 무언가 입을 열기도 전에 막이 오르는 오페라를 보고 입을 다물었다.

오페라는 충분히 흥미로웠다. 『나탈리만의 향연』은 서로 다른 국적을 가진 남녀의 비극적인 사랑 이야기였고, 정치적이었지만 그녀 또래의 소녀들이 좋아할 만큼 다분히 로맨틱한 낭만이 배어 있는 오페라이기도 했다.

"정말 괜찮은 작품이군요. 그렇지 않나요?"

부드럽게 물어오는 로웰의 물음에 베로니카가 고개를 끄덕였다. 극장을 나서며 베로니카는 찬찬히 자신을 에스코트하는 청색 머리칼의 미소년을 바라보았다. 열여섯 살에 이런 능숙함이라니. 베로니카는 가만히 고개를 저었다.

"특히나……."

말을 하며 베로니카가 잠시 뜸을 들였다. 잠시 뜸을 들이는 듯한 느린 어조의 화법은 잘 고쳐지지 않는 그녀만의 습관 같은 것이었다. 그럼에도 불구하고 로웰은 인내 있게 그녀의 다음 말을 기다렸다.

"…조연 포드만의 연기가 독창적이었어요."

베로니카의 말에 로웰이 웃음 지었다.

"그는 매우 희극적이죠. 나탈리만의 비극을 가장 극적으로 전달하는 데 효과적인 배역이지 않을까 싶네요."

그렇게 말하며 로웰이 맑게 웃었다. 베로니카의 시선이 그런 로웰에게로 박혀들었다. 의외로 자신과 잘 들어맞는 구석이 있는 모양이다. 그녀와 의견이 일치하는 것을 보면 말이다. 베로니카의 빤히 바라보는 시선에 그제야 로웰의 시선이 그녀에게로 닿았다. 그가 의아한 얼굴로 그런 그녀를 내려다보았다.

"무슨 문제라도 있습니까?"

로웰의 물음에 베로니카가 고개를 저었다. 분명 그녀의 얼굴엔 아무런 표정이 없건만, 귀여웠다. 그에 로웰이 자신도 모르게 웃음을 터뜨리고는 즐거운 기분으로 입매를 어루만졌다.

"리차드, 아직 식사 전이시죠? 그럼 저희 식사라도……. 아니면 잠시 차 한 잔 하지 않으실래요? 제가 근처에 정말 괜찮은 찻집을 안답니다."

로웰과 오페라 [나탈리만의 향연]에 대한 이야기를 하는 중 베로니카는 점점 가까워지는 목소리에 의아한 얼굴로 시선을 돌렸다. 한참 그녀를 바라보며 즐겁게 대화를 나누던 로웰도 그녀의 시선을 따라 고개를 돌렸다.

둘의 시야에 천사 같은 미소를 지으며 팔에 달라붙은 햄 아가씨를 에스코트하는 아리스타가 보였다. 아리스타의 미소를 보고 자신에게 호감이 있다 착각이라도 한 것인지 캐서린의 눈동자는 연신 반짝거렸다.

"죄송하지만, 로드 오르시니, 저는 선약이 있습니다. 그대와 더 많은 시간을 나누지 못한 것은 저 역시 안타깝군요."

베로니카가 쯧, 하고 혀를 찼다. 그녀의 심정에 십분 동의하는 로웰 역시 고개를 저었다. 아리스타를 향해 동경의 눈동자를 보내는 캐서린은 도무지 아리스타를 놓아줄 기색이 없었다.

베로니카가 잠시 턱을 괴고 그런 그를 도와줄까 고민하는 찰나였다. 로웰이 그녀의 손을 이끌며 다시 걸음을 옮겼다. 베로니카가 의아한 얼굴로 그를 올려다보았지만, 그는 그저 자상하게 미소를 지으며 그녀를 한 번 바라볼 뿐이었다. 하지만 그런 로웰의 행동이 무색하게 그들을 발견한 아리스타가 반갑게 그들에게 다가왔다.

"마침 잘 만났군, 베로니카! 나와 약속이 있지 않았어?"

베로니카의 얼굴에 황당한 기색이 떠올랐다. 반면, 로웰의 얼굴엔 짜증스런 기색이 가득했다. 하지만 그런 그들을 보고서도 베로니카를 향해 말을 거는 아리스타는 뻔뻔한 낯짝으로 미소 지었다.

"무슨 약속?"

베로니카가 단번에 부정하자, 캐서린의 표정이 밝아졌다. 힐끔 캐서린을 내려다본 아리스타가 속으로 베로니카를 향해 이를 갈았다.

"무슨 소리야, 베로니카. 우리 오페라 후에 식사하기로 약속했잖아."

"어머! 그럼 잘되었네요. 로드 웨일스와 반 렌프루, 그리고 리차드와 저, 이렇게 넷이서 식사를 하러 가면 되지 않을까요?"

아니, 이 햄 아가씨가 무슨 뜬금없는 소릴. 게다가 리차드라니. 캐서린은 아리스타와 친분이 쌓였다 생각했는지 제멋대로 그의 미들네임을 불렀다. 아리스타의 미소에 살짝 금이 가는 것이 보여 베로니카는 고소를 머금었다.

공작과 황족을 제외한 모든 귀족의 성 앞에 로드(Lord)가 붙는다면, 공작가와 황실 사람의 성 앞에는 반(Van)이란 칭호가 붙었다. 숙녀를 부를 때 레이디 베로니카라고 부르는 것과 같은 예로, 서로를 정중히 부를 때 로드 웨일스, 또는 반 캐드릭, 그리 부르는 것이 예의였다. 그런데 리차드라니. 아리스타는 짜증스런 기분이었다. 평소 같았으면 웃는 얼굴로 캐서린을 향해 비수를 꽂아주었을 테지만 렌프루가의 여우자식이 보는 앞이 아닌가.

아리스타는 짜증스레 머리를 헤집었다. 게다가 더 분통이 터지는 일은 캐서린의 물음에 로웰이나 베로니카나 전혀 관계없다는 얼굴로 어깨를 으쓱였다는 것이다.

"제가 아는 레스토랑이 있는데 그쪽으로 가시겠습니까?"

로웰이 정중하게 베로니카를 향해 물었다. 그러자 베로니카 특유의 무감각한 시선이 로웰에게로 꽂혔다. 잠시 대답이 없던 그녀가 작게 고개를 끄덕이자, 로웰의 입가에 만족스러운 미소가 걸렸다.

"그럼 반 캐드릭, 그대는 로드 오르시니를 정중히 모시도록 하시죠. 난 로드 웨일스를 모실 테니."

로웰의 여유로운 물음에 아리스타가 바득 이를 갈았다. 그 모습에 베로니카가 고개를 절레절레 흔든다. 저러다 정말로 가면이 벗겨지겠어, 하는 베로니카의 중얼거림에 로웰이 짧게 폭소했다.

"그런데 반 렌프루."

베로니카의 부름에 로웰이 부드럽게 미소 지었다.

"반 렌프루가 아닌, 로웰이라고 불러주세요."

그의 말에 베로니카가 고개를 갸웃거렸다. 하지만 그와 그 정도로 친한 사이가 아닐 텐데? 베로니카의 의문을 알아차렸는지 로웰의 미소가 더욱 짙어졌다.

"위니란 이름도 당신이 붙어주었다고 들었습니다."

[맞아! 베르가 우리에게 이름을 줬어!]

[위니래, 위니!]

[친절도 하지!]

로웰의 말에 바로 그들의 주위를 떠돌던 위니들의 외침들이 들려왔다. 그에 베로니카가 못 말리겠다는 얼굴로 고개를 설레설레 저었다. 그러면서도 자신의 머리카락에 얼굴을 묻어버리는 위니들을 말리지 않았다.

"서로에 대한 비밀도 공유했는데, 그 정도 이름쯤은 허락해도 괜찮지 않겠습니까."

로웰의 말에 베로니카는 '어라?' 하는 얼굴로 고개를 들었다. 듣고 보니 일리가 있는 것도 같다. 그리고 그녀는 다시 고개를 갸웃거렸다. 그래도 뭔가 이상한데. 베로니카의 고민을 아는지 로웰이 때를 놓치지 않고 말을 이어갔다.

"그럼 저도 로드 웨일스를 베로니카라 불러도 되겠습니까?"

로웰의 물음에 베로니카는 저도 모르게 고개를 끄덕인 후 다시 한 번 갸웃거렸다. 뭔가 로웰의 말에 홀러덩 넘어간 것 같아 잠시 미간을 찌푸린 그녀가 고개를 들고 로웰을 바라보자, 그가 달콤한 미소를 지으며 자신을 내려다보고 있는 것이 아닌가. 베로니카는 허탈해진 얼굴로 한숨을 내쉬었다. 저런 반응이라면 다시 무르자고 할 수도 없다.

마차가 도착하고 로웰이 그녀의 손을 이끌어 마차 안으로 들어갔다. 마부에게 레스토랑의 위치를 말한 그가 그녀를 향해 다시 한 번 미소를 짓는다. 그 모습에 베로니카 또한 어색하게 마주 미소를 지어 보였다. 까칠할 것 같은 첫인상과는 달리 참으로 잘 웃는 소년이 아닌가 하는 생각이 들었다.

"베로니카."

로웰의 부름에 창가를 바라보던 베로니카가 고개를 돌렸다. 그녀의 의아한 기색에 그가 다시 한 번 웃으며 물었다.

"혹시 바람의 정령 외에 다른 정령들도 볼 수 있습니까?"

로웰의 물음에 베로니카는 고민해 볼 생각도 없이 고개를 저었다.

"…위니들을 보는 것만 가능해요."

베로니카의 대답에 그가 '아아' 하더니 고개를 끄덕인다. 그의 질문을 가만히 앉아 곱씹어보던 베로니카가 다시 시선을 들고 그를 똑바로 마주 바라보았다.

"로웰은 다른 정령도 볼 수 있나요?"

베로니카의 물음에 그가 잠시 난처한 듯 볼을 긁적이더니 고개를 끄덕였다.

"베로니카 역시 다른 정령을 볼 수 있다고 생각했습니다."

그의 말에 베로니카가 가만히 고개를 끄덕였다.

"그렇군요."

"하지만 곧 다른 정령도 보게 되겠죠."

로웰의 말에 베로니카의 눈썹이 치켜 올라갔다. 그의 말을 알아듣지 못한 그녀가 그를 빤히 바라보자 그가 웃음을 터뜨렸다.

"마음만 먹는다면 볼 수 있을 거예요. 자연 친화력이 높아졌을 테니까요."

베로니카가 가만히 미간을 모았다. 자연 친화력이 '높을 테니까'도 아니고 '높아졌을 테니까'라니. 애매하기 짝이 없는 말이다. 그는 그녀가 미래에서 왔다는 사실을 아는 것일까?

자신의 자연 친화력은 과거로 돌아옴으로써 생긴 능력이다. 가만히 생각에 잠겨 있던 베로니카는 고개를 절레절레 흔들었다. 그럴 리가 없을 것이다. 그가 그런 사실을 알 수 있을 리가 없었다.

"베로니카, 그대에게선 이질감이 느껴지는군요."

그의 황금색 눈동자가 부드럽게 휘어졌다. 진심으로 즐겁다는 웃음이다. 베로니카는 잠시 멍한 얼굴로 그런 그의 눈동자를 바라보았다. 황금색이 분명했다. 옅은 연갈색일 거라 생각했던 눈동자는 확실한 황금색이었다. 그 생각도 잠시, 베로니카는 이어진 로웰의 다음 말에 굳어버리고 말았다.

"이곳에 어울리지 못하는 영혼이네요."

"그게 무슨 뜻이죠?"

베로니카에게는 드문 날카로움이었다. 그녀의 눈썹이 작게 일그러지며 로웰을 바라보았다. 그 모습에도 로웰은 그저 어깨만 으쓱이며 미소 지었을 뿐이다.

"말 그대로입니다."

베로니카가 못마땅한 얼굴로 그를 바라보았다. 그의 행동 하나하나를 놓치지 않겠다는 그 시선에 로웰이 난감한 얼굴로 웃었다. 그는 잠시 고민 어린 기색으로 베로니카를 바라보다가 이내 미간을 찌푸리고는 마땅치 않은 한숨을 내쉬었다.

"제겐 영혼이 보여요, 베로니카."

처음에 베로니카는 그 말이 의미하는 바를 알지 못했다. 그래서 그저 이 사람이 또 무슨 말을 하는 건가 하는 심정으로 그를 바라보았다. 하지만 로웰의 미소 짓는 얼굴이 어색하리만치 이상하다는 것을 깨닫는 순간 베로니카는 순순히 놀랍다는 표정을 지어 보였다. 그리고 다시 한 번 진지하게 그의 말을 곱씹어보았다.

영혼이 보인다니. 베로니카는 로웰의 황금색 눈동자를 바라보았다. 그렇다면 그 눈동자 색과 관련이 있는 것일까. 그가 황족이 아니라 공작가의 사람이라면 그가 황금색 눈동자를 가진 것엔 딱 한 가지 이유밖에 남지 않았다. 바로 신성력. 하지만 곧 베로니카는 그도 고개를 저었다. 신성력을 가지고 있다고 해서 모두가 영혼이 보이는 것이 절대 아니라는 것쯤은 기본 상식이 아닌가. 애초에 영혼을 볼 수 있다는 것 자체가 비상식적인 말이다.

"사실인가요?"

잠시간의 침묵 끝에 베로니카가 조심스럽게 물었다. 로웰은 시종일관 베로니카에게서 눈을 떼지 않고 있었다. 그리고 그녀의 물음에 그의 황금색 눈동자에 진득한 어둠의 물결이 일렁거리는 것이 보였다. 베로니카는 그 사실을 제법 정확하게 짚어낼 수 있었다. 과거 익숙히 보아왔던 자신의 눈동자와도 닮았기 때문이다.

"사실인지 아닌지는 증명할 수 없어요. 제가 한 말의 진위 여부는 베로니카 본인만이 알겠죠."

그 말이 옳았다. 그가 말한 '이곳에 어울리지 못하는 영혼'에 대해선 그녀 자신이 더 잘 알고 있는 바다. 베로니카는 가만히 미간을 모으고 나직이 한숨을 내쉬었다. 잊고 있던 걱정들이 수면 위로 머리를 들이밀기 시작했다. 그것은 잔잔한 호수에 작은 돌멩이를 던져 놓은 것과 같은 파급 효과를 낳았다.

베로니카는 머리가 어지러웠다. 그저 그러려니 넘기려고 했던 회귀에 대한 진실이 꼬리에 꼬리를 물고 그녀를 쫓아온다. 이제 안정을 하고 다시 한 번 제대로 된 삶을 살아보고자 마음을 먹었다. 그런데 이런 혼란이라니. 마음에 들지 않았다.

"초조해할 필요 없어요."

로웰의 나직한 음성이 들려왔다. 그의 말에 베로니카가 불안한 눈동자로 그를 바라보았다. 그가 걱정 말라는 얼굴로 가만히 그녀의 눈동자를 마주 바라보았다.

"로웰, 뭔가를 알고 있나요?"

베로니카의 물음에 그가 진실로 안타깝다는 얼굴을 하고 고개를 저었다.

"글쎄요. 하지만 확실한 건 베로니카가 길을 잃었다는 사실이죠."

그의 말에 베로니카 역시 고개를 끄덕였다. 그리고는 다시 시선을 돌려 마차의 창으로 보이는 바깥 풍경을 바라보았다. 머리가 지끈거렸다. 위니들의 수다들이 더없는 소음으로 다가오고 있었다. 자신은 어떻게 되는 것일까. 왜 로웰 그는 애써 떨치려고 했던 진실을 그녀에게 꺼내 보이는 걸까.

과거의 일들이 물밀듯이 그녀를 잠식하기 시작했다. 그렇다면 그것은 꿈인가, 아니면 이쪽이 꿈인 것일까. 그렇다면 역시 그 지옥 같던 과거가 실제란 말인가. 겨우 결론을 내렸던 결과가 번복하여 베로니카를 혼란의 도가니 속으로 밀어넣었다. 베로니카는 자신이 점점 그 회오리 속으로 빨려 들어가고 있다고 확신했다.

로웰은 그녀의 맞은편에 앉아 가만히 그런 베로니카를 바라보았다.

"베로니카."

로웰의 말에도 베로니카는 그의 말을 듣지 못한 양 자기 생각에 빠져 있었다. 그녀의 얼굴 위로 여실히 드러나는 혼란에 로웰은 작게 한숨을 내쉬었다. 그는 짜증스런 얼굴로 마차 의자에 등을 기대어 앉았다.

그도 딱히 그녀의 비밀을 건드리고 싶다는 악질적인 생각은 없었다. 하지만 그녀에게 있어 그것은 꽤나 정신을 빼놓을 만큼의 혼란과 충격이 있었던 모양이다. 하긴, '비밀'이란 것 중에 그렇지 않은 것이 있을까. 사실 그 본인도 베로니카와 다를 바 없지 않은가. 로웰은 자조 섞인 짙은 미소를 짓고는 다시 베로니카를 바라보았다.

"베로니카."

다시 한 번 더 그녀를 불렀다. 그제야 그녀의 눈동자가 그에게로 돌아왔다. 하지만 여전히 눈동자는 흐리고 혼탁하다. 위니들이 시끄럽게 주위를 날아다니며 그를 질책했지만 그는 작게 코웃음을 쳤다.

"정신 차리세요."

하지만 여전히 베로니카는 혼란스러운 얼굴이었다. 그리고 무엇을 생각하는지 그녀의 얼굴에 두려움이 맺히기 시작했다. 로웰은 더 이상 두고 볼 수 없다고 생각했다. 흔들거리는 마차 안이지만 그는 자리에서 일어섰다. 그리고 베로니카의 앞에 무릎을 꿇고 앉아 그녀를 올려다보았다.

"베로니카."

그녀의 두 볼을 손으로 잡고 자신에게로 얼굴을 고정시켰다. 베로니카의 눈동자에 눈물이 차오르기 시작했다. 로웰은 낭패 어린 얼굴로 가만히 그런 베로니카를 바라보다가 상체를 들어 그녀를 품에 안았다. 아직 어린 소녀의 몸이라 그런지 품 안에 쏙 들어오는 자그마한 체구다.

로웰은 괜한 말을 꺼냈다는 사실에 그제야 후회가 들었다. 베로니카의 입술을 비집고 작은 신음이 새어 나왔다. 로웰이 가만히 그녀의 등을 쓸어주며 귓가에 작게 속삭였다.

"쉿. 괜찮습니다, 베로니카. 걱정하는 일은 일어나지 않을 거예요."

귓가에 들려오는 로웰의 목소리는 너무나도 다정해서 의지하고픈 충동이 들었다. 자신보다 아홉 살이나 어린 아이에게 의지하고 싶은 마음이 들다니.

베로니카의 이성은 짧은 조소를 보내왔지만, 그보다는 감정이 더 우선시되었다. 지금과 같이 머릿속이 혼란스러울 때에 그 안정을 놓치고 싶지 않았다. 베로니카가 가만히 로웰의 품에 자신의 얼굴을 묻었다. 그리고 그녀의 두 손이 그의 두 팔을 잡았다.

"흐윽……."

"쉬잇, 쉿. 걱정 말아요, 베로니카. 아무 일도 일어나지 않을 겁니다."

로웰의 토닥거림에 베로니카의 울음이 잦아들었다. 덜컹이는 마차 안에서 로웰은 용케 넘어지지 않고 베로니카를 안아주고 있었다.

　"그대에겐 지금의 상황이 혼란스러울 뿐이겠지만, 제겐 그 사실이 얼마나 다행스러운지 모릅니다."

　완전히 울음이 멈춘 지금 베로니카는 또 다른 의미로 복잡한 심경이 되어버렸다. 로웰의 목소리에 묻어나오는 떨림을 감지한 탓이다. 그는 그녀에게 의연한 척, 그녀를 달래주는 척하고 있었지만 실은 그 역시 감격스러움으로 떨고 있다는 사실을 알아차리고 말았다. 무엇이 감격스러운 것인가. 그녀가 과거로 돌아와 이곳에 적응하지 못하는 영혼이란 것이 무엇이 다행스러운 일이라는 것인가.

　"저와 비슷한 처지의 당신이 있다는 것에 안도를 느끼고 위로를 받습니다."

　그의 사정을 모르는 베로니카는 여전히 그가 하는 말의 뜻을 파악하지 못했다. 그도 과거로 돌아온 사람이라는 것인지 이해가 가질 않았다.

　로웰이 한숨을 내쉬며 그녀의 어깨에 얼굴을 묻었다. 베로니카는 자신의 어깨에 얼굴을 묻은 로웰이 깊게 숨을 들이마시며 자신의 체향을 맡고 있다는 사실에 얼굴이 붉어졌다. 그제야 정신이 온전히 제 구실을 하게 되었음이라.

곧바로 로웰은 베로니카를 품에서 떼어내었다. 베로니카의 볼에 붉게 홍조가 피어올랐다. 귀까지 붉어져 있어서 로웰은 미소를 짓지 않을 수 없었다. 이렇게나 부끄러워하면 바라보는 쪽이 더 달아오르는 법이지 않던가.

"이런 실례를……. 죄송해요, 로웰."

베로니카의 사과에 로웰이 고개를 저었다. 오히려 무례하게 그녀를 품에 안은 것은 그이지 않는가.

이제야 이성이 돌아왔다. 어린 로웰의 품에 안겨 위로를 받았다는 사실에 그제야 부끄러움이 온몸을 훑고 지나갔다. 하지만 로웰은 개의치 않는 얼굴로 품 안에서 손수건을 꺼내 그녀의 얼굴을 꼼꼼히 닦아주었다.

베로니카는 복잡한 시선으로 그런 로웰을 바라보았다. 자신의 기분을 너무나도 잘 알고 그에 맞춰주는 모습들이 신기하기도 했다. 또한 겨우 진정되어 힘차게 날갯짓을 하려고 했던 그녀의 희망 어린 꿈들을 한순간에 깨어버리고선 잘도 위로를 해주는 모습이 불만스럽기도 했다.

"이제 보니 울보에 어리광쟁이였군요."

눈웃음을 지으며 그리 말하는 로웰의 말에 이번엔 베로니카의 얼굴 전체가 붉게 달아올랐다. 금방이라도 터질 것 같은 그 모양새에 로웰이 결국 크게 웃음을 터뜨리고 말았다.

로웰이 그렇게 웃음을 터뜨리는 사이 레스토랑 앞에 당도

했고, 정신없는 와중에도 마차에서 내려섰다. 뒤이어 따라오던 마차에서 아리스타와 캐서린이 내리는 것이 보였다.

"와, 반 렌프루와 로드 웨일스께선 무척이나 잘 어울리시네요."

햄 아가씨의 칭찬이 날아들었다. 베로니카가 아리스타를 양보해 준 것으로 인한 호감도가 상승한 모양이다. 베로니카의 시선이 캐서린에게로 향했다. 살만 빼면 참 예쁜 아가씨일 텐데. 그 점이 안타깝다. 물론 살을 뺀다고 해도 그 성격을 고치지 못한다면 쉽게 사교 생활을 할 수는 없겠지.

베로니카는 미련없이 고개를 돌리고 로웰이 이끄는 대로 걸음을 옮겼다. 머릿속이 복잡했지만 지금은 잊자. 베로니카는 그리 생각하고 마음을 비웠다.

"어머, 그럼 베로니카와 로웰은 오늘 처음 본 사이인가요?"

식사가 나오고 모두가 가벼운 마음으로 요리의 맛을 음미하는 중이었다. 햄 아가씨 캐서린은 보는 바와 같이 미식가인 모양인지 음식을 먹을 때마다 물로 입을 가볍게—예의상 눈에 보이지는 않게—헹구고는 맛을 음미했다.

그 모습에 웃음이 나올 찰나 캐서린이 반짝이는 얼굴로 로웰과 베로니카를 향해 물었다. 캐서린의 질문에 로웰이 힐끔 베로니카를 한 번 바라보고는 고개를 저었다.

"오늘이 처음은 아닙니다."

그는 캐서린의 질문에 건성으로 대답하고는 포크로 고기와 샐러드를 함께 찍어 먹었다. 그의 성의없는 대답에도 불구하고 캐서린은 반짝이는 눈동자로 베로니카와 로웰을 번갈아 바라보았다. 혼자서 머릿속으로 무슨 엉뚱한 생각들을 하는 것일까. 베로니카는 가볍게 웃으며 고개를 저었다.

"대체 나 몰래 언제 둘이 만났다는 거지?"

아리스타의 못마땅한 질문에 베로니카가 어깨를 으쓱였다. 그리고는 살짝 눈썹을 찌푸리고는 그를 바라보았다.

"말이 조금 이상하네. 내가 누굴 만나는데 네 허락이 필요하니?"

베로니카의 무심한 대꾸에 아리스타의 얼굴이 잔뜩 일그러졌다. 그 모습에 로웰이 살짝 고개를 숙여 그를 향해 작게 속삭였다. '가면, 벗겨졌군.'

물론 그 말을 듣고 아리스타가 금방 표정 관리에 들어간 것은 말할 것도 없었다.

"아, 베로니카, 잠시만요."

아리스타의 투덜거림을 무시한 채 베로니카가 식사를 이어가던 도중 로웰이 식사를 방해했다. 눈썹이 살짝 치켜 올라간 그녀가 가만히 로웰을 돌아보자 그가 난감한 얼굴로 웃음을 짓고는 어깨를 으쓱였다. 그리고는 그녀의 앞에 놓인 접시를 들어 자신의 것과 바꾸었다.

"…로웰?"

그녀의 부름에 그의 시선이 다시 그녀에게로 향했다. 그는 그녀가 먹던 스테이크를 마치 자신의 것인 양 먹고 있었다. 베로니카가 영문을 모르겠단 얼굴로 그런 그를 바라보았다. 그러자 얌전히 식사를 하던 로웰이 그녀를 돌아보고는 부드럽게 미소 지었다. 아리스타의 거짓으로 위장된 미소와는 달랐다. 순수한 호의에서부터 나오는 미소. 베로니카는 그 미소가 마음에 들었다.

"라스토 알레르기가 있지 않던가요?"

베로니카의 상념을 가르고 로웰의 목소리가 들려왔다. 그의 물음에 베로니카의 눈동자가 놀랍게 뜨여진다. 라스토란 토마토의 일종으로 토마토의 변종 야채였다. 그녀의 라스토 알레르기는 웨일스 후작가 사람만이 아는 것이었고, 그중에서도 웨일스가의 주방장과 소피아, 메이, 웨일스 후작, 이렇게 소수의 사람만이 아는 사실이었다.

그동안 그녀에게 관심이 없었던 안젤리카조차 모르는 사실을 알고 있는 것에 대한 놀람. 그건 반대편에서 식사를 하던 아리스타 또한 마찬가지인지 그의 시선 또한 로웰에게로 향해 있었다.

베로니카는 잠시 아리스타에게 시선을 주고는 다시 로웰에게로 시선을 주었다. 하지만 로웰은 그들의 시선에도 아랑곳없이 베로니카가 먹으려 했던 스테이크를 라스토 소스에 버무려 맛을 음미했다. 그리고는 뒤늦게 그들의 시선을 눈치챘다는 얼굴로 베로니카에게 살짝 고개를 숙였다.

"너무 놀라지 않으셔도 됩니다. 저는 베로니카에 관한 것이라면 무엇이든 알고 있으니까요. 제 것은 라스토 소스가 아니니 안심하고 드셔도 되실 겁니다."

로웰이 베로니카에게만 들리도록 작게 덧붙였다. 위니들 덕분이지요. 그 말 한마디에 모든 의문이 해결되었다. 베로니카는 작게 웃음을 지으며 고개를 저었다.

"…고마워요."

베로니카의 감사 인사에 그가 눈웃음을 지으며 화답했다. 그런 그들의 화기애애한 분위기에 아리스타는 속으로 부글부글 끓어오르는 감정을 추스르며 자신의 옆자리에 앉은 햄 아가씨를 바라보았다.

그녀는 눈치도 없는 것인지 자신에게 꼭 달라붙어 아양을 떨었는데, 그 모습이 아주 가관이었다.

아리스타는 짜증스레 한숨을 내쉬었다. 캐서린과 베로니카가 충돌하면 재미있는 상황이 연출될 것이라 기대했던 것과는 달랐다.

모두 로웰, 그 때문이었다. 게다가 마치 오랫동안 알고 지 낸 것 같은 저 다정함과 화기애애한 분위기는 무엇이란 말인 가!

아리스타의 타오르는 눈빛을 무시한 채 식사를 계속하던 로웰의 시선이 다시 한 번 베로니카에게로 향했다. 그는 베로 니카가 스테이크를 썰어 먹는 것을 가만히 지켜보다가 한마 디 거들었다.

"이 론테르 스테이크는 로메인과 곁들여 먹으면 좋습니 다."

그러면서 그녀가 잘라놓은 스테이크와 씁쓸한 향이 나는 야채 로메인을 포크로 함께 찍어 론테르 소스에 잘 버무린 뒤 베로니카를 향해 내밀었다. 베로니카는 자신의 앞으로 내밀 어진 음식을 바라보며 고개를 갸웃거렸다. 그녀는 그 음식을 가만히 바라보고는 다시 로웰을 바라보았다. 그러자 그가 부 드럽게 눈꼬리를 휘어 눈웃음을 지었다.

"드세요."

로웰의 말에 베로니카가 잠시 고민하는 얼굴로 그것을 바 라보다가 날름 입에 넣었다. 그는 베로니카에게 고기를 먹인 후 만족스러운 얼굴로 다시 식사를 계속했다. 그러자 베로니 카가 살짝 눈매를 일그러뜨리고 그런 그를 바라보았다.

"로웰, 그 포크……."

그녀가 무어라 말을 끝마치기도 전에 로웰은 베로니카를 먹여주었던 포크로 자신의 스테이크를 찍어 입속으로 넣었다.

　빠르기도 해라. 베로니카는 끝내 웃음을 터뜨리고 말았다.

Chapter 6

자 연 의

정 령

웨일스 후작가는 한밤중이었다. 메이가 안절부절못하는 얼굴로 베로니카의 뒤를 따랐지만, 그녀는 아랑곳없이 걸음을 옮겼다. 랑베르 뷰티크 살롱으로부터 그녀가 주문 제작했던 의복들이 속속들이 도착해 독특하고 세련된 디자인의 의복들이 드레스 룸에 한 가득 쌓였다.

그녀가 현재 입고 있는 잠옷도 그중 하나로 귀족들이 입는 일종의 얇은 실크로 된 속옷 쉥즈(Chainse)의 형태와도 비슷했다. 발목까지 오는 길이에 소매 폭이 좁은 이 잠옷은 그녀가 특별 제작한 잠옷으로 소매 폭에 금실과 은실로 수가 놓아

져 있으며, 치마 끝자락은 화려하지 않은 레이스로 이루어져
있었다. 그리고 그와 세트로 주문했던 끝자락에 레이스가 달
린 똑같은 소재의 실크로 이루어진 귀여운 모자를 쓰고 있었
다.

그녀는 지금 품 안에 커다란 베개를 안고 웨일스 후작가의
복도를 거닐고 있었다. 늦은 밤. 모두가 잠들 시간. 간간이 하
인들과 하녀들이 걸음을 멈추고 베로니카를 향해 예를 갖추
었다. 모두가 놀란 얼굴로 베로니카를 바라보자, 메이는 애가
타는 심정으로 베로니카를 바라보았다. 잠옷 바람을 다른 사
람에게까지 보이다니! 메이가 속으로 절망하는 것에도 관심
을 보이지 않은 베로니카는 자신의 조그만 발을 열심히 움직
여 목표했던 곳에 드디어 다다랐다.

"베, 베로니카님?"

문 앞을 지키고 있던 집사 멜비른이 당황한 얼굴로 베로니
카를 바라보았다. 그것에도 역시나 관심없다는 얼굴로 베로
니카는 어깨를 으쓱였다. 도도하고 요염한 소녀의 얼굴로 턱
을 당겨 멜비른을 올려다본 베로니카가 물었다.

"안에 계시지?"

베로니카의 물음에 그가 멍한 얼굴로 고개를 끄덕였다. 눈
매를 치켜뜬 그녀가 이내 고개를 돌리고는 망설임없이 문을
열었다. 그 모습에 당황한 그가 그녀를 붙잡으려고 했지만 이

미 방 안으로 쏙 들어서 버린 베로니카였다. 그는 황망한 얼굴로 자신이 내민 갈 곳 잃은 손을 바라보았다.

옆에서 메이가 가볍게 혀를 차는 모습에 그제야 정신이 든 집사가 헛기침을 하며 메이를 가볍게 노려보았다. 집사의 꾸중 어린 시선에도 메이는 철면피 얼굴로 살짝 고개 숙여 인사만 하고는 종종걸음으로 사라졌다.

"…베로니카?"

침대에 기대앉아 서류를 보고 있던 레인하드의 시선이 베로니카에게로 향했다. 그가 눈을 크게 뜨고 놀랍다는 시선으로 베로니카를 바라보았다. 문 앞에 서 있던 그녀가 그의 시선에 움찔했다. 그리고는 쑥스러운 얼굴로 양 볼을 발갛게 물들이고 베개에 얼굴을 잠시 묻었다.

"베로니카."

이번엔 약간의 웃음이 섞여 있었다. 베로니카는 베개에서 천천히 얼굴을 떼고는 고개를 들었다. 그러자 서류를 내려놓은 아버지가 그녀를 빤히 바라보고 있었다. 그녀와 같은 붉은 머리카락에 시리도록 차가운 인상을 가진 아버지. 그가 부드럽게 미소를 짓자 베로니카가 잠시 휘청거렸다. 딸인 자신의 가슴마저 설레게 하는 그의 미소에 저도 당황스러워 고개를 절레절레 흔들었다.

회귀 전에도 그녀의 아버지가 저런 사람이었던가. 다시 한

번 생각해 봐도 아닌 것 같았다. 저런 마성의 아버지라니. 주
책없는 자신의 모습에 베로니카는 결국 웃음을 삼켰다. 나쁘
지 않은 기분이다.

"이리 오거라, 베르."

레인하드가 그녀를 향해 손을 내밀었다. 베로니카는 가만
히 문 앞에 서서 베개를 품에 안고 그런 아버지의 행동을 바
라보았다. 그가 재촉하듯 한 번 더 내밀어진 손을 흔들자 그
제야 베로니카의 걸음이 조심스레 움직였다. 느릿느릿 다가
오는 베로니카의 동작에도 레인하드는 인내 있게 그녀를 기
다려 주었다.

"아버지."

베로니카가 조심스레 손을 잡자 그가 웃음을 터뜨렸다. 그
모습에 베로니카가 두 눈을 동그랗게 뜨자, 그가 잡은 손에
힘을 주고 그녀를 침대 위로 올라오게 했다. 베로니카는 그의
허락을 알아차리고는 기쁜 마음으로 주섬주섬 침대 위로 올
라갔다.

"무슨 일이냐?"

그가 자신의 옆에 자리를 트고 앉은 베로니카를 바라보며
물었다. 레인하드의 조심스런 손길이 베로니카의 이마에 닿
았다. 그는 베로니카의 이마에 엉겨 붙어 있는 머리카락을 정
리해 주며 다정한 얼굴로 물었다. 자리를 잡은 베로니카가 아

버지의 다정한 손길에 부끄러운 듯 고개를 숙였다.

"그냥……."

조그만 입술을 오물거리며 말끝을 흐리는 베로니카를 바라보며 레인하드가 살짝 미간을 찌푸렸다. 여전히 베개를 끌어안은 채 손가락을 꼼지락대는 모양새를 보던 레인하드가 슬며시 물었다.

"설마 또 악몽을 꾼 것이냐?"

그의 물음에 베로니카가 고개를 저었다.

"이제는 꾸지 않아요."

물론 거짓말이었지만, 레인하드를 올려다보는 말간 얼굴이 환했다. 그에 그는 안도하는 얼굴로 마주 웃어주었다.

"요즘 아리스타 리차드와 로웰 클라우스를 자주 만난다고 들었다."

레인하드의 물음에 베로니카가 가만히 고개를 끄덕였다. 아리스타야 본인이 직접 그녀를 찾아다니는 것이었고, 로웰은 은근히 잘 맞는 구석이 있어 종종 왕래했다. 아리스타와 있을 때면 가끔 햄 아가씨가 등장해 그녀를 불같이 노려보며 역정을 부렸지만, 그럴 때면 베로니카는 귀찮은 마음으로 햄 아가씨에게 아리스타를 양보해 그의 분노를 샀다. 물론 간간이 그 소식을 전해 듣는 로웰은 재미있어 죽겠다는 눈치였지만 말이다. 베로니카는 어깨를 으쓱이며 웃었다.

"그래, 친구란 좋은 것이지."

레인하드가 부드럽게 그녀의 머리카락을 넘겨주며 속삭였다.

"…음, 아버지."

그녀의 부름에 레인하드가 의아한 얼굴로 그녀를 바라보았다. 베로니카는 잠시 고민 어린 기색으로 두어 번 입술을 달싹이더니 이내 결심이 서린 얼굴로 그를 올려다보았다.

"엘자냐 가문의 사람들을 만나보고 싶어요."

일전에 안젤리카가 했던 말로, 여러 번 고민을 해보았지만 아무래도 엘자냐 가문을 지키기 전에 먼저 가문의 사람들을 만나볼 필요가 있을 것 같았다.

물론 엘자냐 가문이 바르톨즈 3세의 마지막 혈통이고 돈으로 귀족 명패를 산 가문이라지만, 그것만으로 웨일스 후작가가 반역으로 몰려 참수당한다는 것은 명분이 되지 못했다. 또한 아리스타만 아니었다면 엘자냐가 바르톨즈 3세의 마지막 혈통이라는 사실이 들통 났을 일 역시 없었을 것이다.

당시에 웨일스 가문이 반역죄로 몰려 참수당했던 것은, 아리스타가 엘자냐 가문과 엮여 그들이 바르톨즈 정권을 되찾기 위해 반란을 꾀하고 있다는 사실과 함께 여러 거짓 증거물들을 내놓았기 때문이다.

"엘자냐에 관심이 많아졌구나."

레인하드는 엘자냐 가문을 향한 베로니카의 관심이 썩 내키지 않는 얼굴이었지만, 베로니카는 모르는 척 시치미를 떼었다. 어차피 아버지가 꺼리는 엘자냐의 비밀을 그녀 역시 알고 있었기 때문이다.

"…그래, 어머니가 살아왔던 곳이니 네가 궁금해할 만도 하겠구나."

이윽고 아버지의 체념 어린 목소리에 베로니카는 어쩐지 가슴이 따끔거리는 느낌을 받았다. 저 때문에 돌아가신 어머니를 떠올린 아버지가 가슴 아파하는 모습을 보고 싶었던 것은 아니다.

"해가 바뀌고 로하나 영지에 다녀오면 그때 엘자냐 저택에 들르려무나."

결국 레인하드가 수심 가득한 얼굴로 한숨을 내쉬었다. 베로니카는 그 모습에 어떻게든 아버지 얼굴에 드리워진 그늘을 지우고 싶었다.

"아버지."

베로니카의 부름에 서류를 온전히 침대 옆 탁자 위에 내려놓은 레인하드가 그녀를 바라보았다. 베로니카는 베개를 후작의 옆에 놓고는 팡팡 두드리며 웃었다. 아버지의 가라앉은 심경을 위로하고자 생전 부리지 못한 애교를 부리기 위함이었다.

"오늘 밤은 여기서 자고 갈래요. 그래도 되죠?"

고양이 눈매를 동그랗게 뜨고 그렇게 물어오면 거절할 수 없다. 딸아이의 사랑스러운 애교에 레인하드는 입매를 어루만졌다. 저도 모르게 퍼져 나간 미소 때문이리라.

*   *   *

생각보다 시간의 흐름은 빠르게 흘러갔다. 느긋하게 여유를 부리다 보니 벌써 어린 베로니카로 돌아온 후 석 달이란 시간이 흘렀다. 그동안 로웰의 저택을 방문하거나 혹은 그가 웨일스가를 방문하지 않는다면 아리스타가 찾아와 그녀를 귀찮게 하곤 했다. 가끔은 캐서린도 호의 어린 얼굴로 찾아와 그녀에게 아리스타에 대해 이것저것 캐묻고 사라지기도 했다.

베로니카는 속절없이 흘러가는 시간이 못내 아쉬웠다. 그래 봐야 아직도 열두 살에 불과했지만, 베로니카는 그렇게 흘러가는 시간이 더없이 아쉽고 또 아쉽다고 느꼈다.

달그락달그락.

가볍게 흔들리는 마차 안에서 베로니카는 곱게 앉아 마차 밖의 풍경을 감상했다. 렌프루 공작가로의 거리는 그다지 멀지는 않았으나, 그렇다고 가까운 거리도 아니었다. 공작가는 대개 수도 아트라한과 밀접해 있는 곳에 위치해 있기 때문이다.

위니들의 웃음소리가 마차 안을 가득 메웠다. 그렇다 할지라도 그들의 목소리는 베로니카밖에 들을 수 없는 것이라 소란스러울 일도 없었다. 베로니카는 곱게 눈웃음을 지으며 위니들을 사랑스럽게 바라보았다.

소피아와 메이는 베로니카가 무엇을 보고 즐거워하는 것인지는 알 수 없었으나, 베로니카의 웃음에 그녀들 또한 기분이 좋아지는 것을 느꼈다.

[꺄르르. 베르!]

[베르가 보고 싶다고 했어!]

[그들뿐만이 아니야!]

[모두가 베르를 보고 싶어 하지!]

베로니카를 바라보는 위니들은 짐짓 위세를 떠는 양 어깨를 치켜세웠다. 그 모습이 너무나도 귀여워서 베로니카는 결국 미소를 지었다.

"그들이라면?"

베로니카의 물음에 위니들이 그녀의 주위를 뱅글뱅글 돌기 시작했다. 위니들과 있으면 언제나 즐겁다. 조용한 자신과는 다르기 때문일까. 베로니카는 위니들의 소란스러움을 좋아했다.

[꽃의 정령들!]

[땅의 정령들도 보고 싶다고 했어.]

[빛의 정령들도 그랬어.]

그들의 말에 베로니카가 잠시 이해하지 못하겠다는 얼굴로 고개를 갸웃거렸다. 그녀야 위니들 외에 정령들을 볼 수는 없지만 정령들은 다를 것이라 생각했기 때문이다. 또한 실제로도 그들은 자연의 일부이기 때문에 원한다면 그녀를 얼마든지 볼 수 있었다.

"…너희는 나를 볼 수 있잖아."

베로니카가 허공을 향해 말했다. 하지만 겉으로 보기에는 아무리 보아도 혼잣말을 하는 것으로밖에 보이지 않았다. 덕분에 메이는 물론 소피아조차 답지 않게 경악스러운 얼굴을 하고 그녀를 바라보았다.

아무리 두 눈을 크게 떠보아도 베로니카는 혼잣말을 하고 있었다. 그녀들의 눈에 위니들이 보일 턱이 없었다. 그 모습에 베로니카는 잠시 그녀들의 눈치를 살폈지만, 크게 신경 쓰지 않았다. 그런 시선들에 세세하게 신경 쓰는 것도 피곤한 일이었다. 위니들이 꺄르르 웃음을 터뜨렸다.

[그런 의미가 아니야!]

[베르에게 이름을 받고 싶어 해!]

[그들은 우리처럼 베르와 어울리길 원하는 거야.]

위니들의 말에 베로니카가 그제야 고개를 끄덕였다. 그리고 그녀의 양 볼에 홍조가 피어올랐다. 사실 그녀도 위니들 외에 다른 정령들도 보고 싶은 것이 사실이다. 위니들만큼이나 귀여운 걸까. 궁금증이 들었다.

"참, 소피아, 전에 내가 부탁했던 건 어떻게 됐어?"

베로니카가 위니들을 바라보다가 고개를 돌려 소피아를 향해 물었다. 그러자 차분히 그녀의 앞에 앉아 있던 소피아가 고개를 들었다. 소피아는 잠시 생각을 정리하는 얼굴로 말이 없었다.

"…마시는 순간 손끝에서부터 새하얗게 굳어 종래에는 새파란 얼굴로 발작을 일으키며, 순식간에 절명하게 되는 맹독성 풀에 부합하는 독초가 세 가지 정도 있었습니다."

소피아가 낮은 목소리로 베로니카 가까이 속삭였다. 그 모습에 메이가 궁금증 어린 시선으로 그녀들을 바라보았다.

"젠드라임과 말레초, 그리고 론타인입니다."

소피아의 말에 베로니카가 고개를 끄덕였다. 그녀 죽을 때 마셨던 독초는 미세하게조차 색이 변하지 않았다. 보통은 독초 가루를 차에 타면 색이 변하기 때문에 색이 진한 차에 타게 마련인데, 미란다가 타주었던 차는 옅은 색이었으며 심지어 미세한 색의 변화조차 없었다.

"그중 차에 섞어도 색이 변하지 않는 것은 젠드라임과 론타인뿐입니다."

범위가 줄었다. 하지만 젠드라임과 론타인이라면 답은 정해져 있었다. 베로니카는 만족스러운 얼굴로 고개를 끄덕였다. 미란다가 그녀에게 탔던 독초 가루는 론타인일 것이 분명했다.

젠드라임은 사막 지대에서밖에 나질 않는 독초라 그 가격이 어마어마했다. 미란다의 재정 상태로 그만한 독초를 구할수 있을지는 몰라도 사용하게 되면 필시 캐드릭 공작가 장부에 기입될 것이다. 그녀의 사비를 사용했다 해도 말이다. 반면 론타인은 그보다 더 저렴한 가격에 구입을 할 수 있기 때문에 미란다의 입장에서는 론타인을 구입할 수밖에 없었을 것이 분명했다.

"소피아, 다음엔 론타인과 젠드라임을 취급하는 밀거래 상단의 명단을 뽑아다 줘."

"알겠습니다."

소피아는 유능했다. 과거 클라라 상단을 운영하며 소피아에게 이것저것 복잡하고 다소 무리가 있는 지시를 내려도 곧잘 처리하곤 했다. 그리고 베로니카는 그때의 소피아가 그랬던 것처럼 현재의 소피아에게 역시 실험적으로 몇 가지 지시를 내리다가 근래에는 캐드릭 공작을 암살하려 했던 뒷배를 캐는 데 전력을 투입시켰다.

그녀의 예상대로 소피아는 지시를 훌륭하게 처리하는 유

능한 시녀였다. 베로니카는 만족스러운 한숨을 내쉬었다.

그때 마차가 멈추었고, 그녀는 휴버트의 에스코트를 받으며 마차에서 내려섰다. 드레스 자락을 쥐고 있던 손을 놓고 걸음을 옮기자, 뒤에서 메이가 조심스레 부채를 건넸다. 그리고 베로니카의 머리 위로 소피아가 양산을 펼쳤다. 따사로운 햇살로부터 베로니카의 피부를 보호하기 위함이었다. 또한 귀족 영애로서의 과시이기도 했지만 말이다.

베로니카는 천천히 자신의 드레스를 바라보며 어깨에 걸친 숄을 살짝 내려 민소매 드레스로 인해 훤히 드러난 맨 어깨를 강조했다. 그리고 두 손을 배 앞으로 모아 부채를 쥐어 숄이 양팔 위로 흘러내리도록 두었다.

오늘 역시 마담 랑베르에게 주문했던 그녀가 직접 디자인한 드레스를 입었는데, 오늘의 포인트는 민소매 상의에 가슴부터 목까지 올라오는 부분이 모두 꽃무늬 자수로 이루어진 망사였다. 머리를 높게 틀어 올려 망사와 드러난 맨 어깨를 강조했고, 목걸이를 하지 않는 대신 머리 장식을 화려하게 달았다.

언제나 그녀가 직접 디자인한 드레스를 입을 때면 소피아와 메이가 선망의 눈초리로 감탄사를 흘리곤 했는데, 이번 역시 예외는 아니었다. 휴버트마저 잠시 시선을 줄 정도로 매력적인 디자인이었다.

베로니카는 천천히 자신의 드레스를 훑어보고 만족스러운
얼굴로 드레스를 정리하며 걸음을 옮겼다.

[로웰은 모두를 볼 수 있어.]

[진실의 눈을 가진 자니까.]

[당연해! 그는 축복을 받았잖아.]

위니들이 그녀 주위를 맴돌며 시끄럽게 재잘거렸다. 대체
그들 사이로 무슨 말들이 오가는지 베로니카는 알 도리가 없
었다. 위니들은 언제나 알 수 없는 말을 하곤 했다. 하지만 그
것들이 때로는 중요한 말일 때가 있다.

위니들은 자연의 일부로서 많은 것을 알고 있지만 또는 많
은 것을 방관한다. 그 말 그대로 자연의 일부이기 때문이었
다. 베로니카가 잠시 발걸음을 멈추고 위니들을 바라보았다.
서늘한 바람이 그녀의 볼가를 스치고 지나간다. 위니들이 바
람을 몰고 그녀 주위를 날아다니는 탓에 베로니카는 바람의
영향을 많이 받았다.

로웰이 사실은 비밀이 많은 사람이라는 것쯤은 알고 있었
다. 그의 황금색 눈동자만 보아도 그랬다. 공작가의 어느 사
람도 그와 같은 황금색 눈동자를 가지지 않았다. 그러므로 그
가 강한 신성력을 가지고 있다는 것이 확실해졌다. 아리스타
가 전에 얼핏 그녀에게 흘렸던 이야기를 떠올렸다. 신성국이
로웰에게 관심을 표하고 있다고 했지. 그렇다면 역시 그의 길

은 사제로서의 길인가. 사실 그는 공작가의 셋째였으므로 뚜렷한 자신의 목표가 필요했다.

"…휴버트."

갑작스런 베로니카의 물음에 렌프루가로 들어서려던 휴버트의 발걸음이 멈추었다. 그런 그를 바라보며 고개를 갸웃거리던 그녀가 눈매를 치켜뜨고 그를 바라보았다.

물론 베로니카 입장에서 휴버트가 키가 크기 때문에 올려다보며 눈을 동그랗게 뜬 것이었지만, 베로니카의 눈매가 워낙 날카로워서 휴버트의 입장에선 치켜뜨는 것으로 보였다.

"안젤리카가 렌프루 공작가의 테일드 제플린과 친우 사이라 했지요?"

베로니카의 물음에 휴버트가 작게 고개를 끄덕이며 수긍했다.

"둘도 없는 친우 사이입니다. 두 분 모두 검술의 귀재이시니까요."

휴버트의 말에 베로니카가 고개를 끄덕였다. 오늘 휴버트가 따라나선 것도 그가 개인적으로 검술의 귀재라는 테일드와 종종 검술 대련을 하기 때문이었다.

"베로니카, 오랜만입니다."

렌프루 공작가에 들어서자 로웰이 환한 미소로 그녀를 맞이했다. 한참 성장기라 그런지 키가 그새 더 자란 듯싶었다.

청색 머리카락에 날카로운 이목구비. 자칫하면 싸늘하고 냉랭해 보일 수 있는 이미지가 미소를 지으니 단번에 녹아버린다. 어쩌면 그녀보다도 더 아름다워 보이는 미소에 베로니카는 미간을 모으고 가만히 그가 내민 손을 잡았다.

종종 렌프루가에 방문하곤 했지만, 로웰은 늘 그렇듯 부담스러울 정도로 그녀를 환대했다. 하지만 그녀 또한 늘 그렇듯 담담한 얼굴로 그가 이끄는 대로 걸었다.

"다른 정령들을 보는 건 어떻습니까?"

로웰의 물음에 별생각 없이 걸음을 옮기던 베로니카의 시선이 그에게로 닿았다. 이제는 고개를 꺾어 올려다봐야 할 정도다. 그것이 못내 못마땅해 작게 눈매를 일그러뜨린 베로니카가 고개를 저었다.

"그렇군요."

그가 가볍게 고개를 끄덕이며 수긍했다. 그는 잠시 생각에 잠긴 듯 말이 없었다. 그럴 때면 언제나 무서우리만치 표정이 없어진다. 마치 그것이 원래 자신의 표정인 양. 하지만 베로니카는 신경 쓰지 않았다. 그보다는 그것 또한 관심이 없었기 때문이기도 했다. 그녀는 잠시 로웰의 얼굴을 빤히 바라보다가 조심스럽게 입을 열었다.

"제 영혼에 대해선……."

베로니카의 물음에 그제야 그의 시선이 그녀에게로 닿았

다. 베로니카가 가볍게 말끝을 흐리며 걱정스런 기색을 보이자, 그 역시 안타까운 얼굴로 고개를 저었다. 그 모습에서 베로니카는 어느 정도의 대답을 예상하고 있었다.

"아무래도 신성국을 방문해야 할 것 같습니다."

로웰의 대답에 베로니카의 얼굴이 어두워졌다. 그녀가 어째서 과거로 돌아오게 된 것인지 그 이유를 찾고자 렌프루가에 자주 방문했다. 로웰과 그것에 대한 진중한 대화를 하기 위함이었다. 다행히도 그는 성심성의껏 그녀를 도와주었다. 하지만 결국엔 알아내지 못했다. 그는 단지 그녀의 영혼이 이 세계와 이질감이 있는 것만 알 수 있다고 했다. 그리고는 신성국을 방문해 신의 부름을 받아보는 것이 어떻겠느냐고 권해왔다. 하지만 말이야 쉽지, 신의 부름을 받는 것이 쉬운 일일 수 없었다.

또한 신성국은 리비엘라 제국과 꽤나 먼 위치에 있는 성지다. 그리고 현재의 상황에서 아무 사실도 모르는 아버지가 허락할 리 없었다. 베로니카는 아직 성년식도 치르지 않은 미성년이었기 때문이다.

"어쩌면······."

로웰이 잠시 말끝을 흐리자 베로니카가 그를 바라보았다. 그러자 그가 부드럽게 미소를 지으며 그녀의 손을 이끌었다. 그가 걱정 말라는 얼굴로 그녀를 향해 웃었다. 그의 웃음은 늘 상대방에게 편안함을 안겨주었다. 어쩐지 안심이 되는 미소다. 본인 역시 자신의 미소에 그런 영향력이 있다는 사실을 잘 알고 있을 테다. 베로니카는 그렇게 생각했다. 로웰이 짓고 있는 확신 어린 표정이 그랬으니까.

"잠들어 있던 세계가 깨어날 조짐일지도 모르겠군요."

로웰의 말에 베로니카가 고개를 갸웃거렸다. 그의 말은 위니들이 하는 것만큼이나 이해하기 어려운 부분이 많았다. 대체 그는 어디까지 진실을 아는 것일까. 그리고 또한 그는 어떻게 그런 사실들을 알 수 있는 것일까.

"잠들어 있던… 세계라뇨?"

베로니카의 물음에 그가 부드럽게 미소 지으며 그녀의 얼굴로 흘러내린 머리카락을 정리해 줬다. 매우 친근한 행동이었지만, 베로니카는 그다지 신경 쓰지 않았다. 상대가 로웰이었기 때문이다.

"베로니카가 정령을 볼 수 있게 된 것이 우연이 아닐 수도 있다는 말이죠."

도무지 로웰이 하는 말은 알아들을 수가 없었다. 위니들의 대화와도 비슷했다. 베로니카가 작게 미간을 찌푸렸다. 하지만 로웰은 더 이상의 부연 설명은 해주지 않았다.

"최선을 다해서 베로니카를 돕겠습니다. 그대가 이곳에 숨을 쉬고 있어야 저도 안심하고 살아갈 수가 있을 것 같습니다."

그렇게 말하며 로웰은 그녀의 머리카락을 들어 올려 키스했다. 그러면서도 그녀에게선 눈을 떼고 있지 않았는데, 어찌나 그 모습이 매력 있어 보이던지 베로니카는 저도 모르게 양볼을 붉혔다. 가끔 가다 이렇게 비추는 그의 속마음은 어두운 색이 가득 일렁거리고 있어 그녀의 심경을 복잡하게 만들었다.

"너무 걱정 마십시오, 베로니카. 그대는 제게 단 하나뿐인 빛이니까요."

정원에 들어선 베로니카는 로웰의 말을 곱씹으며 곰곰이 생각에 잠겼다. 하지만 그도 그녀를 다시 부르는 로웰로 인해 깨어지고 말았다. 그와 그녀는 정원 한구석에 자리를 잡고 앉았다. 로웰에 대한 상념을 접고 멍하니 땅을 바라보던 베로니카는 고개를 돌려 로웰을 바라보았다.

"오늘도 도와주지 않을 건가요?"

베로니카의 물음에 로웰이 웃었다. 그가 고개를 저으며 어깨를 으쓱였다.

"도와준다고 해서 할 수 있는 종류의 것이 아니지 않습니까."

로웰의 대답에 베로니카가 미간을 모으고는 고개를 끄덕

였다. 그 후로 그녀는 입을 다물었고, 로웰은 말없이 웃으며 그녀를 정원으로 이끌었다. 그들의 주위로 평소보다 많은 위니들이 맴돌고 있었다. 로웰과 함께 있으니 자연 친화력이 한층 강화되기라도 하는 걸까. 베로니카는 고개를 갸웃거리며 위니들을 향해 미소 지어주었다.

로웰 역시 그녀의 옆에 앉아 익숙하게 책을 펼쳐 들었다. 그런 그를 힐끔 바라본 베로니카는 작게 미간을 찌푸리고는 살며시 손을 뻗어 흙을 움켜쥐었다. 위니들은 그렇게나 쉽게 나타났는데 다른 정령들은 왜 나타나질 않는 것인지 알 수 없었다.

벌써 다른 정령들을 불러내고자 노력한 지 두 달이 흘렀다. 정말 나타나기는 하는 건지 의구심이 들었지만 포기하지 말라는 로웰과 위니들의 말에 용기가 생겼던 것도 도로 수그러들 만큼 지겨운 시간이다. 베로니카는 고개를 절레절레 흔들고는 상념을 집어넣었다.

살며시 두 눈을 감고 온몸의 기를 열었다. 눈을 뜨고 있으면 오히려 감각에 방해를 느끼기 때문에 눈을 감는 것이다. 그럼으로써 몸의 감각이 한층 더 예민해진다. 귀로는 바람 소리와 함께 낙엽이 흔들거리는 소리가 들려왔다.

베로니카는 온 신경을 손의 감각에 집중했다. 만져지는 흙의 감촉을 느끼면서 몸을 순환하는 기(氣)를 느끼는 것이다.

고도의 집중력을 요하는 이 작업은 베로니카를 몇 번이나 실패의 길로 인도하기도 했다. 하지만 이번엔,

꿈틀.

무언가 움직였다. 베로니카의 손 밑으로 무엇인가가 움직였다. 두 달 가까이 고생을 해도 반응이 없더니 이번에는 시도하자마자 단번에 반응이 온다. 베로니카는 놀라지 않고 침착하게 그것에 온 신경을 기울였다. 그러자 다시 한 번,

꿈틀.

베로니카의 입가에 슬며시 미소가 퍼져 나갔다.

[드디어 베르를 만났군요.]

차분한 음성이 귓가에 들려왔다. 그와 동시에 흙을 움켜쥔 그녀의 손을 비집고 무엇인가가 솟아나왔다. 베로니카는 조심스럽게 두 눈을 떴다. 그녀의 손을 살며시 옆으로 치운 꼬마 요정이 몸에 묻은 흙을 털어내고 있었다. 그는 차분한 얼굴로 흙 위에 무릎을 꿇고 앉아 두 손을 자신의 무릎 위에 올려놓는 정중한 자세로 베로니카를 올려다보았다.

꼬마 악동 같은 이미지의 위니들과는 다르게 차분하고 조숙한 소년의 이미지를 풍기는 꼬마 요정이 베로니카를 초롱초롱한 눈매로 올려다보고 있었다. 귀여운 세모꼴 모자를 뒤로 길게 늘어뜨려 쓴 위니들과는 또 다르게 땅의 정령은 자신의 머리에 딱 맞은 동그란 천으로 된 귀여운 모자를 쓰고 있

었다.

"나도 반가워."

베로니카의 양 볼이 흥분으로 붉게 달아올랐다. 가만히 그
모습을 바라보던 로웰이 웃음을 터뜨리고는 책을 덮었다. 그
가 살며시 그녀의 옆에 몸을 숙이고는 똑같이 땅의 정령을 바
라보았다. 베로니카는 어느새 자신의 옆에 바짝 붙어선 로웰
도 모른 채 두 손으로 양 볼을 감싸고는 어쩔 줄 모르겠다는
얼굴로 땅의 정령을 바라보았다.

"베로니카."

로웰의 부름에 그제야 베로니카의 시선이 그에게로 닿았
다. 베로니카의 귀여운 표정에 로웰은 결국 웃음을 터뜨리고
는 그녀의 머리를 부드럽게 쓸어 넘겨주었다.

"이름을 기다리는 것 같습니다."

로웰의 말에 베로니카가 알았다는 얼굴로 다시 땅의 정령
을 내려다보았다. 베로니카의 시선이 자신에게로 쏠리자 땅
의 정령이 다소곳이 앉아 부끄럽다는 듯이 고개를 내렸다. 그
모습에 또 너무나 귀여워 베로니카의 얼굴이 새빨갛게 달아
올랐다.

로웰이 고개를 저으며 그녀의 이마에 자신의 차가운 손을
올렸다. 그제야 다시 정신이 든 얼굴로 베로니카가 땅의 정령
을 가만히 내려다보았다. 한참을 말없이 땅의 정령을 내려다

보는 것으로 보아 이름을 생각하고 있는 것이 분명했다.

"코이(Coy)."

그때, 고심에 고심을 거듭한 베로니카가 나직이 한 단어를 내뱉었다. 로웰의 시선은 물론 위니들과 땅의 정령의 시선 또한 베로니카에게로 향했다. 그러자 흙 사이로 여러 개의 머리가 순식간에 솟아오르더니 또 다른 땅의 정령들이 양 볼을 발그레 물들이고는 베로니카를 바라보았다.

"수줍은 아이라는 뜻이야."

베로니카는 아무 말도 잇지 못하고 온몸을 꼬며 고개를 숙이는 땅의 정령들을 바라보며 다시 한 번 그 뜻을 굳혔다. 그녀의 입가에 물감처럼 미소가 번졌다. 확실히 이 이름이 그들에게 잘 어울린다고 생각했다.

"잘 부탁해, 코이."

그녀의 말에 땅의 정령들이 일제히 그녀를 향해 고개를 숙였다. 그리고는 밝은 얼굴로 그녀를 바라보며 눈을 초롱초롱 빛냈다.

[저희도 잘 부탁드려요, 베르]

[감사합니다, 베르!]

[만나서 정말 반가워요.]

차례로 코이들의 인사가 이어졌다. 시끄럽게 조잘거리는 위니들의 수다와는 달랐다. 차분하고 조용한 어조. 베로니카는 만족스러운 얼굴로 고개를 끄덕였다. 로웰 역시 입가에 잔잔한 미소를 띠고 그런 그녀를 바라보았다.

"축하합니다."

로웰의 목소리에 베로니카의 시선이 다시 한 번 그에게로 향했다. 그러자 그의 미소가 더욱 짙어졌다. 그리고는 얼굴로 흘러내린 그녀의 머리칼을 쓸어 넘겨주며 웃었다.

"두 번째 정령을 만난 것을 축하드립니다, 베로니카."

로웰의 말에 베로니카의 얼굴이 더욱더 환하게 밝아졌다. 그녀가 진정으로 기쁘다는 얼굴로 마주 미소 지으며 고개를 끄덕였다. 흥분이 가시지 않은 얼굴로 그녀가 다시 코이들을 돌아보았다.

"이제 다른 정령들을 보는 것도 수월해지겠군요."

로웰의 말에 베로니카가 고개를 갸웃거리며 그를 돌아보았다. 그가 부드럽게 웃으며 품에서 손수건을 꺼내었다. 그리고는 가만히 베로니카의 가는 팔을 잡아 손에 묻은 흙을 모두 털어주었다.

"베로니카의 의지로 코이들을 불러냈으니 이제 다음부터는 쉬울 겁니다."

그 말에 베로니카가 두 눈을 반짝이며 그를 바라보았다.

"정말인가요?"

베로니카의 흥분 어린 외침에 그가 결국 크게 웃음을 터뜨렸다.

"정말입니다."

그에 베로니카가 자리에서 벌떡 일어나 환호의 외침을 내질렀다. 코이들이 기쁜 얼굴로 흙바닥을 뒹굴고 있었고, 위니들이 밝은 얼굴로 그녀의 주위를 맴돌았다. 가만히 그 모습을 바라보던 로웰은 다시 시선을 돌려 그녀의 시선을 기다리는 다른 정령들을 바라보았다.

아직 그녀를 만나지 못한 꽃의 정령, 나무의 정령들이 제각기 숨어서 몰래 그녀를 훔쳐보고 있었다. 그 모습에 로웰은 고개를 절레절레 흔들고 말았다. 어쩌면 저렇게도 정령들을 끌어 모을 수 있는 것인지 그 능력이 감탄스러웠다.

정령의 사랑을 받는 소녀라. 로웰은 가만히 손으로 턱을 쓸며 기쁨의 환호를 내지르고 있는 베로니카를 바라보았다. 확실히 눈이 갈 만큼 반짝이며 빛나고 있긴 했다. 자신과는 다르게 말이다.

로웰의 눈동자가 차갑게 식어 내렸다. 그는 피곤한 얼굴로 자신의 눈두덩을 손바닥으로 문질렀다. 눈이 퍽퍽했다. 보이지 않는 진실을 보고 있었더니 눈에 금세 피로가 찾아들었다. 그리고 그는 작게 조소했다.

황금색 눈동자. 그것을 가진 것에 안도하는 동시에 저주한다. 이 이율배반적인 감정. 그는 가만히 눈두덩을 매만졌다.

눈을 감으면 만져지는 눈두덩의 상처. 이제는 옅어 없어져 가지만 아직까지 그 잔재는 남아 있었다. 어릴 적 황금색 두 눈을 도려내고 싶어 스스로 칼을 들이민 흔적이다. 동시에 가슴 언저리에도 새겨져 버린 씻을 수 없는 상흔.

"로웰?"

그의 상념을 비집고 밝고 경쾌한 목소리가 들려왔다. 약간은 낮고 보이시한, 조금 더 나이를 먹으면 성숙함의 매력까지 더해 청각을 사로잡을 만한 목소리였다. 두 눈을 동그랗게 뜨고 그를 바라보는 것이 어쩜 이리도 사랑스러울 수 있을까.

그녀가 나타나기 이전의 그는 세상에 오로지 저 혼자만이 다른, 홀로 사람들과 동떨어진 외로운 사람이라고 생각했다. 그래서 수도 없이 절망을 하고 스스로에게 생채기를 내며 저 혼자 고통스러워했다. 하지만 그 사실은 아무도 알아주지 않았고, 이해해 주지 못했다.

그가 얼마나 깊은 고독과 외로움 속에 혼자였는지 그녀는 모를 것이다. 그녀의 존재가 그에게 있어 언제나 갈망하던 구원이었다는 사실을 그녀는 모를 것이다.

그의 입가에 다시금 옅은 미소가 떠올랐다. 그제야 베로니카의 얼굴에 안도 어린 기색이 감돌았다. 그녀는 다른 사람의 감정에 놀라우리만치 민감하다. 마치 오래된 연륜과 경험에 의한 것처럼 말이다.

"베로니카!"

그 순간 으르렁, 맹수의 포효와도 같은 외침이 들려왔다. 베로니카는 갑작스럽게 들려온 아리스타의 목소리가 정말로 맹수의 것과 같다고 생각했다. 동시에 그 목소리를 따라오는 가는 음성.

"리차드! 잠시만요!"

베로니카는 맹렬히 눈동자를 굴려 짐짓 태연한 척 정령들에게로 시선을 돌렸다. 그리고 정령들 역시 익숙한 동작으로 모습을 감추었다. 그러자 정원을 가르고 화려한 금발을 찰랑이며 아리스타가 달려들었다.

로웰은 앉은 다리 위에 팔꿈치를 대고 그 손 위에 얼굴을 기대며 그들의 행동을 가만히 관망했다. 아리스타를 따라서 피둥피둥 살을 찌운 캐서린이 쟁쟁걸음으로 걸어왔다. 제 스스로도 뛰어다니는 모습을 다른 이에게 보이는 것이 귀족 체면에 어울리지 않는다는 것을 안 것이다. 그러면서도 아리스타를 놓치지 않겠다고 빠르게 발을 놀리는 걸음은 보는 사람이 다 우스워 웃음이 나올 지경이었다.

"둘이 뭐 하는 거지?"

아리스타는 마치 바람난 부인의 외도를 목격한 사내처럼 베로니카와 로웰을 추궁했다. 아리스타의 경계 서린 목소리에 캐서린이 깜짝 놀란 얼굴로 잠시 뒷걸음을 친다. 하지만 다시 굳은 결심이 서린 얼굴로 아리스타의 옆에 바짝 붙어 섰다. 베로니카의 얼굴에 새침한 표정이 어렸다. 그녀는 도도하고 오만한 얼굴로 턱을 치켜세우고 아리스타를 바라보았다.

"넌 알 거 없어."

턱을 치켜들고 베로니카가 냉정히 잘라 말했다. 지금의 그녀는 아리스타의 가면을 알고 있고, 아리스타는 그 사실을 이제 숨기지 않았다. 그래서인지 과거보다 그녀를 향한 괴롭힘이 한층 더 과감해졌다.

절대적으로 그와 엮이고 싶지 않았기 때문에 베로니카는 그에게 먼저 다가간 적이 없었다. 여태껏 그와의 모든 접점은 순전히 아리스타의 노력이었다. 다시 돌이켜 보니 참으로 눈물겨운 노력이었다. 대체 어디서 주워들은 것인지, 여기에 그녀가 있다는 사실은 또 어떻게 알고 찾아왔는지 모르겠다. 게다가 아리스타는 왜 이토록 자신에게 집착하는 것인가.

"뭐야?"

아리스타가 어이가 없다는 얼굴로 그녀를 향해 외쳤다. 귀족 영애가 교양 없이 말한다 하며 아리스타가 베로니카를 비난하고 비꼬았다. 그 기세가 제법 살벌하고 살얼음판 같아 캐서린이 잔뜩 놀란 얼굴로 흠칫거렸지만 그는 아랑곳없었다. 그런 말을 내뱉는 아리스타야말로 교양이 없는 것 아닌가 따지려던 베로니카는 그 말을 도로 삼켰다. 괜한 분쟁을 일으키고 싶지 않았기 때문이다. 그리고 계속되는 아리스타의 질책에 베로니카가 미간을 찌푸릴 찰나 로웰이 자리에서 슬며시 일어섰다.

"식사 때가 되었군요. 식사를 준비하라 이를 테니 안으로 들어가서 이야기하도록 하죠. 공기가 참니다."

로웰이 가볍게 베로니카의 어깨를 감싸며 말했다. 그 모습에 또 방해를 당한 아리스타가 으르렁거리며 이를 갈았다. 하지만 로웰은 가볍게 콧방귀를 뀌었을 뿐이다.

"잠깐."

아리스타가 로웰의 어깨를 붙잡았다. 베로니카의 어깨를 감싸고 저택으로 들어서려던 로웰의 눈썹이 치켜 올라갔다. 그가 가만히 손을 들어 어깨에 놓인 아리스타의 손을 치워냈다.

로웰에게 손이 내쳐진 아리스타가 잠시 못마땅한 표정을 내보였지만, 곧 아무렇지 않은 얼굴로 웃었다. 그리고 가벼운 동작으로 로웰의 귓가를 향해 고개를 숙였다.

"속셈이 뭐지?"

어느새 아리스타는 본래의 가면을 뒤집어쓴 채 해맑은 미소를 입가에 걸고 있었다. 그 모습을 가만히 바라보던 로웰이 힐끔 베로니카를 바라보았다. 눈동자를 동그랗게 뜨고 의아한 얼굴로 그들을 번갈아 바라보는 그녀가 눈에 들어왔다.

로웰은 아리스타를 향해 가볍게 어깨를 으쓱였다. 워낙 조심스럽고 작은 목소리로 말한 탓에 베로니카는 바로 옆에 있음에도 듣지 못했다. 로웰이 문득 웃음을 터뜨렸다. 그리고 마찬가지로 아리스타 가까이 고개를 숙인 그가 작게 속삭였다.

"무슨 말이신지?"

로웰이 가볍게 그의 말에 대꾸했다. 그의 눈동자가 부드럽게 휘어졌다. 재미있다는 기색이 역력했다. 아리스타의 미소가 살짝 일그러졌지만, 다시 햇살 같은 미소로 로웰을 바라보았다.

"시치미 뗄 생각 마, 반 렌프루. 네 녀석이 로웰 클라우스 반 렌프루가 아니란 사실도 알고 있지."

귓가로 낮게 속삭인 아리스타의 말에 로웰이 잠시 멈칫했다. 그가 가만히 생글생글 미소 짓고 있는 아리스타를 바라보다가 이내 시선을 돌렸다. 그러자 베로니카가 어리둥절한 얼굴로 로웰과 아리스타를 번갈아 바라보는 것이 보였다.

로웰은 못마땅한 얼굴로 미간을 모았다. 아리스타와의 이야기가 길어질 것 같았다. 로웰은 아리스타가 그에게 꺼낼 말이 무엇인지 어느 정도 짐작하고 있었다.

그가 미간을 모은 것이 자신으로 인한 곤란함인 줄 알았는지 아리스타가 승리의 미소를 입가에 그렸다. 하지만 로웰은 아무렇지 않은 얼굴로 어깨를 으쓱이며 한숨을 내쉬고는 시선을 돌려 베로니카를 향해 미소 지었다.

"죄송합니다, 베로니카. 그리고 로드 오르시니. 실례지만, 먼저 들어가 계시지 않겠습니까?"

로웰의 정중한 물음에 베로니카와 캐서린이 의아한 얼굴로 그들을 번갈아 바라보았다. 캐서린은 고집스런 얼굴로 자리에 서 있었지만, 곧 베로니카가 그녀를 이끌고 자리를 비웠다. 분명 그녀는 눈으로 본 것만으로 현재 상황을 대강 이해하고 있는 것 같았다. 그녀는 다른 사람의 감정에 민감하게 반응하곤 했으니까.

가만히 그녀들이 저택 안으로 들어서는 것을 바라본 로웰의 시선이 다시 아리스타에게로 향했다. 보는 눈이 없어진 지금, 아리스타의 얼굴엔 본래의 표정이 자리 잡고 있었다. 얼굴 한 가득 조소를 머금고 있는 오만한 모습. 로웰은 아무런 반응 없이 물끄러미 그런 그를 바라보았다.

"무슨 근거로 그리 주장하는지 모르겠군요."

로웰이 어깨를 으쓱이며 웃었다. 여유로운 모습이다. 로웰의 능글맞은 대꾸에 아리스타가 부득 이를 갈았다. 하지만 여전히 로웰은 대답할 생각이 없다는 얼굴로 미소만 짓고 있을 뿐이었다.

"그럼 네 녀석은 네 황금색 눈동자가 신성력에 의한 것이

란 걸 증명할 수 있나?'

로웰의 미소가 경직되었다. 그 모습에 승기를 잡았다고 생각한 아리스타가 한쪽 입꼬리를 길게 늘어뜨리며 웃었다.

"그렇다면 네가 리비엘라의 저주받은 그림자 황족이 되겠군."

아리스타의 말에 로웰의 얼굴에 놀랍다는 기색이 어렸다. 그의 눈초리가 탐색하듯 천천히 아리스타를 훑어 내렸다. 이 윽고 그가 눈을 가늘게 뜨고 아리스타를 바라보았다.

"그림자 황족을 어떻게 알고 있지?'

로웰의 물음에 아리스타가 당연하다는 얼굴로 어깨를 으쓱였다.

"그런 것까지 알려줘야 하나?'

아리스타의 대꾸에 로웰의 얼굴에 못마땅한 기색이 어렸다.

"정곡을 찔리는 기분이 어때, 반 렌프루? 아! 그댄 반 렌프루가 아니었지."

아리스타의 노골적인 비웃음에 로웰이 나직이 한숨을 내쉬었다. 그의 얼굴에 다시 부드러운 미소가 어리자 반대로 아리스타의 미간이 찌푸려졌다.

"미안하지만, 아리스타. 난 로웰 클라우스 반 렌프루. 렌프루가의 세 번째 빛입니다."

"정말로 그렇다면 증거를 대봐."

아리스타가 여유로운 얼굴로 로웰을 바라보았다. 증거를 대보라고 해도 그가 증거를 보여줄 수 없다는 사실을 알고 있었기 때문이다. 그가 진짜 신의 힘이라 일컫는 신성력을 가지고 있든 그렇지 않든 신성력이란 건 전설에 가까운 능력이기 때문이 사용이 불가능하다.

실제로 신성국에서 칭하는 신성력은 단순한 신의 기운일 뿐. 그가 신성력으로 인해 황금색 눈동자를 가졌다고 한들 증명해 보일 수 없을 테다. 그렇게 된다면 여유로운 마음으로 베로니카에게 가까이 하는 것에 대한 협박이 가능해진다. 필요에 의해 여러모로 이용 가치가 높은 베로니카를 막아서는 로웰은 일찍이 제거할 필요가 있는 상대였다.

"베로니카가 먼저 깨닫길 바랐는데, 아쉽군요."

"…뭐?"

눈썹을 치켜뜬 아리스타의 반문에 로웰이 낮게 웃음을 터뜨렸다.

"세계가 깨어나고 있다는 사실 말이죠."

말이 끝남과 동시에 로웰의 손에서 새하얀 빛이 쏟아져 나왔다. 아리스타는 크게 놀란 듯 눈을 크게 뜨고 그 모습을 바라보았다. 압도적이다. 신성하다고밖에 여길 수 없는 맑은 기운은 신성력이란 걸 모르는 그에게도 확실히 '이것은 신성력'이다고 느낄 수 있게 만들었다.

그것을 깨달음과 동시에 그 기운은 순식간에 사라지고 없었다. 주위를 신성하게 밝히던 빛이 사그라지자 알 수 없는 얼굴로 로웰이 서 있었다.

"이제 믿겠습니까? 제가 신성력을 가졌다는 사실 말입니다, 반 캐드릭."

로웰의 말에 그제야 아리스타가 정신을 차렸다.

"적어도 전 베로니카에게 해가 되는 존재가 아닙니다. 하지만 그대는 다르죠."

로웰의 말에 아리스타가 울컥한 얼굴로 그를 노려보았다. 반박할 말을 찾고자 했지만 반박할 말이 없었다. 그 말이 사실이라는 것쯤은 그가 더 잘 알고 있지 않던가.

"그대를 바라보는 베로니카의 눈."

로웰의 말에 몸을 움찔거린 아리스타의 시선이 다시 그에게로 향했다.

"그 경멸이 단순히 그대의 그 악질적인 장난에서 비롯된 것일까요?"

"무슨 말이 하고 싶은 거지?"

아리스타의 으르렁거리는 낮은 위협에도 로웰은 여유로운 얼굴로 그를 바라보고 있었다. 자신은 마치 방관자인 양, 그러면서도 황금색 눈동자만큼은 속을 꿰뚫어 보듯 그렇게 말이다. 아리스타는 그의 심중을 가늠해 보고자 그를 면밀히 살펴보았지만, 표정만으로는 도무지 무슨 생각을 하는지 알 수가 없었다.

"글쎄요. 저도 정확히 말해줄 수는 없습니다. 하지만 이것한 가지는 확실하죠."

로웰의 말에 아리스타가 짜증스런 얼굴로 자신의 머리를 헤집으며 그를 바라보았다.

"그댄 절대로 베로니카에게 다가갈 수 없습니다."

그 말에 아리스타가 조소를 터뜨리며 웃었다. 그의 말이 우스웠기 때문이다. 그가 다가가고 싶으면 다가가는 것이다. 상대의 거부권 따위 자신이 알 게 뭔가. 애초에 그를 바라보는 베로니카의 시선 따위, 관심 따위, 상관도 없었고 알 필요도 없다고 생각했다.

"그녀의 호의 따윈 필요없어."

"그렇다면 다가오지도 마."

로웰의 눈동자가 싸늘히 식어 내렸다. 아리스타의 눈동자가 천천히 그의 시선을 배회했다.

"그댄 방해가 돼. 가면을 완전히 벗어버리고 그녀에게 온전히 자신을 내보일 생각이 없다면 그녀에게 다가서지 마."

로웰의 말에 아리스타의 얼굴이 무참히 일그러졌다.

"네가 뭔데 그런 걸 판단하지?"

"그녀의 관심을 그대에게까지 나눠 줄 만큼 내게 여유가 있는 것이 아니라서 말이야."

로웰의 입가에 다시 미소가 어렸다. 냉기를 풍기는 것이 조소에 가까운 웃음이었다. 그가 한 발자국 그에게 가까이 다가섰다. 그리고는 청색 머리칼만큼이나 냉기 어린 기운을 풍기며 그에게 가까이 고개를 내렸다.

"더 이상 베로니카를 건들지 마세요. 이건 경고입니다, 반 캐드릭."

그의 경고에 아리스타는 대꾸하지 않았다. 하지만 조용히 돌아서는 그의 등을 타오르는 눈동자로 노려보았다. 자신은 아니라고 말했지만, 분명 무언가 숨기는 구석이 있었다. 아리스타는 으득 이를 갈며 멀어지는 그를 따라 걸음을 옮겼다.

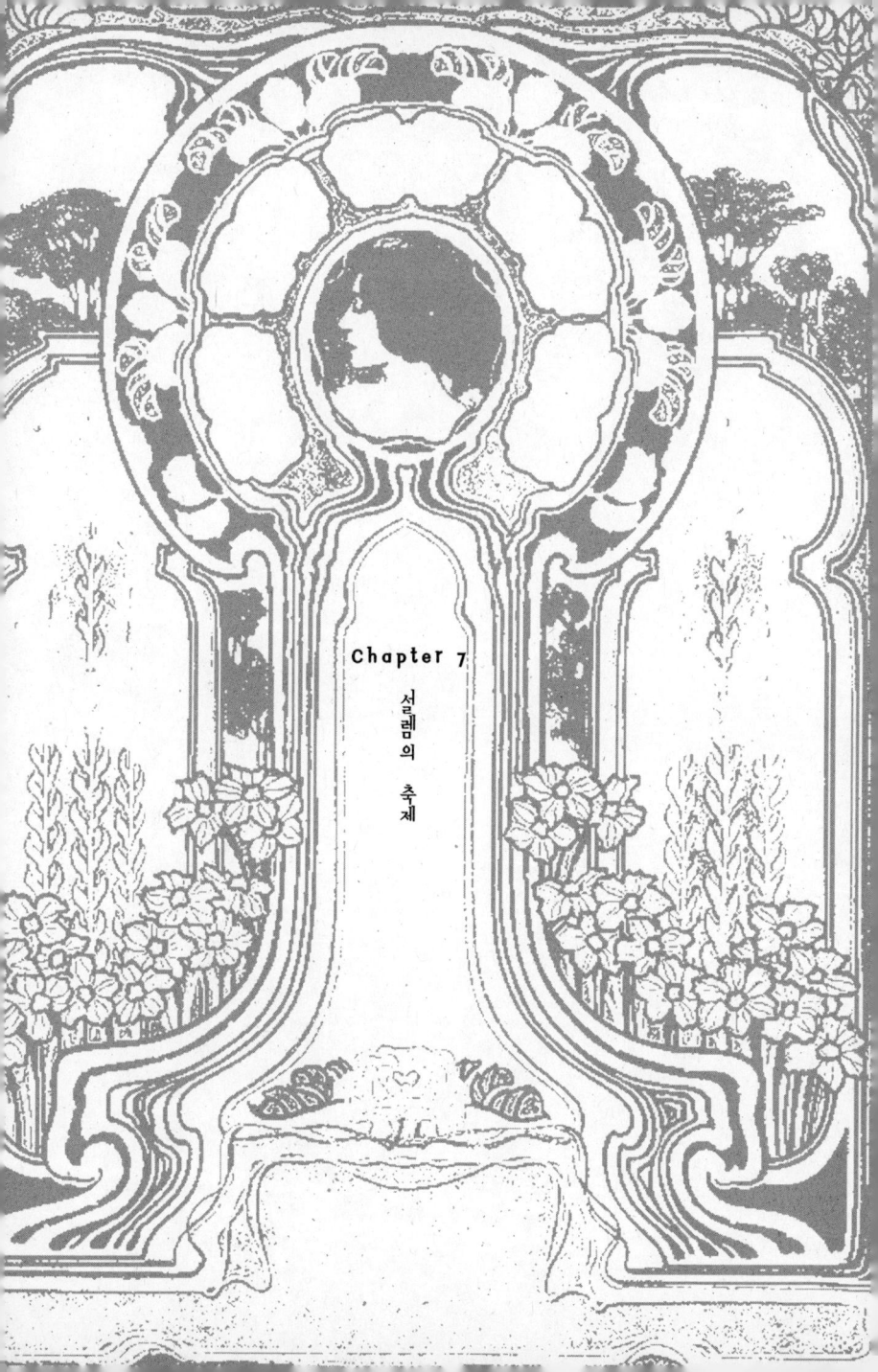

Chapter 7

설렘의 축제

"베로니카."

안젤리카의 부름에 베로니카가 살며시 고개를 들었다. 언제 다가왔는지 그녀의 앞에는 여성용 제복을 입은 안젤리카가 머리를 높게 틀어 올린 채 서 있었다. 베로니카의 입가에 미소가 걸렸다. 처음엔 그렇게나 어색한 표정이었으나 이제는 제법 익숙해졌다.

베로니카는 가만히 입매를 매만져 보며 다시 안젤리카를 향해 미소를 지어 보였다. 그녀의 미소에 안젤리카의 표정이 눈에 띄게 밝아지는 것이 보였다. 베로니카는 가만히 책을 덮었다. 그녀가 책을 들어 올리자 뒤에 서 있던 소피아가 책을 받아 들었다.

베로니카가 자세를 바로 하고 다시 안젤리카를 돌아보자 그제야 그녀의 얼굴에 미미한 미소가 어렸다.

"무슨 일이야?"

베로니카의 물음에 안젤리카가 털썩 그녀의 앞에 주저앉아 무릎에 팔을 기대고는 베로니카를 가만히 바라보았다. 여자답지 않은 그 행동에 베로니카가 미간을 모았지만, 안젤리카는 콧방귀만 뀌며 그녀의 눈초리를 무시했다. 기사들 사이에 껴 있더니 이상한 습관만 늘어난 안젤리카의 모습에 베로니카가 혀를 찼다.

"그… 음… 너 말이야……."

말끝을 계속 흐리던 안젤리카가 이내 미간을 찌푸리고는 못마땅한 얼굴로 베로니카를 노려본다. 꼭 자기 뜻대로 되지 않을 때나, 혹은 쑥스러울 때의 반응이다. 그 모습에 베로니카가 의아한 얼굴로 고개를 갸웃거렸다.

"왜 그래?"

순수한 베로니카의 물음에 안젤리카가 기어코 얼굴을 일그러뜨리고는 그녀를 노려보았다. 또 뭐가 불만인 것인지. 베로니카가 고개를 저으며 낮게 한숨을 내쉬었다. 이전처럼 서늘한 얼굴로 자신을 바라보지 않는 것은 좋은데, 안젤리카는 종종 그녀에게 와서 이렇게 심술을 부리곤 했다. 얼음이 녹아도 그 성격만큼은 선천적인 것이라 어쩔 수 없는 모양이다.

"아리스타 리차드 녀석하고 축제를 보러 간다고?"

안젤리카가 못마땅한 기색이 역력한 얼굴로 물었다. 그러자 베로니카가 두 눈을 동그랗게 뜨고 그녀를 바라보았다. 아리스타와 축제를 보러 간다니, 들어본 적 없는 소리다. 게다가 최근에는 아리스타를 만난 적이 없다. 그의 방문을 거부하고 있었기 때문이다. 그 때문에 아버지의 의아한 시선이 따가웠지만 그녀는 애써 아리스타를 무시해 왔다. 그런데 축제를 보러 간다니.

그녀는 캐드릭 공작의 암살에 대해 캐기도 바빴고, 엘자냐 가문과 휴버트의 여동생을 위해 노예 상회 스니퍼를 조사하는 것만으로도 바빴다. 그런데 사전 연락도 없이 그와 함께 축제를 보러 간다? 그것도 아리스타의 계략일 것이 뻔했다.

"무슨 소리야?"

"이번 건국제 때 그 녀석하고 아트라한을 구경 간다고 들었다."

그러고선 그녀에게로 얼굴을 들이미는 안젤리카의 표정이 싸늘했다. 곱게 자리에 앉아 안젤리카를 바라보던 베로니카가 어깨를 으쓱이며 고개를 저었다.

"그런 약속 한 적 없어. 또 자기 멋대로 잡은 약속이겠지."

베로니카의 대답에 안젤리카의 얼굴이 짐짓 밝게 변했다. 그 모습을 바라보면서 베로니카는 그녀의 의도가 무엇인지 어느 정도 짐작하고 말았다. 안젤리카는 생각보다 귀여운 언니였다. 회귀 전에는 관심이 없어서 알지 못했던 사실이다.

"크흠."

그리고선 자신의 눈치를 살피며 계속 헛기침을 해대는 꼴이란. 베로니카는 웃음이 터지려는 것을 간신히 참아내었다. 베로니카는 이쯤에서 자신이 나서줘야겠다고 생각했다.

"나랑 같이⋯ 축제 구경 갈래?"

베로니카의 물음에 안젤리카의 얼굴에 화색이 돌았다. 베로니카는 결국 웃음을 터뜨리고 말았다. 안젤리카가 민망한 듯 이내 얼굴을 구겼지만, 싫지는 않은 모양인지 그녀를 향해 화를 내지는 않았다.

위니들이 허공을 떠돌면서 안젤리카의 외모를 찬미했고, 코이들은 베로니카의 기분에 동화되어 즐겁게 흙 위를 굴러다니고 있었다. 평화로운 기분이었다. 오래전 옛날에는 오랫동안 느껴보지 못한 일상적인 평화로움이었다.

"아리스타 리차드하고 요즘 친하게 지내는 것 같던데 말이야⋯⋯."

안젤리카의 말에 베로니카의 웃음이 순식간에 멈추었다. 안젤리카의 의아한 시선이 그녀에게로 꽂혔다. 하지만 베로니카는 무슨 생각을 하는 것인지 싸늘하게 굳은 얼굴로 시선을 내렸다.

친하다. 회귀 전에도 들었던 말을 이제 와서 또 듣게 되었다. 그것이 못내 아쉬웠다. 사실 그녀가 무작정 과거로 회귀하게 되었다는 행운이 주어졌어도 많은 것을 바꿀 수 있으리란 생각은 하지 않았다. 과거에도 현재에도 그녀는 그녀일 뿐이니까.

현재 그녀의 나이는 열두 살에 불과했지만 실제 그녀는 스물다섯 살이었다. 스물다섯 해 동안 쌓아온 성격과 가치관이 한순간에 바뀔 수는 없는 것. 하지만 그럼에도 불구하고 아리스타와의 관계에 많은 개선을 요하지 않은 것은 역시 아쉬움에 남는다.

"왜 그래? 그 녀석이 못살게 굴어?"

안젤리카의 얼굴이 단번에 험악하게 구겨졌다. 안젤리카의 맑은 음성이 귓가를 때리자 베로니카가 그제야 상념에서 벗어났다. 그녀는 웃음을 터뜨리며 고개를 저었다. 저 혼자 심각해지는 바람에 안젤리카의 표정이 우습게 변했다는 사실도 인지하지 못했다. 자신을 걱정하는 안젤리카라니. 생소했다. 그리고 그녀의 그런 변화가 싫지만은 않았다.

베로니카는 안도했다. 회귀하면서 변한 것이 사실은 많이 있다는 사실이 기뻤다. 그것이 무엇보다 소중한 사람들의 변화라면 마땅히 기뻐해야 함이 옳은 것이다.

"…그건 아니야. 난 그와 친하게 지내는 게 아니니까 말이야."

베로니카의 대답에 안젤리카의 얼굴이 차분히 가라앉았다. 그녀의 눈초리가 날카롭게 변했다. 안젤리카가 심중을 훑어보듯 그녀를 뚫어져라 바라보았지만, 베로니카가 어떤 상념에 잠긴 것인지 알아차리지 못했다.

"그 녀석, 겉으로는 사람 좋아 보이는 인상이더군."

그렇지만 베로니카의 표정을 보아하니 어디까지나 '겉으로'만 인 모양이다. 안젤리카는 가만히 턱을 쓸어내리며 매의 눈으로 베로니카를 순식간에 훑어 내렸다. 아리스타와 친하지 않다면 그녀는 누구와 친한 것인지 언니로서 알 필요가 있다고 생각했다. 그 나이 또래에 친한 친구가 있다는 것은 중요한 일이었으니까.

"그렇다면 로웰 클라우스는?"

안젤리카의 물음에 베로니카의 시선이 다시 그녀에게로 향했다.

"그와도 친해?"

그녀의 물음에 베로니카가 고개를 갸웃거렸다. 한참을 고민하는 기색을 보이던 베로니카가 여전히 알쏭달쏭한 얼굴로 다시 안젤리카를 바라보았다.

"잘 모르겠어."

친하다는 거군. 안젤리카는 아리송한 얼굴로 고개를 갸웃거리는 베로니카를 바라보며 단정 지었다. 언제나 똑 부러진 대답만을 하던 베로니카다. 그런데 그런 그녀가 애매한 대답을 했다는 것 자체가 이미 로웰과 친하다는 의미와 같았다. 안젤리카는 만족스러운 얼굴로 미소를 지었다.

"로웰 클라우스라면 괜찮아."

안젤리카의 말에 베로니카가 의아한 표정으로 그녀의 얼굴을 바라보았다. 그리고는 곧 '아아!' 하는 탄성과 함께 고개를 끄덕였다.

"언니는 테일드 제플린과 친분이 있다고 했었지."

베로니카의 말에 안젤리카가 만족스러운 얼굴로 고개를 끄덕였다. 테일드의 동생이라면 분명 좋은 성격을 가지고 있을 것이 분명하다고 안젤리카는 단정 지었다. 렌프루가의 공작에 대해서는 잘 모르겠으나, 테일드만큼은 올곧은 성정을 타고난 렌프루 가문의 후계자가 아니던가.

"아, 그런데 아버지는 언제쯤 오셔?"

베로니카의 물음에 안젤리카의 표정이 어둡게 변했다. 베로니카는 최근 마물들이 나타난다는 괴이한 소문이 리비엘라 제국을 떠돈다는 사실을 알았다. 록큰 산맥과 가까이 있는 마을 유프란이 큰 피해를 입었다 하여 그녀의 아버지가 직접 기사단을 이끌고 유프란으로 향했다. 진압이 어느 정도로 진전이 있는지는 알 수 없으나, 전설에서나 나오던 마물의 등장으로 리비엘라 제국은 물론 온 대륙이 놀라움으로 리비엘라를 주목하고 있음은 분명했다.

사실 베로니카 역시 마물의 존재에 대해서는 자세히 알지 못했다. 전설에 관해 다룬 책 속에선 그저 악한 기운을 가진 기이한 생물체라고만 서술되어 있었다. 그것이 베로니카가 아는 마물에 관한 전부였고, 세상에 알려진 마물에 대한 정보의 끝이었다.

베로니카는 가만히 대기를 떠도는 위니들과 흙 위를 뒹구는 코이들을 바라보았다. 그리고 그녀의 귓가로 로웰의 목소리가 들려왔다.

"잠들어 있던 세계가 깨어날 조짐일지도 모르겠군요."

분명 그녀가 과거로 돌아온 것과도 관련이 있다고 했다. 로웰은 그녀가 회귀를 했다는 사실을 정확히는 모르지만, 어림짐작은 하고 있을 것이 분명했다. 그는 진실의 눈을 가진 자라고 했으니까.

베로니카는 가만히 시선을 들어 주절주절 마물에 대한 이야기를 꺼내고 있는 안젤리카를 바라보았다. 무슨 일이 일어나든 이번만큼은 가족들을 지켜내고 말리라. 베로니카는 그렇게 굳게 결심했다.

           *   *   *

　베로니카는 자신의 드레스를 한 번 훑어보고 다시 안젤리카의 드레스를 바라보았다. 길거리 축제에 나가는 만큼 단순한 디자인의 드레스를 입는다고 했지만, 여전히 소재는 고급 원단을 이용한 드레스였고, 화려한 인물이 입고 있으니 더욱 빛을 발했다.

　내추럴 드레스(Natural Dress)는 자연 그대로 손질하지 않은 드레스를 말한다. 장식이 거의 없기 때문에 평민들이 주로 입는 드레스이지만 바르톨즈 시대에 한 번 유행한 적이 있는 드레스다. 이유는 내추럴 드레스가 건강한 몸매의 굴곡을 생생하게 표현할 수 있도록 매끈하게 만들어진 드레스였기 때문이다.

　베로니카는 붉은 머리칼에 어울리는 어두운 남색 계열의 드레스에 허리선이 잘록하게 들어가 붉은 장미꽃 가운데 화려한 다이아가 박힌 허리띠를 매었다. 드레스 상의 네크라인을 맵시 있게 파고, 어깨 라인을 잡아주었기 때문에 평민들의 내추럴 드레스와는 상당히 다르게 보여 눈에 띄지 않으려는 시도는 이미 물거품이 되었다. 베로니카는 하는 수 없다는 얼굴로 파인 목이 허전하지 않게 눈물 모양으로 장식되어진 목걸이를 걸었다.

"잘 어울리네."

안젤리카가 그녀를 바라보며 흐뭇하게 웃었다. 그에 마주 웃어주며 베로니카는 그녀의 목에도 목걸이를 걸어주었다. 그녀와 별반 다르지 않은 디자인의 내추럴 드레스였지만, 안젤리카는 옅은 자주색에 허리에는 겹겹이 꼬아 만든 금색 띠를 둘러 여러 개의 술이 달린 작은 꽃 모양의 브로치를 달았다.

그녀는 상의 네크라인을 파지 않는 대신에 소매를 화려하게 레이스로 바꾸었다. 안젤리카의 드레스와 베로니카의 드레스 역시 얼마 전 랑베르 뷰티크 살롱에서 받아온, 베로니카가 축제를 위해 디자인한 내추럴 드레스 신작이었다.

"초는 챙겼어?"

안젤리카의 물음에 베로니카가 소피아를 향해 손짓했다. 그러자 소피아가 품 안에서 세 개의 매끈한 초를 꺼내어 들었다. 안젤리카가 만족스런 얼굴로 고개를 끄덕였다. 마차 밖을 내다보니 노을이 지고 있었다.

달그락달그락.

흔들리는 마차 안에서 베로니카는 마차 밖 풍경을 바라보았다. 그녀의 습관 중 하나다. 마차에 앉으면 언제나 창밖을 바라보는 것. 길가의 경비병들이 곳곳에 횃불을 밝히는 것이 보였다. 무엇보다 건국제의 하이라이트는 촛불 축제와 야시장에 있다고 했다. 물론 그 사실은 모두 안젤리카에게서 들은 것이며 베로니카는 한 번도 축제에 참여해 본 적이 없었다. 그녀는 언제나 조용히 저택에 있는 것을 선호했기 때문이다. 하지만 안젤리카가 이렇게나 들떠 있는 모습을 보니—스스로는 그렇지 않은 척 의연하게 앉아 있었지만—기대가 되는 것 또한 사실이다.

"이쯤에서 내리는 게 좋겠어."

안젤리카의 말에 베로니카 역시 동의했다. 오늘 같은 날에 마차를 끌고 태양의 광장까지 들어가는 것은 무리가 있었다. 많은 인파가 수도로 몰려들기 때문이다.

안젤리카의 외침에 마부가 마차를 멈추었다. 베로니카는 안젤리카의 에스코트를 받으며 마차에서 내려섰다. 그녀는 곧 즐거운 얼굴이 된 안젤리카를 따라 걸음을 옮겼다.

"축제 때가 되면 얼마나 먹을거리가 많은데."

베로니카는 놀랍다는 시선으로 안젤리카의 뒤통수를 바라보았다. 안젤리카가 길거리의 음식을 먹는다는 것에 대한 놀람이었다. 게다가 안젤리카가 식탐을 가지고 있다는 것 또한 알지 못했던 사실이다. 베로니카는 가만히 안젤리카의 손에 이끌려 태양의 광장을 지났다.

그녀들이 거리를 지나갈 때마다 부쩍 사람들의 시선이 집요하게 따라붙었다. 소피아는 그 시선을 불편해했지만, 베로니카는 기억 속의 미래에서 그러한 시선을 많이 받아본 입장이었고, 안젤리카 역시 그런 시선에는 익숙한 인물이라 별다른 신경을 쓰지 않았다.

"아, 소매치기가 있으니까, 소피아, 돈주머니 조심해."

안젤리카의 말에 소피아가 고개를 끄덕였다. 하지만 안젤리카는 잠시 미간을 찡그리고는 소피아를 향해 손을 내밀었다.

"불안해서 안 되겠어. 그냥 나한테 줘."

안젤리카의 말에 살짝 베로니카를 돌아본 소피아가 품 안에서 돈이 든 주머니를 꺼내어 안젤리카에게 넘겼다. 휴버트 경이 있었다면 편했을 텐데. 작게 중얼거린 베로니카를 안젤리카가 노려보았다. 그 모습에 베로니카는 절레절레 고개를 흔들었다.

휴버트 경을 따돌리고 그녀들은 말 그대로 도망쳤다. 모두 안젤리카의 소행이었다. 베로니카는 얼마 가지 않아 휴버트가 따라올 것이라 예상했다. 안젤리카도 그 점을 알고 있을 것이 분명했다. 그럼에도 그 태연함이란……

그때였다.

"젠장!"

안젤리카가 소피아에게 돈주머니를 받아 드는 순간, 누군가 그녀들에게 뛰어들었다. 순식간에 돈주머니를 낚아채고는 꽁무니를 빼는 그 모습을 멍하니 바라보며 안젤리카의 얼굴이 돌연 험악하게 변했다.

베로니카가 무어라 말릴 새도 없이 그녀는 자리를 박차고 뛰어나갔다. 베로니카가 멍한 얼굴로 소피아를 돌아보자, 그녀는 나직이 한숨을 내쉬며 웃었다.

"여기서 기다리도록 하는 게 좋을 것 같아요."

소피아의 대답에 베로니카가 얌전히 고개를 끄덕였다. 그녀들은 가만히 시장에 서서 고개를 기웃거리며 구경을 시작했다. 어느새 베로니카의 입가에 밝은 미소가 걸려 있었다. 그녀가 아트라한 태양의 광장을 좋아했던 것만큼이나 아트라한 시장의 활기참 또한 사랑했다. 가문이 몰락하기 전에는 길거리를 걸어다닌 적이 없지만, 가문이 몰락한 후에는 항상 아트라한을 걸어다녔던 베로니카다. 그녀로서는 그녀와 다른 수도의 활기찬 분위기가 좋았을 뿐이다. 동화되고 싶었던 만큼 그 활기참을 동경했다.

"베로니카!"

그때, 멀리서부터 왁자지껄한 소음이 들리더니 한 무리의 사람을 이끌고 황갈색 머릿결을 휘날리며 안젤리카가 나타났다. 안젤리카를 바라보며 반가웠던 기분도 잠시, 베로니카는 안젤리카의 볼에 튄 핏자국을 보며 굳어버리고 말았다.

그녀의 반응과는 상관없이 안젤리카는 밝은 얼굴로 그녀를 향해 돈주머니를 흔들어 보였다.

"이거 먹어봐."

돈주머니와 함께 양손 가득 먹을거리를 들고 온 안젤리카가 베로니카를 향해 그중 하나를 건넸다. 꼬치에 과일이 꽂혀 있었다. 과일이 매끈하니 광채가 나는 것을 보아하니 무언가를 과일 위에 발라놓은 것이 분명했다. 안젤리카 본인이 들고 있는 것은 그렌—포도 종류로 포도보다 알갱이가 훨씬 크다—꼬치였으며, 베로니카에게 건넨 것 역시 같은 그렌 꼬치였다. 베로니카가 포도 종류의 과일을 좋아한다는 사실은 어떻게 안 것인지 모르겠다. 안젤리카는 그저 그녀를 향해 '그렌 좋아하지?' 라고 말하며 꼬치를 건넸다.

베로니카는 살짝 시선을 내려 꼬치를 바라보았다. 과일 꼬치라……. 확실히 새롭긴 했다. 그녀가 가만히 꼬치를 바라만 보고 있자 안젤리카가 그녀를 향해 다시 한 번 먹을 것을 종용했다.

그제야 베로니카가 조그만 입을 벌려 꼬치에 꽂힌 그렌 중 한 알을 입에 넣었다. 아삭아삭. 과일을 씹어 먹던 베로니카가 눈을 동그랗게 떴다. 그 모습에 안젤리카가 크게 웃음을 터뜨렸다.

"…맛있어."

베로니카의 양 볼이 붉게 물들었다. 안젤리카가 피식 웃음
을 터뜨리며 그녀의 머리를 비비적거렸다. 소피아 역시 입가
에 잔잔한 미소를 걸고 그런 베로니카를 바라보았다. 확실히
귀여운 모습이다. 언제나 베로니카가 양 볼을 발갛게 물들이
고 흥분해 있으면 제 또래처럼 보이곤 했다. 소피아는 그 모
습이 훨씬 잘 어울려 예쁘다고 생각했다.

"이것도 먹어볼래?"

베로니카의 머리를 부드럽게 쓰다듬어 주던 안젤리카가
품 안에서 봉지 하나를 꺼냈다. 그리고선 봉지 안에서 주섬주
섬 무언가를 꺼내더니 쓱 베로니카를 향해 내밀었다. 뭉실뭉
실한 솜같이 생겼다. 그런 알갱이만 한 솜이었다. 베로니카가
의아한 얼굴로 그녀를 바라보자 안젤리카가 솜을 든 손을 한
번 더 흔들어 그녀의 입가에 가져다 대었다. 베로니카가 살며
시 입을 벌리자 곧바로 안젤리카가 그녀의 입속에 솜을 집어
넣었다.

"아……."

솜을 먹던 베로니카가 작게 감탄을 내뱉었다. 입안에서 달
콤한 솜이 사르르 녹아내렸다. 맛있었다. 이렇게나 달콤한 맛
이라니! 게다가 금방 녹아버려서 너무나 아쉬웠다.

베로니카의 시선이 다시 한 번 안젤리카에게로 향했다. 초롱초롱한 눈매로 바라보고 있자니 안젤리카가 다시 한 번 웃음을 터뜨리며 그녀에게 솜이 든 봉지를 건네주었다.

"봉봉 과자라는 거야."

봉봉 과자. 베로니카가 작게 중얼거리며 봉지를 받아 들었다. 안젤리카가 만족스럽게 웃으며 그녀의 머리를 부드럽게 쓰다듬었다.

"맛있지?"

안젤리카의 물음에 베로니카가 고개를 끄덕였다. 그리고는 봉봉 과자를 하나 꺼내어 입속으로 넣었다. 그리고 순식간에 녹아버리자 아쉬운 얼굴로 봉봉 과자를 내려다보았다. 하나 더 먹고 싶은데 남은 게 겨우 네 개였다. 한 번에 다 먹기에도 아쉬운 양이다. 봉봉 과자를 보며 고민에 휩싸인 베로니카 탓에 안젤리카는 결국 품 안 가득 봉봉 과자를 사와 그녀에게 넘겨주며 베로니카의 만족스러운 표정을 얻어내었다.

"그런데 그 피는……."

베로니카의 물음에 안젤리카가 무엇을 생각하는지 단번에 인상을 종잇장처럼 구겼다.

"그냥 좀… 손을 봐줬지."

그녀의 말에 베로니카가 이해하지 못한 얼굴로 고개를 갸웃거렸지만, 안젤리카는 그녀를 향해 미소 지으며 말을 돌렸다.

"촛불 축제가 시작하려나 보다."

안젤리카의 말에 소피아가 품 안에서 초를 꺼내었다. 안젤리카, 베로니카, 그리고 소피아, 이렇게 세 명 분의 초였다. 베로니카는 의심쩍은 얼굴로 안젤리카를 바라보았지만, 그녀는 아무렇지 않은 얼굴로 베로니카의 등을 밀어내었다. 그에 베로니카는 어쩔 수 없다는 얼굴로 고개를 저었다.

봉봉 과자를 품에 안고 태양의 광장으로 발걸음을 옮긴 그들은 광장을 커다랗게 에워싸고 사람들이 모여드는 것을 보았다. 국가의 안녕과 가정의 평화를 기원하는 촛불 집회였다.

초를 들고 모인 사람들 가운데 올해의 제물이 된 여인이 화려한 무희 복장을 하고 섰다. 제물이라고 해봤자 상징적인 것일 뿐이라 이제는 거의 선발 기준이 미인 콘테스트 정도로 변모했다고 봐도 무방했다.

툭.

"아, 죄송합니……."

안젤리카가 사람들 틈을 비집고 들어가는 통에 누군가 베로니카에게 부딪혀 넘어지고 말았다. 베로니카가 안젤리카의 손을 놓고 그녀를 향해 사과를 건네며 손을 내밀었다. 그런데 머리를 털며 자신의 손을 잡는 소녀를 보고 베로니카는 뒷말을 잇지 못했다. 부드러운 금발에 황금색 눈동자, 귀여운 외모를 가진 소녀 미란다였다.

"괜찮… 으신가요?"

자연히 목소리가 떨렸다. 손끝에 감겨오는 감촉이 부드러웠다. 베로니카는 경직된 얼굴로 맞잡은 미란다의 손을 내려다보았다. 그녀와 서 있는 이 공간만이 마치 시간을 멈춘 듯 감각이 없었다. 아니, 그건 베로니카 본인만 느끼는 것일지도 몰랐다.

미란다는 여전히 말똥말똥한 얼굴로 자신을 바라보고 있었다. 베로니카는 이내 얼굴에서 표정을 지웠다. 지금 눈앞에 서 있는 것은 그녀가 알고 있는 미란다가 아니다. 입속이 텁텁했다. 입술이 꺼끌꺼끌했다. 베로니카는 급히 혀로 메마른 입술을 축였다. 현재 그녀가 알고 있는 아리스타가 과거의 아리스타가 아닌 듯이 눈앞에 서 있는 미란다 역시 그녀가 아는 미란다가 아니었다.

베로니카는 복잡한 기분으로 미란다를 바라보았다. 머리가 얽히고설켜서 더 이상 생각하는 것을 거부하기 시작했다.

미란다가 동그란 눈을 똘망똘망 뜨고 그녀를 바라보았다. 여전히 귀엽고 사랑스러운 분위기를 풍기는 소녀였다. 베로니카의 눈매가 살짝 일그러졌다. 미란다가 자신의 옷매무새를 만지며 미간을 모았다.

"괜찮아요. 조심 좀 하시지 그러셨어요. 실례잖아요."

미란다가 타박하듯 투덜거렸다. 그마저도 사랑스러움을 자아내게 만드는 무언가가 있었다, 미란다에게는.

"죄송… 해요."

베로니카가 그녀에게 사과의 말을 다시 한 번 내뱉자, 미란 다의 시선이 그제야 그녀에게로 꽂혔다. 좀 전에는 제대로 보지 못했던 베로니카의 외모가 이제야 그녀의 눈을 사로잡았 다. 자신의 또래로 보이는 소녀는 타오르는 붉은 머릿결을 가지고 있다. 게다가 보석처럼 빛나는 에메랄드빛 눈동자, 고양 이 눈매에 눈물 점까지.

미란다는 꼴깍 침을 삼켰다. 속눈썹을 내리깔고 고요히 자신을 바라보는 베로니카는 고고해 보였다. 미란다는 눈매를 찌푸리고는 두 눈을 비볐다. 아무리 보아도 그녀 또래의 소녀 로밖에 보이지 않는데 풍기는 분위기는 너무나도 성숙하다. 스스로의 행색을 살펴보던 미란다가 다시 눈살을 찌푸렸다. 그녀 앞에 선 자신이 초라해 보였다. 그것이 마음에 들지 않 았다.

"뭐해, 베르? 얼른 와!"

왔던 길을 되돌아온 안젤리카가 베로니카의 팔을 붙잡았 다. 안젤리카에게 팔이 붙들린 베로니카가 당황한 얼굴로 미 란다를 바라봤다. 정지된 배경이 다시 흘러가는 것처럼 둘만의 세계가 그렇게 깨어졌다.

순식간에 그녀를 둘러싼 소음이 귓가로 들이닥쳤다. 베로니카는 못마땅한 얼굴로 입술을 굳게 다물었다. 그만큼 미란다의 등장에 자신이 적지 않은 동요를 보였다는 사실이 와 닿았다.

황갈색 머리칼을 가진 미모의 안젤리카가 베로니카의 팔을 붙들고 순식간에 끌어당겼다. 미란다가 무언가 말을 꺼내기도 전에 일어난 일이다. 그녀들은 곧 사람들을 비집고 앞으로 나아갔고, 그 뒤로 소피아가 조용히 따랐다. 미란다는 살며시 뻗었던 손을 갈무리하며 황망히 그녀들이 사라진 자리를 바라보았다.

묘한 기시감이 느껴지는 소녀였다고 미란다는 생각했다. 다시 한 번 만날 수 있을까. 미란다는 한참이나 멍한 얼굴로 베로니카가 사라진 자리를 바라보았다.

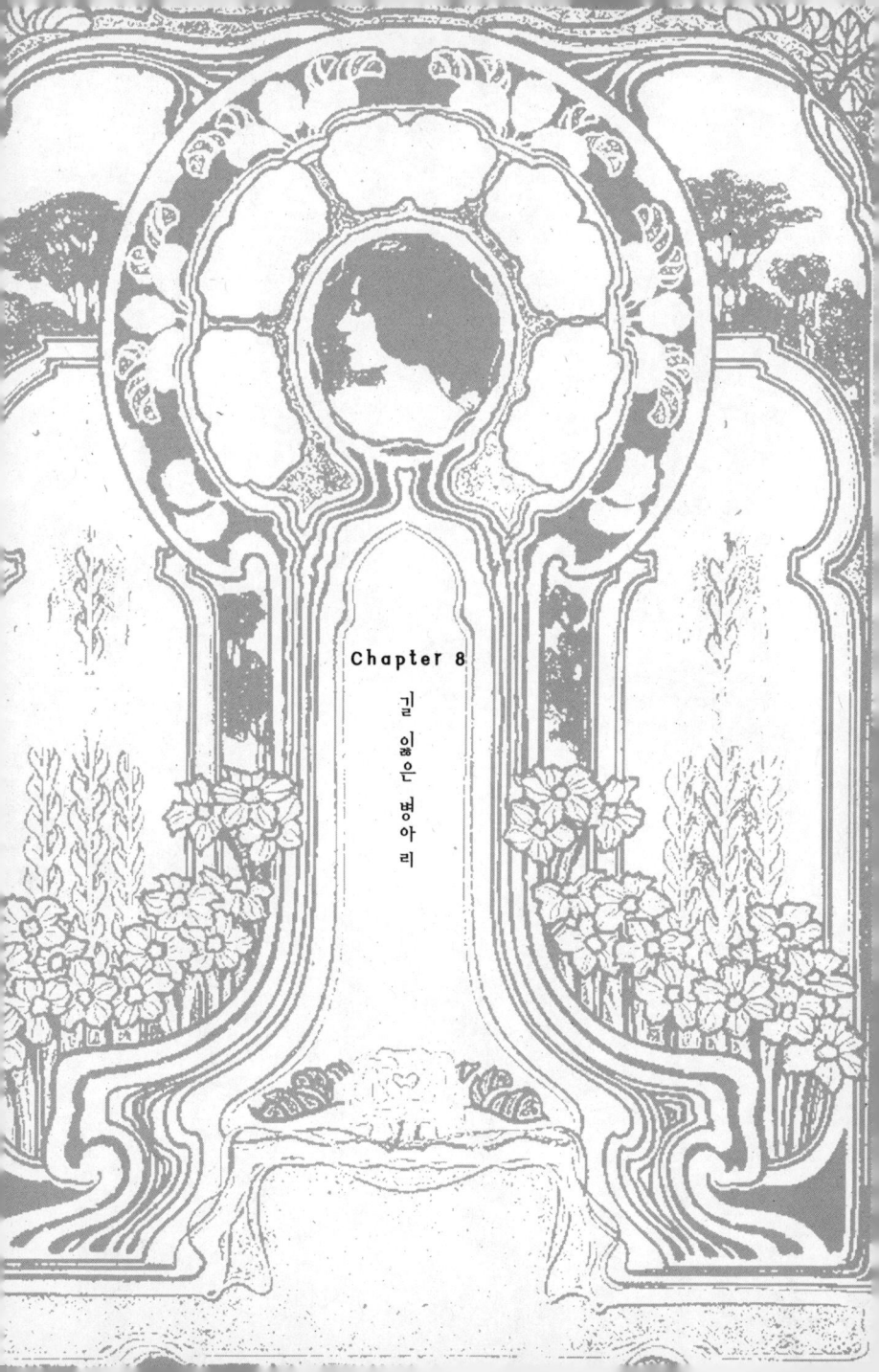

Chapter 8

길
잃은 병아리

"베로니카?"

안젤리카의 물음에 그제야 정신을 차린 베로니카가 그녀를 올려다보았다. 안젤리카가 미간을 모았다. 양초를 손에 든 그녀는 옆 사람이 주는 불을 받아 자신의 초에 불을 밝혔다. 악단의 연주가 광장 안을 울려 퍼지고 무희의 춤사위가 화려하게 광장 안을 압도하고 있었다. 일렁이는 초를 들고 안젤리카가 베로니카를 돌아보았다.

"무슨 일 있어?"

베로니카에게 마찬가지로 초에 불을 나눠 준 안젤리카가

물었다. 그러자 베로니카가 입가에 잔잔한 미소를 띠고는 고개를 저었다.

"아니, 아무것도……."

베로니카는 가만히 태양의 광장 중앙을 바라보았다. 새로 선출된 올해의 무희는 역시나 아름다웠다. 굉장한 춤 실력뿐만이 아니라 손끝 하나, 발끝 하나에서 묘하게 시선을 이끌었다. 역시 촛불 축제에 선출된 무희다운 아름다움이었다.

베로니카는 가만히 시선을 내려 손에 들린 초를 바라보았다. 살랑거리는 바람에 불이 일렁였다. 위니들이 꺄르르 웃음을 터뜨리며 그녀의 어깨에, 또는 머리 위에 내려앉았다.

화르륵.

"…응?"

베로니카는 두 눈을 부릅뜨고 가만히 양초에 붙은 불을 바라보았다. 잘못 본 것인지 몰라도, 조금 전 아무런 연고 없이 불이 타올랐던 것 같았다. 베로니카가 가만히 초를 바라보며 집중을 해보았지만 좀 전과 같은 일은 일어나지 않았다. 안젤리카를 돌아보자 그녀는 이미 무희의 춤사위에 빠져든 것 같았다. 그 모습에 베로니카는 입가에 잔잔한 미소를 띠고 다시 손에 든 양초에게로 시선을 내렸다.

[베르, 조금만 더 해봐!]

[그들이 기다리고 있어!]

그들이라는 게 무엇이지 생각할 새도 없었다. 순식간에 타오른 불 사이로 꼬마 요정이 나타났다. 베로니카가 두 눈을 동그랗게 뜨고 그를 바라보았다. 코이와 위니들과는 다른 형태의 모습이었다. 분명 꼬마 요정의 모습을 하고 있지만 손과 팔이 있어야 하는 자리에 타오르는 붉은 날개가 자리하고 있었다.

베로니카가 멍하니 그 모습을 바라보고 있자 푸르륵 날개를 털어낸 불의 정령이 그녀를 올려다보았다. 큼직한 눈을 두어 번 깜빡인 요정이 이내 불만스러운 표정을 지었다.

[날 이제야 찾다니, 베르!]

그가 퉁퉁 부은 얼굴로 베로니카를 노려보았다. 그제야 정신을 차린 그녀가 두 눈을 동그랗게 뜨고 불의 정령을 내려다보았다. 생각지도 못한 만남이다. 바람과 땅에 이어 불의 정령까지 보게 되니, 곧 있으면 물의 정령도 볼 수 있겠다는 생각이 들어 베로니카는 문득 웃음을 터뜨렸다.

옆에서 안젤리카의 의아한 시선이 와 닿았으나 베로니카는 신경 쓰지 않았다. 그녀는 여전히 불 속에 서 있는 불의 정령을 바라보았다. 위니들이 그녀의 볼에 자신의 볼을 비비적거렸다. 그 간질거림에 베로니카가 한쪽 눈을 찡긋 감고 몸을 부르르 떨었다.

"너도 이름이 필요해?"

베로니카가 다시 불의 정령을 바라보고 물었다. 그러자 뭘 그런 당연한 소리를 하느냐는 얼굴로 불의 정령이 베로니카를 바라보았다. 그 모습에 베로니카는 한 치의 망설임 없이 그에게 이름을 붙여주었다.

"켈란(Kellan)."

이름을 들은 불의 정령이 두 날개를 활짝 펼쳐 날아올랐다. 그 날갯짓에 따라 화려한 불꽃의 부스럼이 허공을 흩날렸다. 아름다운 모습이었다. 빙그르르 태양의 광장의 하늘 위를 아름답게 날아오른 켈란이 이내 베로니카의 앞에 내려앉았다.

[마음에 들어.]

붉은 날개를 가지런히 모은 켈란이 그녀를 향해 웃음 지었다. 베로니카 역시 켈란을 바라보며 입가에 미소를 지었다.

"강한 새라는 뜻이야."

베로니카의 말에 켈란이 푸드득 날개를 털며 그녀를 향해 환한 미소를 보냈다. 위니들은 그녀의 주위를 날아다니면서 켈란을 훔쳐보기에 바빴다. 그 귀여운 모습들에 베로니카는 참을 수 없는 흥분을 느꼈다. 옆에서 안젤리카의 의아한 시선이 계속 와 닿았지만 베로니카는 차가운 손을 들어 뜨겁게 달아오른 볼 위를 덮었다. 왜 자신이 정령들을 볼 수 있게 된 것인지는 몰랐다. 하지만 기뻤다. 정령을 볼 수 있는 것이 자신이라는 사실이.

[저 녀석들 말이 맞았어. 네 녀석은 꽤 특이하구나?]

켈란의 말에 베로니카가 고개를 갸웃거리며 그를 내려다보았다. 불속에서 짐짓 의연한 얼굴로 팔짱을 끼고—라고 해봤자 그는 손을 가진 것이 아니라 날개를 가지고 있었다—베로니카를 바라보았다.

[우리를 볼 수 있는 것도 신기해.]

켈란이 다시 한 번 크게 날개를 파닥거리며 그녀의 주위를 한 바퀴 날았다. 그때 그녀의 촛불에서 또 한 명의 켈란이 나타나 베로니카의 주위를 날아다녔다. 그들이 그녀의 주위를 날아다니자 위니들이 멀리 떨어져 그들을 피했다.

[조심하는 게 좋을 거다.]

[심판을 받을 테니까.]

[그래도 우리를 볼 수 있다는 건 축복이지.]

두 명의 켈란이 그녀의 주위를 날아다니며 외쳤다. 베로니카의 표정이 모호하게 변했다. 찡그린 표정도, 그렇다고 웃는 표정도 아니었다. 아리송한 얼굴이 되어 베로니카는 켈란들을 바라보았다. 위니들은 켈란들 가까이 다가가는 것이 싫은 모양인지 이번엔 아예 자리를 피해 사라졌다. 위니들의 모습이 사라지자 베로니카는 아쉬움을 느꼈지만 다시 켈란들을 바라보았다. 그렇다고 켈란들의 말을 그냥 지나칠 수는 없었다.

"무슨 뜻이야?"

베로니카의 물음에 켈란들은 그저 웃음을 터뜨렸다. 한참을 주위를 날아다니던 켈란들이 그녀의 팔에 내려앉았다. 푸드득 날개를 갈무리한 그들이 그녀를 올려다보았다.

[말 그대로야. 우리도 정확한 사실은 몰라.]

[그저 네가 이곳의 영혼이 아니라는 것뿐.]

[이곳에 어울리길 바란다면 심판을 받아야지.]

아! 베로니카는 작게 고개를 끄덕였다. 이곳의 영혼이 아니라는 것. 그건 전에도 로웰에게 들었던 말이다.

[궁금한 게 있거든 하늘의 길을 따라가도록 해.]

[원하는 걸 얻게 될 거야.]

하늘의 길? 너무 모호한 말이었다. 베로니카가 의아한 얼굴로 켈란들을 내려다보았지만, 그들은 더 이상의 대답은 해 줄 의향이 없어 보였다. 그 말을 끝으로 켈란들이 사라지자 어디선가 다시 나타난 위니들이 꺄르르 웃음을 터뜨리며 베로니카의 주위를 맴돌고 있었다.

으스스한 느낌에 베로니카가 몸을 움츠리자, 안젤리카가 망토를 벗어 그녀의 어깨에 걸쳐주었다.

얌전히 벤치에 앉은 베로니카는 안젤리카가 건네주는 봉봉 과자를 집어 먹었다. 이제는 완전히 해가 지고 커다란 달이 하늘에 자리하고 있었다.

촛불 축제가 끝나고 사람들이 모두 흩어졌다. 안젤리카와 베로니카 역시 소피아에게 양초를 건네고 벤치에 앉아 얌전히 봉봉 과자를 먹고 있었다.

"야시장 구경 가자."

안젤리카 자리에서 일어나며 말했다. 베로니카는 자신 앞으로 내밀어진 안젤리카의 손을 바라보며 고개를 끄덕였다. 그리고는 살며시 그녀의 손 위에 자신의 손을 겹쳤다. 안젤리카의 커다란 손이 그녀의 작은 손을 부드럽게 감싸 쥔다.

베로니카는 봉봉 과자가 담긴 봉지를 한 손에 안고 안젤리카의 옆에 바짝 붙어 섰다. 그리고는 종종걸음으로 안젤리카의 걸음을 따라갔다. 시장 안에 들어서자, 길가에 사람들이 북적거렸다. 촛불 축제가 끝나자 모두들 야시장으로 발걸음을 옮긴 모양이다.

길가에 위치한 건물과 건물 사이에 등불을 단 줄을 매달아 길을 환하게 밝혔다. 야시장이 드는 날에나 볼 수 있는 이색적인 등불이었다. 베로니카가 봉봉 과자를 입에 넣기 위해 입을 벌렸다가 그 모습에 넋을 놓았다. 봉봉 과자가 끈적끈적하게 손에 달라붙는 줄도 모르고 입을 벌린 채 넋을 놓았다. 그 모습에 안젤리카가 웃음을 터뜨리고는 그녀의 손에서 봉봉 과자를 떼어내었다.

"우와악! 비, 비켜!"

한참 앞쪽이 소란스럽더니 사람들 틈을 비집고 자그만 체구의 꼬마 아이가 베로니카에게 그대로 돌진했다. 그 탓에 안젤리카의 손을 놓친 베로니카는 꼬마와 함께 바닥을 굴렀고, 손에 들린 과자는 길가에 널브러졌다.

"으······."

베로니카가 어지럽게 돌아가는 머리를 부여잡고 상체를 일으켰다. 그녀와 부딪힌 꼬마는 대략 여덟 살 정도로 보이는 여자아이였다. 안젤리카의 표정이 싸늘히 가라앉았다. 험악하게 표정을 일그러뜨린 그녀가 꼬마에게 다가가 검을 빼어 들었다.

안젤리카가 검을 빼어 드는 순간, 그녀들의 주위로 사람들이 순식간에 원을 그리며 비켜섰다. 여기저기서 소란스러운 비명 소리가 울려 퍼졌다.

"네 녀석이 간덩이가 부었구나!"

안젤리카의 싸늘한 음성이 시장바닥을 울렸다. 베로니카의 에메랄드빛 눈동자 역시 냉정하게 가라앉았다. 소피아가 답지 않게 호들갑을 떨며 그녀에게 다가왔다. 소피아의 부축을 받으며 간신히 자리에서 일어난 베로니카는 가만히 상황을 지켜보았다.

바닥에 엎어진 꼬마 아이가 그제야 고개를 들었다. 그리고 자신의 앞에 놓인 검을 보며 두 눈을 크게 뜨고 안젤리카를 올려다보았다.

"뭐, 뭐야?!"

꼬마가 두 눈을 표독스럽게 치켜뜨고 안젤리카를 노려본다. 그 모습이 적잖이 가소로웠는지 안젤리카가 크게 코웃음을 쳤다. 하지만 그런 상황에서도 소피아는 신경 쓰지 않고 부산스럽게 베로니카의 옷에 묻은 먼지와 흙을 털어내고 있었다.

베로니카는 말없이 서서 늘 그렇듯, 방관자의 자세를 취했다. 자신과 관련된 문제라 나설 필요가 있었지만, 안젤리카가 나서는 만큼 그녀는 자중했다. 괜히 일을 더 복잡하게 만들고픈 마음은 없었다.

"네가 넘어뜨린 소녀가 누군지 아느냐!"

안젤리카의 서늘한 음성에 꼬마가 흠칫 몸을 떨었다. 하지만 다시 날카롭게 눈을 부라리며 안젤리카를 노려보았다. 그 모습을 바라보던 베로니카의 눈동자에 이채가 서렸다. 평민 꼬마 계집치고 제법 강단이 있는 눈동자다.

"누군지 내가 알 게 뭐야?!"

꼬마의 말에 안젤리카의 검이 목 가까이 다가갔다. 그 순간 꼬마 아이가 바닥을 지탱하고 있는 손을 그러모으며 주먹을 쥐는 것이 보였다. 베로니카는 가만히 꼬마의 주먹 쥔 손이 부들부들 떨리는 것을 지켜보았다. 지나치게 기가 센 아이다.

자신의 분수를 잘 모르는 것 같았다. 베로니카는 딱히 신분에 구애를 가지는 성격은 아니었으나, 그렇다고 분수를 모르는 사람을 좋아하는 것은 아니었다. 꼬마 소녀는 자신을 보다 높게 평가하고 있는 모양이었다.

"버릇도 없고 예의도 없고, 천박하기 그지없군."

안젤리카의 말에 꼬마가 분노로 일그러진 얼굴로 몸을 파르르 떨었다.

"가정교육 못 받은 티가 그대로 나."

"이, 이익! 내가 가정교육 못 받은 데 네가 뭐 보태준 것 있어?! 네가 뭔데 나한테 이래라 저래라야! 네가 뭔데 날 훈계하는 거냐고!"

꼬마의 당돌한 대답에 여기저기서 숨을 들이켜는 소리가 들려온다. 베로니카는 낮게 한숨을 내쉬었다. 이렇게 일이 커진 것은 순전히 안젤리카 탓이었다. 하지만 베로니카는 안젤리카를 타박할 생각이 없었다. 안젤리카가 이렇게 흥분한 것도 모두 자신 때문이라 생각하니 우습게도 주체할 수 없는 기쁨이 흘러나왔기 때문이다.

"내 동생에게 지금 당장 잘못을 빌어라. 무릎을 꿇고 그녀의 신발에 입을 맞추도록."

안젤리카는 사람을 볼 줄 아는 눈을 가졌다. 동시에 사람을 다룰 줄도 안다. 또한 검술 실력도 뛰어난데다가 아름답기까지 했다. 확실히 웨일스 가문에 적격한 후계자가 아닌가. 그 때문에 아버지는 언제나 아들이 없다는 것을 아쉬워하지 않았다.

베로니카는 수치심 가득한 얼굴로 아랫입술을 잘근잘근 씹어대는 꼬마를 바라보았다. 그녀를 바라보는 안젤리카의 눈동자에 재미있다는 기색이 감돌았다. 의도적이었다, 그 말은. 꼬마가 누구보다 자존심이 강한 성격이라는 것을 간파하고 그런 말을 꺼낸 것이었다.

"…어."

꼬마가 작게 웅얼거리는 소리에 안젤리카가 눈살을 찌푸렸다.

"뭐라고 했지?"

"절대 싫다고, 이 마녀야!!"

그 외침과 함께 소녀가 바닥의 흙을 움켜쥐고 안젤리카의 얼굴을 향해 뿌렸다. 순식간에 일어난 일이었다. 하지만 안타깝게도 안젤리카는 검의 귀재였다. 그만큼 기척에도 민감했고, 순발력이 뛰어났다.

흙이 날아옴과 동시에 가볍게 허리를 숙인 그녀가 자리에서 일어나 도망치기 위해 발을 떼는 꼬마의 목덜미를 낚아챘다. 안젤리카의 얼굴이 제법 험악하게 일그러졌다. 이번엔 진심으로 꼬마를 향한 살기를 뿌려댔다. 베로니카는 한숨을 내쉬고는 발걸음을 떼었다. 그녀가 나서야 할 차례라는 것을 직감적으로 알았다.

"네 녀석 눈알을 파줘야겠군. 감히 누구 눈에 흙을 던지는 거야?"

·안젤리카의 외침과 함께 꼬마가 안젤리카의 손에서 벗어나기 위해 발버둥을 쳤다. 베로니카가 나서기 위해 막 입을 열었을 때다.

"지금 뭐 하는 건가요?!"

어디선가 날카로운 비명이 울려 퍼졌다. 굉장히 익숙하면서도 친숙한, 하지만 그보다는 조금도 앳된 목소리였다. 사람들을 비집고 나온 금발의 귀여운 소녀, 미란다였다. 그녀는 순식간에 안젤리카의 앞에 다가가 그녀의 손에 잡힌 꼬마를 빼어내 자신의 품에 안았다.

베로니카는 그다지 놀라지 않았다. 그저 가만히 미란다를 바라보기만 했을 뿐이다. 힐끔 미란다를 훑어본 그녀가 뒤에 자리한 소피아를 향해 손을 까딱였다. 소피아가 조심스레 귀를 기울이자, 베로니카가 작게 무언가를 지시하고 다시 고개를 돌렸다. 소피아는 그녀의 명령에 따라 재빨리 뛰어 사라졌다.

"넌 뭐야?"

안젤리카의 얼굴이 못마땅함으로 잔뜩 일그러졌다. 베로

니카는 팔짱을 끼고 이제는 아예 상황을 관망했다. 그보다 미란다의 행동이 흥미로웠기 때문이다. 대체 어디서 튀어나온 건지 모르겠다. 황녀가 이렇게 혼자서 길거리를 돌아다녀도 되는 것인지 처음에는 의문이 들었지만 이제는 확실히 알 것도 같았다. 몰래 나온 것일 테지. 그녀 성격에 충분히 가능성이 있었다.

베로니카는 어딘가에 있을 그녀의 호위기사들에게 동정이 갔다. 미란다는 몰래 황성을 빠져나온 것에 성공했다고 믿고 있을 테지만 황성의 경비가 그렇게 허술하지는 않을 것이다. 미란다가 눈치채지 못하게 그녀를 따라붙은 기사들이 있었다.

"그게 중요한가요? 그것보다는 당신이 무고한 사람을 괴롭히고 있다는 게 더 중요한 사실이죠."

베로니카는 어깨를 으쓱이며 안젤리카에게 다가갔다. 그러자 미란다가 눈을 크게 뜨고 놀란 표정을 짓는 것이 보였다. 안젤리카는 힐끔 베로니카를 바라보기만 했을 뿐이다. 그녀는 검을 더욱 치켜세우며 미란다와 꼬마를 향해 겨누었다.

"그건 아주 중요한 사실이야. 다시 한 번 묻겠다. 쓸데없이 끼어들지 말고 비켜라."

안젤리카의 말에 미란다가 두 눈을 치켜뜨고 그녀를 노려보았다.

"당신, 귀족인가요?"

미란다가 물었다.

"당연한 소릴."

안젤리카가 대꾸했다. 기다린 대답이었는지 미란다의 얼굴에 화색이 돌았다. 그것으로 베로니카는 미란다의 진짜 의도가 어떤 것이었는지 간파했다. 그것을 알게 되자 웃음이 터졌다. 그녀는 어릴 때도 변함없는 성격을 가지고 있었다. 그점이 우습기도 했고, 또한 알 수 없는 감정을 불러일으키는 계기가 되기도 했다.

열일곱에서야 만나게 되는 미란다를 일찍이 만났다. 베로니카는 미래가 뒤틀리고 있다는 사실을 알았지만, 오히려 그 사실이 마음에 들었다.

"내 이름은 미란다 클린튼 반 리비엘라. 그대는 어느 가문의 사람이죠? 당연히 로드(Lord)겠죠?"

미란다는 처음부터 이것을 노렸다. 그녀는 언제나 남들의 시선을 신경 쓰는 소녀였다. 유행에 민감하고 사람을 좋아한다. 하지만 그와 동시에 그녀가 나고 자란 황족으로서의 사고방식은 뚜렷하다. 그래서 그녀는 어쩔 수 없이 사랑스러웠다. 과거의 베로니카에겐 그랬다.

사람들의 수군거림이 들려오기 시작했다. 베로니카는 가만히 안젤리카의 어깨에 손을 얹었다. 여기서 웨일스 가문의 이름을 들먹이면 웨일스가의 평판만 떨어질 뿐이다. 안젤리카가 이를 갈았다.

사람들의 수군거림은 어느새 나타난 미란다를 향한 찬미로 바뀌기 시작했다. 어쩜 저리 천사 같을 수 있을까. 리비엘라는 우리 제국 이름 아니던가? 멍청아! 황족들은 '리비엘라'라는 성을 쓰잖아! 뭐? 그렇다면 저분이 황녀 전하?

안젤리카는 혈압으로 뒷목을 잡을 기세였다. 베로니카는 그녀의 어깨를 토닥거렸다.

"안젤리카, 검을 거둬."

베로니카의 말에 안젤리카 본인도 이제는 어쩔 수 없다고 생각했는지 체념 어린 표정을 지었지만 쉽게 검을 거두지는 못했다. 베로니카의 끈질긴 시선 끝에 결국 이를 갈며 겨우 검을 거두었다. 하지만 여전히 그녀를 향한 적대는 지우지 않았다.

베로니카는 흥분한 안젤리카를 두고 한 발 앞으로 나섰다. 그녀는 무감각한 얼굴로 미란다의 말간 얼굴을 바라보고 이내 그녀의 품에 안겨 있는 꼬마를 바라보았다. 그리고 나직이 입을 열었다.

"무례하시군요."

베로니카의 말에 순식간에 주위가 고요해졌다. 모두가 베로니카의 다음 말을 기다리고 있었다. 미란다의 얼굴이 보기

좋게 구겨졌다. 하지만 베로니카는 어떤 동요도 없이 처음과 같은 얼굴로 미란다를 바라보았다.

"아무리 당신이 황녀 전하라 할지라도 귀족에게 무례를 저지른 꼬마 아이의 처벌을 방해하시다니요. 상당히 실례 되시는 처사이십니다."

무심한 얼굴의 베로니카가 미란다를 주욱 훑어 내렸다. 그것에 수치심을 느낀 미란다의 얼굴이 붉게 달아올랐다. 하지만 베로니카는 시큰둥한 얼굴로 그런 그녀를 가만히 바라보았다.

"그, 그게 무슨……!"

미란다는 가만히 붉은 머리칼을 가진 소녀를 바라보았다. 태양의 광장에서 마주쳤던 소녀다. 다시 한 번 만나보고 싶다고 생각했지만 이렇게나 빨리, 그것도 이런 상황으로 마주칠 줄은 몰랐다. 자신의 속을 꿰뚫어 보는 것 같은 에메랄드빛 눈동자에 미란다는 스스로가 움츠러드는 것을 느꼈다. 하지만 품 안에서 꿈틀거리는 꼬마를 내려다본 그녀는 다시 굳은 다짐이 서린 얼굴로 베로니카의 눈빛을 마주 바라보았다.

"저는 이 나라의 황녀입니다! 예의를 갖추어주세요!"

순간 미란다는 스스로가 얼마나 멍청한 말을 했는지 깨달았다. 결국엔 황녀라는 지위를 내세울 것이면서 귀족으로서 당한 무례를 처벌하겠다는 것을 비난한다. 충분히 모순된 행동이다. 미란다는 초조한 얼굴로 아랫입술을 지그시 물었다. 자근자근 입술을 뜯어내던 그녀의 시선 끝에 붉은 머리칼의 소녀가 보였다.

"황녀라는 것을 어떻게 증명하시겠습니까."

예상치 못한 반격이다. 미란다는 당황한 얼굴로 두 눈을 동그랗게 뜨고 소녀를 바라보았다. 그녀와 이야기를 나누고 싶다 생각하며 처음에는 호감으로 시작된 감정이 점차 좋지 못한 쪽으로 기우는 것 같았다. 하지만 그럼에도 미란다는 그녀에게 질책 어린 시선을 받는 것이 싫었다. 왜인지는 알 수 없었지만 미란다는 그녀에게 손을 내밀고 싶었다.

"그러는 당신은 어느 가문의 사람인가요?"

미란다의 외침에 베로니카의 입가에 미소가 어렸다. 그녀는 어깨를 으쓱이며 황갈색 머리칼의 아름다운 소녀를 바라보고는 다시 그녀에게로 시선을 주었다.

"자신이 누구임을 증명해 보일 수 없는 사람에게 제 가문 따위를 밝혀서 무엇 하겠습니까."

아아! 미란다는 두 눈을 열심히 굴리며 상황을 살폈다. 사람들이 전보다 더 불어난 것 같다. 초조한 얼굴로 열심히 머리를 쥐어짜 보았지만, 더 이상 반박할 만한 말이 생각나지 않았다. 분한 마음에 미란다는 꼬마를 더욱 강하게 품에 안았다.

"모두 비켜라!"

그때였다. 사람들 사이로 갑옷을 입은 기사들이 들이닥쳤다. 때아닌 기사들의 등장에 모두가 놀란 얼굴로 서둘러 길을 비켰다. 개중에 절반 이상은 기사들의 등장으로 자리를 피했다. 기사들 앞에는 소피아가 서 있었다. 그녀는 베로니카를 발견하자 입가에 부드러운 미소를 그리고는 그녀에게로 다가왔다.

"잘했어, 소피아."

베로니카가 말했다.

"아닙니다, 아가씨."

소피아가 대답했다. 베로니카는 흐뭇한 얼굴로 기사들을 보고 얼이 빠진 미란다를 바라보았다. 과거에도 종종 미란다가 가출을 하고 나면 몰래 수도 아트라한의 경비병들에게 이 사실을 알려주곤 했던 그녀다. 그럴 때면 미란다가 영문도 모르고 억울한 얼굴로 경비병들에게 끌려가곤 했다. 물론 그녀를 싫어하거나 미워해서 한 행동이 아니다. 모두 그녀를 위하기 때문에 한 일이다.

지금과 같은 상황에 닥치자 문득 과거의 일이 떠오른 베로니카는 한층 밝아진 표정이 되어 있었다. 사실 아리스타의 일을 알기 전까지를 제외하면 미란다와의 추억은 언제나 밝고 즐거웠다. 그리고 무엇보다 베로니카는 미란다를 아끼고 좋아했다. 비록 아리스타로 인해 탁하게 변한 눈동자로 자신을 노려보았던 미란다지만, 여전히 그녀에게 애정이 남아 있다.

미란다와의 인연은 자신이 죽는 순간으로 끊어져 버렸지만 아리스타처럼 정말로 인연이 될 사람이라면 엮이지 않을까. 베로니카는 생각했다. 그래서 그녀는 미란다를 미련없이 보냈다.

"뭐야? 뭐 하는 거예요? 이거 놔!"

미란다가 외쳤지만 경비병들은 한두 번 해본 솜씨가 아닌지 실례한다는 말을 내뱉고 그녀를 끌고 사라졌다. 그리고 그녀가 사라진 자리에는 좀 전에 베로니카를 밀쳤던 꼬마 아이만이 남아 있었다. 미란다의 여파가 적지 않았는지 꼬마는 도망쳐야 된다는 생각도 못하고 멍하니 서 있었다. 그래서 단번에 안젤리카에게 뒷덜미를 붙잡히고 말았다.

"어딜 도망가?"

안젤리카의 험악한 얼굴에 꼬마가 다시 발버둥을 쳤지만, 이번에는 단단히 잡힌 모양인지 끄떡도 없었다.

"베로니카… 님?"

낮은 저음의 묵직하고 또한 무뚝뚝한 목소리에 베로니카와 안젤리카의 고개가 돌아갔다. 남색 머리카락에 훤칠한 키와 탄탄한 기사다운 몸매를 자랑하는 휴버트가 그녀들 앞에 서있었다. 베로니카는 이제야 자신들을 찾은 그에게 반가운 시선으로 눈꼬리를 곱게 접어 웃었고, 안젤리카는 왜 벌써 자신들을 찾은 것이냐며 타박 어린 눈초리로 그를 바라보았다. 그리고 휴버트는 안젤리카의 타박에도 동요 없는 얼굴로 베로니카를 향해 고개를 숙여 인사했다.

"이 아이는 누굽니까?"

휴버트의 물음에 안젤리카가 얼굴을 구기고는 그에게 꼬마를 떠넘겼다. 꼬마의 얼굴이 무참히 일그러지며 자신을 떠넘긴 안젤리카를 노려보았다. 하지만 그 모습에도 안젤리카는 콧방귀를 뀌며 꼬마를 깔보듯 내려다보았다.

"베로니카를 밀친 건방진 자식이야. 그놈 때문에 베르가 시장바닥을 굴러야 하는 수모를 겪었지."

안젤리카의 말에 휴버트의 미간이 일그러졌다. 꼬마에게로 시선을 던진 그의 얼굴 위에는 '감히!' 라는 글씨가 새겨져 있는 것 같이 적나라한 표정이 떠올랐다. 상당히 보수적이고 고지식한 그에게 걸맞은 반응이었다.

물론 아비드의 기사들이라면 모두 그와 같은 반응을 보이겠지만 말이다. 뒤이어 그가 도망가기 위해 발버둥치는 꼬마의 목덜미를 거칠게 붙잡았다. 그 동작에는 어린아이라고 베푸는 자비는 없었다. 그리고 휴버트의 타오르는 눈빛을 받은 꼬마가 결국은 고역스런 얼굴로 시선을 외면했다.

"베로니카?"

오늘따라 자신의 이름을 부르는 이들이 왜 이리도 많은 건지. 베로니카는 목소리가 들린 쪽으로 시선을 옮겼다. 그러자 청색 머리칼에 황금빛 눈동자를 가진 로웰이 그녀를 바라보며 두 눈을 동그랗게 뜨고 있었다. 그러고 보니 그와의 첫 만남도 아트라한에서 이루어졌었다. 길을 걷다가 우연히 부딪혔던 기억. 그로 인해 브로치를 주웠……

잠시 상념에 잠겨 있던 베로니카는 놀란 얼굴로 두 눈을 크게 떴다. 그날 그에게서 떨어진 브로치를 주웠던 것이 이제야 생각난 탓이다. 하지만 지금 전해주고 싶어도 현재 그녀에겐 그 브로치가 없었다.

그녀는 다시금 상념을 떨치고 로웰을 바라보았다. 반가움도 잠시, 베로니카는 곧이어 눈살을 찌푸리고 그를 바라보았다.

로웰의 옆에 글래머 몸매를 가진 여인이 찰싹 달라붙어 그를 향해 온갖 교태 어린 행동을 보이고 있었기 때문이다. 보기에도 천박해 보이는 화장과 의상을 입은 여인이었다. 예쁘기는 했다. 굉장히 화려해서 지나가는 사람들이 힐끔거릴 정도이니. 하지만 척 보아도 로웰보다는 연상이었다. 그녀는 이곳이 시장 한가운데, 그것도 길가라는 사실조차 잊은 모양이다.

로웰은 베로니카의 시선이 그 여성에게 향한 것을 눈치챘는지 부드럽게 눈꼬리를 휘며 웃어 보였다.

"실례지만 벨리타, 이만 자리를 비켜주셨으면 합니다."

로웰의 말에 벨리타라는 여성이 아쉬운 얼굴로 칭얼거리 듯 그에게 달라붙었다 떨어졌다.

베로니카는 휴버트와 꼬마에 대한 이야기를 나누고 있는 안젤리카를 바라보았다가 다시 시선을 돌려 그를 바라보았다. 그리고는 고개를 절레절레 흔들며 어깨를 으쓱였다. 로웰은 열여섯이었다. 그 정도면 여자를 알 만한 나이이기도 하겠지.

"오랜만이네요."

베로니카의 대답에 그의 표정이 묘하게 변했다. 뭔가 아쉬 운 것 같은 그 표정에 베로니카가 의아한 얼굴로 그를 바라보 았다.

"음……. 할 말은 그것뿐입니까?"

그의 질문에 베로니카가 다시 고개를 갸웃거렸다. 그러자 그가 한숨을 내쉬면서 웃음을 지었다.

"아닙니다. 그보다… 드디어 불의 정령을 만났다고 들었습 니다."

로웰의 말에 베로니카가 고개를 끄덕였다. 아마 위니들이 말한 것이 분명했다. 그런 말을 주저리주저리 내뱉는 것은 위 니들밖에 없으니까. 게다가 로웰은 그녀와는 다르게 모든 정 령을 볼 수 있다고 했다. 진실의 눈을 가지고 있기 때문에.

"축하드립니다. 벌써 세 번째 정령을 만나셨군요."

로웰의 말에 베로니카의 입가에 다시금 미소가 떠올랐다. 정령들을 떠올리면 언제나 입가에 저절로 미소가 떠오른다. 그들의 사랑스러움도 한몫했지만, 그들의 순수함이 아름다웠기 때문이다.

"야시장 구경은 하셨습니까?"

로웰의 물음에 베로니카가 살짝 시선을 돌렸다. 안젤리카는 여전히 꼬마와 실랑이를 벌이고 있었다. 그 모습을 확인한 베로니카가 고개를 저으며 한숨을 내쉬었다.

"아직이요."

베로니카가 대답했다. 그러자 로웰이 만족스러운 얼굴로 그녀를 바라보았다. 그리고는 그녀를 향해 보는 사람이 아찔해질 만큼의 달콤한 미소를 지어 보였다.

하지만 그들의 조금은 반가운 분위기도 안젤리카로 인해 모두 깨어지고 말았다. 한참 꼬마를 훈계하며 옥박지르던 안젤리카가 베로니카 앞에 등장한 로웰을 발견하고 달려왔기 때문이다.

안젤리카가 베로니카의 어깨에 손을 얹었다. 가느다랗고 긴 손이었지만, 검을 다루는 기사답게 손에는 굳은살이 박여 있었다. 망토 자락 위로 느껴지는 뜨거운 손의 체온에 베로니카가 힐끔 눈동자를 굴려 안젤리카를 바라보았다. 그녀보다 머리 하나가 더 큰 안젤리카는 눈매가 날카로운 베로니카와는 달리 동그랗고 예쁜 눈매를 가지고 있었다. 제법 높게 솟은 코에 적당한 크기의 입술은 언제나 핑크빛으로 생기 있어 보였다. 하지만 특유의 냉랭한 분위기 때문인지 그녀의 미모는 차가워 보이는 인상을 만들었다.

처음엔 경계 어린 얼굴로 베로니카의 어깨를 끌어당기던 안젤리카가 이내 로웰의 얼굴을 확인하고는 당혹감이 어린 표정을 지어 보였다. 그건 안젤리카가 있었다는 사실을 자각하지 못한 로웰 역시 마찬가지였는지 난감한 얼굴로 볼을 긁적였다.

"로웰?"

안젤리카의 의아한 물음에 그가 부드럽게 미소 지으며 그녀를 향해 고개를 숙였다. 로웰은 언제나 예법에 충실하다. 정중한 신사적인 면모가 아리스타와는 뼛속부터 다른 느낌이었다.

베로니카는 가만히 안젤리카와 로웰의 대면을 지켜보았다. 여전히 안젤리카는 그녀를 감싸고 있었고, 로웰은 그녀의 손을 놓지 않고 있어 제삼자의 시선으로 보기에는 묘한 구도가 형성되었다.

"오랜만에 뵙겠습니다, 안젤리카."

그의 인사로 그가 렌프루가의 로웰이라는 사실이 확고해졌다고 생각했는지 안젤리카의 얼굴에 호감 어린 표정이 서렸다. 표정 하나에 단번에 분위기가 변했다. 안젤리카는 로웰이 적잖이 마음에 드는 모양인지 고개를 끄덕이며 그의 인사를 받아주고 있었다.

"오랜만이군. 테일드 녀석은 잘 있겠지?"

안젤리카의 물음에 로웰이 고개를 끄덕였다. 테일드는 렌프루 가문의 후계자로, 안젤리카의 둘도 없는 친우라고 했다. 둘 다 검술에 뛰어난 실력을 보유하고 있는 육감의 소유자라고 했지. 베로니카는 잠시 주황빛 머릿결을 가진 테일드를 떠올렸다. 몇 번 본 적은 있다. 물론 회귀 전에 말이다. 하지만 전혀 로웰과는 닮은 구석이 없었지. 베로니카는 새삼스런 시선으로 다시 로웰을 바라보았다.

"요즘 안젤리카에게 뒤처지지 않겠다며 검술 연습에 한창입니다."

로웰의 대답에 안젤리카의 표정이 돌연 험악하게 일그러졌다.

"그 녀석이 나 몰래 검술 연습을 하고 있다고?"

그녀가 볼가를 씰룩이며 어그러지는 표정을 참아내는 것이 보였다. 안젤리카는 지는 것을 무척이나 싫어했다. 그래서 언제나 테일드, 테일드를 연발하며 연무장에서 썩어나던 그녀가 아닌가.

베로니카는 로웰이 그녀의 반응에 드물게 당황하는 표정을 보았다. 그리고 안젤리카를 돌아보고는 한숨을 내쉬었다.

안젤리카가 자칫하면 검이라도 뽑을 기세였기 때문이다.

"안젤리카."

베로니카의 부름에 그제야 그녀의 시선이 베로니카에게로 내려왔다. 베로니카가 그녀를 향해 싱긋 미소를 지었다. 그러자 단번에 풀어지는 표정이란.

베로니카가 속으로 혀를 차는 사실을 알지 못하는 안젤리카는 다시 헛기침을 하며 그녀의 머리를 부드럽게 쓰다듬었다. 안젤리카는 이렇게 종종 그녀의 머리를 쓰다듬으며 자신의 애정을 표현하곤 했다. 그 느낌은 사실 나쁘지 않았기 때문에 애 취급을 받는 것임에도 베로니카는 거부하지 않았다. 실제로도 그녀의 나이가 어리기 때문인 이유도 있었다.

"뭐 불편한 거 있어?"

안젤리카의 부드러운 물음에 로웰이 못 볼 것을 보았다는 표정으로 그녀들을 바라보았다. 그 시선에 베로니카는 그저 어깨를 으쓱였다. 어쩐지 로웰의 반응이 이해가 되기도 했기 때문이다.

"로웰도 함께 야시장 구경을 했으면 좋겠어."

안젤리카가 힐끗 로웰을 바라보고는 잠시 생각에 잠긴 얼굴로 말이 없었다. 하지만 베로니카의 입가엔 은은한 미소가 걸려 있었다. 그녀가 허락하고 말 것이라는 사실을 알았기 때문이다.

"…어쩔 수 없지."

안젤리카의 대답에 베로니카가 만족스러운 얼굴로 고개를 끄덕였다. 반면에 로웰은 뜻하지 않게 안젤리카와 휴버트, 그리고 소피아까지 딸려 야시장을 구경해야 한다는 생각에 살짝 눈매를 일그러뜨렸다.

"져스틴 경, 그대는 그 녀석 데리고 저택으로 돌아가."

안젤리카의 명령에 휴버트가 그것은 있을 수 없는 일이라며 묵인했다. 차라리 꼬마를 업고서라도 그녀를 따라나서겠다는 기세라 결국 안젤리카 역시 더 이상의 말은 하지 않았다. 그러자 휴버트의 입가에 만족스러운 미소가 피어올랐다.

베로니카는 제법 쌀쌀한 날씨에 안젤리카가 덮어준 망토를 여미며 로웰을 바라보았다. 그와 시선이 마주치자 그가 싱긋 햇살 같은 미소로 화답하며 그녀에게 손을 내밀었다. 신사적인 모습에 베로니카 역시 당연하다는 얼굴로 그의 손 위에 자신의 손을 겹쳤다.

"야시장은 처음이십니까?"

로웰의 물음에 베로니카가 고개를 끄덕였다. 지나가는 사람에게 부딪히지 않도록 그녀가 어깨를 비켜섰다. 그러자 안젤리카가 대번에 그녀의 옆으로 다가와 사람들을 막아섰다. 양옆에 로웰과 안젤리카가 서는 바람에 베로니카는 정말로 적절한 방어벽이 형성되었다는 생각이 들었다. 안젤리카가 로웰보다 한 살이 더 많았지만, 그럼에도 둘의 키는 비슷했다. 아마 로웰이 남자이기 때문이겠지.

"정말 귀찮네."

안젤리카가 투덜거렸다. 그녀의 어깨를 타고 황갈색 머리칼이 흘러내렸다. 풍성하고 긴 속눈썹 사이로 반짝이는 에메랄드빛 눈동자가 잔뜩 불쾌한 감정을 담고 있었다. 사람들이 베로니카를 치고 지나가는 것에 대한 못마땅함이었다.

그녀는 손을 털어내며 다시 베로니카와 로웰을 바라보았다. 그녀의 시선이 곧 베로니카와 로웰이 맞잡은 손으로 꽂혀들었다. 그 모습에 그녀가 잠시 미간을 모았다. 안젤리카가 눈을 가늘게 뜨고는 탐색을 하는 눈초리로 로웰을 바라보았다.

그 시선에도 로웰은 철면피 같은 얼굴로 생글생글 미소 짓고 있었다. 확실히 테일드와는 닮은 구석이 없었다. 하지만 성정 하나는 올곧은 테일드의 동생이니 믿을 만할 것이라 안젤리카는 생각했다. 또한 그녀는 스스로가 스스로의 눈을 믿고 있었다. 그래 봬도 사람을 제법 볼 줄 아는 눈이 아니던가.

"안젤리카 누님은 야시장에 몇 번 와보지 않으셨습니까?"

로웰이 능청스러운 얼굴로 물었다. 베로니카는 안젤리카를 바라보다가 다시 시선을 돌려 로웰을 바라보았다. 누님이라는 호칭이 이렇게나 묘하게 들리는 남자는 또 처음 보았다.

좀 전에 벨리타라는 여인을 떠올린 베로니카가 작게 혀를 찼다. 그러니 그렇게 연상의 여인들이 죽고 못 사는 것인가 하는 생각도 들었다. 그녀는 알지 못하는 그만의 '여자 다루는 기술'이라도 있을 것이 분명했다. 베로니카는 거기까지 생각이 미치자 혀를 내둘렀다.

그렇게 베로니카가 로웰에 대한 생각에 빠져 있을 때, 안젤리카가 어깨를 으쓱이며 로웰의 말에 콧방귀를 뀌었다.

"물론이지. 테일드 그 자식 때문에 여러 번 왔다. 그 녀석, 생긴 건 곱상해 가지고 성격은 괄괄하기 짝이 없다니까."

안젤리카의 말에 그녀를 바라보는 로웰의 표정이 묘했다. 베로니카가 고개를 갸웃거리며 그를 바라보자 그가 다시 입가에 미소를 짓고는 고개를 저었다. 테일드의 성격이 괄괄하다는 것은 사실이 아니었다. 그처럼 무뚝뚝한 성격도 없을진대 어딜 봐서 괄괄한 성격이라는 건지. 오히려 괄괄한 성격이라면 안젤리카 쪽이 더 유력하지 않는가.

로웰은 새삼스러운 시선으로 다시 안젤리카를 바라보았다. 베로니카와 닮았지만 풍기는 분위기는 판이하게 달랐다. 베로니카가 조용하고 매혹적인 소녀 분위기를 풍긴다면, 안젤리카는 화려하고 냉철한 여인의 이미지를 풍겼다. 실제로도 안젤리카는 낯가림이 심해서 그녀의 괄괄한 성격은 그녀와 친분이 있는 사이밖에 알지 못하는 것이었다. 평소에는 어찌나 싸늘하고 냉랭한 분위기를 풍기는지 로웰도 처음에 그녀를 보고는 테일드와 비슷하다고 생각할 정도였다. 실제로 안젤리카는 그 속을 열어보면 얼음 속의 불꽃이라는 묘한 조합이 있었다.

"다음엔 테일드 형님도 초대해야겠군요."

로웰이 부드럽게 눈웃음을 치며 말했다. 그 모습에 안젤리카가 헉 하고 숨을 들이켜며 인상을 찌푸린다. 그녀가 본능적으로 베로니카를 감싸 안으며 그를 경계 어린 눈동자로 바라보았다.

"우리 베로니카는 절대 안 돼."

갑자기 산으로 가는 대답에 로웰이 의아한 얼굴로 그녀를 바라보았다. 안젤리카의 품에 안겨 작게 한숨을 내쉰 베로니카가 주섬주섬 그녀의 품 안에서 나왔다.

"이제 그만 가자. 야시장… 구경하고 싶어."

베로니카의 말에 안젤리카가 번쩍 정신이 든 얼굴로 호들갑을 떨었다. 그 팔불출 같은 모습에 로웰이 작게 미소를 지으며 베로니카를 바라보았다. 확실히 베로니카 같은 동생이 있다면 안젤리카가 그리 변하는 것도 우습지 않은 일이다. 로웰의 시선을 느꼈는지 베로니카가 그를 바라보았다.

"왜 그러죠?"

그녀의 물음에 그는 그저 어깨를 으쓱이기만 했을 뿐 대답하지 않았다.

"그런데 아까 경비병들이 들이닥친 것 같던데……."

로웰의 말에 베로니카가 작게 탄성을 내지르며 고개를 끄덕였다.

"그냥 좀……."

말끝을 흐리는 베로니카의 눈동자엔 과거를 회상하듯 애틋한 감정의 파편들이 묻어나오고 있었다. 스스로는 아무렇지 않은 듯 입가에 미소를 그렸지만, 그 눈동자에서만큼은 감정이 절절하게 묻어나와 보는 사람의 심장을 옥죄이게 만들었다.

"길 잃은 병아리가 있었어요."

"병아리 말씀입니까?"

로웰의 웃음기 어린 물음에 베로니카 역시 입가에 반듯한 미소를 걸고 고개를 끄덕였다. 다시 바라본 그녀의 눈동자엔 좀 전에 보았던 감정의 소용돌이가 고요히 가라앉아 있었다. 다행스러운 심정으로 그녀를 바라보던 로웰이 조심스럽게 그녀를 이끌었다.

"네. 아직은 세상물정 모르는 병아리가 길을 잃었더군요."

"그래서 어떻게 하셨습니까?"

로웰이 그녀의 대답에 맞장구를 쳐주자 베로니카가 정말로 즐거운 듯이 웃었다.

"당연히 잡아다 집으로 돌려보내 주었죠."

"그렇군요. 그럼 이제는 못 보겠네요. 병아리라면 귀여울 텐데 말이죠."

로웰의 말에 베로니카가 잠시 고민 어린 얼굴로 미란다를 떠올리다가 고개를 저었다.

"글쎄요. 저는 병아리를 별로 좋아하진 않지만, 인연이 된다면 또 보게 되지 않겠어요?"

베로니카의 말에 로웰이 고개를 끄덕였다. 그는 주위를 두리번거리며 야시장의 볼거리에 넋을 놓은 안젤리카를 바라보고 다시 베로니카를 내려다보며 웃었다.

"그렇겠죠."

고개를 살짝 숙여 베로니카의 귓가에 대고 속삭이는 그의 목소리는 앳된 소년의 목소리임에도 불구하고 묘한 간질거림이 있었다. 베로니카는 멍한 얼굴로 로웰을 한 번 올려다본 뒤 조심스레 자신의 귀에 손을 가져다 대었다. 그리고 그 모습을 바라본 로웰이 즐거운 얼굴로 웃음을 터뜨렸다.

『베로니카 레퀴엠』 2권에서 계속…

Lord of MAGIC
마탑의 영주 TOWER

유왕 퓨전 판타지 소설

최대 장르 사이트 문피아 선호작 베스트!
작가 유왕이 그려내고,
청어람이 펼쳐내는 신마법의 세계!

『마탑의 영주』

마법이 사라지고,
드래곤은 환상 속의 신화가 되어버린 세계.
누구도 그 흔적을 알지 못하는 세계.

"마법이 사라졌다고? 누가 그래? 내가 있는데!"

위대한 마법사이자 마지막 마법사인
스승의 진전을 이은 카르!
황폐해진 영지를 되찾고, 마법사들의 꿈인 마탑을 세워라!
세상에 오직 하나뿐인 새로운 마법의 시대를 여는
독보가 펼쳐진다!

Book Publishing CHUNGEORAM

TURNING POINT

홀로선별 장편 소설

영빈!
동정의 몸이 되어
20년 전으로 회귀하다!!

나이 서른아홉 모든 것을 잃고 한강 다리 위에 올랐다.
검푸르게 넘실거리는 깊은 물을 대면한 순간.

운.명.은 이루어졌다!

정령의 힘으로 결의한 지금
새로운 인생의 전환점을 넘어 미래가 펼쳐진다!

『터닝 포인트』

홀로선별 작가의 새로운 도전이 펼쳐진다!

Book Publishing CHUNGEORAM

유행이앞선 자유추구
WWW.chungeoram.com

제국의 군인

요람 판타지 장편 소설

마도제국 암스테르담
그곳에 펼쳐지는 웅장한
스펙터클의 전율!

「제국의 군인」

"이런 미친……!"

분명 어제 전역을 했었다.
그리고 진탕 술을 마셨었는데……
눈을 떠보니 감찰영이 아닌 휘안이다.

살아남기 위해 미친개가 되었고,
돌아가기 위해 수문장이 되었다.

징집병으로 시작해,
군인으로 정점을 찍은
한 사나이의 이야기가 시작된다!